KB275140

고백

고백

2025년 10월 1일 제1판1쇄 발행

지은이 | 김재원

펴낸이 | 김종완

펴낸곳 | 에세이스트사

등   록 | 문화 마02868

주   소 | 서울종로구 삼일대로57 수운회관 501

전   화 | 02-764-7941 010-5655-5273

e-mail | essay7942@hanmail.net

e-cafe | http://cafe.daum.net/essayist123

ISBN 979-89958-66-4 03810

정가 18,000원

내 삶에 후회는 없습니다
나로 하여 세상이 나아진 게 없어도 최선을 다했습니다
나의 나됨은 오로지 당신의 은혜였습니다
이제는 나를 위하여 축배를 한 잔 들겠습니다

고백

김재원 수필집

에세이스트사

책머리에

사람의 평균수명이 늘어나다 보니 '나이는 숫자에 불과하다'는 말이 자주 회자되고 있습니다. 그러나 이 말은 젊은 사람들에게는 어울릴지는 몰라도 실제로 나이를 먹어보니 우리의 몸은 늘어나는 숫자보다 훨씬 빨리 늙어간다는 것을 체감하게 됩니다. 늙었다고 정신없이 살다보면 버나드 쇼의 묘비에 새겨진 말처럼 '우물쭈물하다가' 세상을 마치게 될지 모르겠습니다. 해방 이후에 태어난 나도 곧 산수(傘壽)를 코앞에 두고 있습니다. 앞으로 나에게 남은 시간이 얼마나 되는지 알 수 없기에 자꾸 초조하고 바빠집니다.

농업이 우리 산업의 8~90%를 차지하던 시절 농사꾼의 맏아들로 태어나 대학을 다니고 가정을 이루고 이제는 직장에서 은퇴하여 산수의 나이가 되도록 건강하게 살고 있으니 부족함이 없는 듯합니다. 그러나 뒤돌아보면 삶이란 것이 외줄타기와 같아서 아슬아슬한 고비도 많았고 위험한 순간도 많았습니다. 그리고 단 한번 주어진 삶은 나의 무지와 실수로 인해 깊은 나락으로 떨어진 경우도 많았습니다.

아내가 병에 걸려 죽을 고비를 넘기기도 했고 딸 하나를 잃어버리기도 했습니다. 인간의 힘으로는 어떻게 할 수 없는 경우가 되자 스스로 전능자를 찾아 구원을 요청했습니다. 그러자 하나님은 제 발로 찾아간 나에게조차 죄 값을 요구하는 것 같았습니다. 이번에는 제가 몹쓸 병에 걸렸습니다. 세상도 신도 잔인하다고 생각했습니다. 돌이켜보면 이 모든 것이 나의 잘못이고 내 무지의 소치였습니다. 세상도 신도 나를 버린 것이 아니었습니다. 특히 하나님은 모든 것이 합력하여 선을 이룬다는 것을 알았기에 지난 내 삶을 회개하지 않을 수 없었습니다.

그동안 두 권의 수필집을 통하여 회개와 용서를 빌었습니다. 그러나 삶이란 것이 생각대로 되는 것이 아니기에 오늘도 실패하고 있는지 모릅니다. 남은 시간이 얼마인지 기약할 수 없기에 그동안 써둔 졸고를 정리하여 서둘러 세 번째 수필집을 세상에 내놓습니다. 곰곰이 생각해보면 아직도 나에게는 내 가족과 교회와 세상에 대하여 회개하고 사죄할 일이 많이 남아 있다고 생각됩니다. 그래도 남은 시간은 랄프 왈도 에머슨이 제시한 성공하는 삶의 한 가지라도 실천하며 살고 싶습니다. 나를 기억하는 모든 이에게 감사의 마음을 전합니다. 끝으로 이 책이 나올 수 있도록 적극적으로 응원해주신 에세이스트 발행인 김종완 선생님과 출판국장 조정은 선생님께 깊은 감사의 말씀을 드립니다. 감사합니다.

2025년 가을에, 김 재 원 올림

고백

차례

5부

6부

김재원 론

김종완 (문학평론가, 격월간 에세이스트 발행인)

1부

공항에서 랑데뷰

아내가 한국여전도회 찬양단 일원으로 2023년 10월 12일부터 12일 동안 헝가리, 체코, 오스트리아로 해외여행을 떠났다. 긴 여행은 대부분 나와 함께 다녔고 나를 남겨 놓고 홀로 해외를 나가는 경우는 길어야 일주일 정도였다. 이번에는 열이틀 동안이나 나 혼자 남게 되니 걱정이 많은 모양이었다. 며칠 동안 밥과 반찬거리를 준비하여 냉장고에 차곡차곡 쌓아두고는 나를 냉장고 앞에 세워 놓고 조목조목 설명했다.

"이건 밥이고 먹을 때는 전자레인지에 2~3분 돌려서 꺼내면 됩니다."

"이쪽에 쌓아둔 건 김치를 비롯한 반찬인데 그냥 꺼내서 잡수세요."

"찌개나 각종 국 종류는 비닐 팩에 담아두었으니 렌지에 3~4분 돌리면 됩니다."

"고기와 생선도 냉동실에 넣어두었으니 미리 꺼내서 녹였다가 구워 잡서요."

엄마가 어린 아들에게 이르듯이 자세히 설명했다. 평소에도 아침밥은 내 손으로 찾아 먹는 사람이 냉장고 있는 것을 못 찾아 먹을까? 건성으로 듣고 고개를 꺼덕였다. 처음 며칠은 부지런히 냉장고를 뒤져서 이것저것 찾아 먹었다. 매일 세 끼를 혼자 먹는 것이 싫증이 나서 없던 약속도 만들어 가며 점심은 주로 외식을 했다. 친구와 철원 고석정 꽃밭 구경도 가고, 토요일은 멀리 천안까지 결혼식에도 참석하고, 시골서 올라온 중학교 동창생도 만났다. 귀찮고 불편한 일이 있어도 자꾸 바깥으로 나가서 시간을 보내다가 가급적 늦게 집에 돌아왔다. 그러나 막상 문을 열고 집 안에 들어왔을 때는 평소와 같지 않았다. 아내가 있는 집과 빈집에 들어오는 기분은 이상하리만큼 달랐다. 말로 표현할 수 없는 이상한 느낌이 들었다. 집 안이 설렁하다고 할까, 남의 집에 들어온 느낌이 난다고 할까? 어떤 날은 아내가 영영 돌아올 수 없는 길을 떠난 기분이 들 때도 있었다. 잠자리에 들 때는 더욱 쓸쓸한 기분이 들었다. 평소에도 각방을 쓴 지가 꽤 오래됐는데 자꾸 잠에서 깨어 깜깜한 천장을 멍하니 쳐다본다. 아내가 없으면 옆구리가 시리다는 말은 이런 때 하는 말인가?

저녁 시간이 되어도 뭘 챙겨 먹고 싶은 생각이 없다. 준비해둔 밥과 반찬을 꺼내서 먹기만 하면 되는데 그것이 하기 싫어졌다. 먹고 싶은 생각이 없으니 배도 고프지 않다. 아내가 돌아와 냉장고에 남겨진 음식을 보면 잔소리를 해댈 것이 뻔하다. 냉동실에 보관된 생선을 먹으려고 굴비 한 마리를 꺼내 전자레인지에 돌렸다. 비닐 포장을 뜯으니 비린내가 온천지를 진동했다. 창문을 열어 냄새를 빼내느라 밥 생각이 달아나 버렸다. 반은 먹고 반은 버리고 말았다. 며칠 지나 두 딸이 나의 동정을 살피러 왔다. 나의 찐사랑 막내손자 은파를 데리고 피자 한 판을 사들고 왔다. 자식이 있어야 한다는 것은 이런 때를 위함인가? 평소보다 훨씬 반갑고 고마웠다. 저녁에 먹다 남은 피자로 다음날 아침 식사까지 때웠다.

일주일이 넘어갈 즘에야 아내로부터 전화가 왔다.

"헝가리 부다페스트 교회에서 몇 번의 공연이 있었고 앙코르를 받아 몇 곡을 더 부르고…."

귀에 들어오지 않았다.

"몸은 건강한지? 걸어다니는 데 불편은 없는지?"

묻는 말에 대답이나 하라고 다그쳤다. 몸 컨디션도 좋고 잘 먹고 잘 다니고 있단다. 그제야 한시름 놓였다. 마지막까지 여행 잘하고 돌아오라는 말로 전화는 끝이 났다. 해외 로밍을 해서 갔으니 전화 자주 하라고 당부했지만 돌아올 때까지 더 이상 전화는 없었다. 빡빡한 스케줄에 시차까지 있으니 전화할 생각이 없으리라 스스로 위안을 삼았다.

주일 날 교회에 갔다. 매번 부부가 같이 교회에 나오던 사람이 혼자 발을 디뎌 놓으니 뭔가 이상하게 보인 모양이었다. 왜 혼자냐고 자꾸 물었다. 일일이 대답하기 번잡해 짧게 대답했다.

"그렇게 됐습니다."

한편 사정을 아는 동료 장로들은 걱정을 해줬다.

"어이! 김 장로 밥이나 잘 챙겨 먹나?"

역시 우리 생활의 제일 큰 문제는 먹는 일인가 보다. 옛날 먹고 살기가 힘들 때에야 '식사 하셨습니까?' 이것이 인사였지만 지금도 그 인사가 정겹게 들리는 것은 나 또한 옛사람이기 때문일까?

여행 일정 절반이 지나자 돌아올 날을 세기 시작했다. 하루하루가 무척 더디게 갔다. 평소에 잘 보지 않던 TV도 보고, 합창곡 연습도 하고, 밀린 책도 읽으며 정신을 딴 곳으로 돌려봤다. 그리고 떠나기 전에 당부한 마늘도 까놓았다. 잊어버린 척 하고 지나갈 수 있지만 이건 아내 비위 맞추기 위한 작전이었다. 시간 가는 것을 아쉬워하던 내가 시간이 빨리 가기를 빌고 있다. 모순이다. 내 마음을 나도 모르겠다. 인간 자체가 모순이라고 변명한다. 이틀 전부터 마음에 동요가 일어나기 시작했다. 아내를 맞으러 공항에 나가야 하나? 아니면 평소대로 못 본 체하고 집에서 기다리나? 불편한 다리를 절룩거리며 캐리어를 끌고 공항버스를 타고 오는 모습을 생각하니 마음이 짠했다. 그래, 이번 말고 또 언제 기회가 오겠나? 평소에 아내에게 잃은 점수, 이번 기회에 만회해 보자. 한 번도 타본 적이 없는 공항철도도 타보고 공항에서 아내와 랑데부를 하는 감정도 경험해 보자. 도착 시간에 맞춰 일찌감치 집을 나서서 전철과 공항철도를 갈아타고 두 시간 만에 인천공항 제2 터미널에 도착했다. 전광판에 아내가 탄 비행기가 도착했다는 표시가 떴다. 아내에게 전화를 했다.

"여보! 잘 도착했어?"

"응, 지금 비행기에서 내려오고 있는 중이야, 짐 찾고 버스 타고 집에 가면 오후 5시쯤 될 것 같애."

"나 지금 공항에 나와 있어, 천천히 나와."

"응~ 무슨…, 거짓말?"

아내의 놀란 듯한 목소리를 들으면서 나는 고의로 전화를 끊었다.

그리고는 출구를 빠져나오는 승객들을 유심히 바라보고 있었다. 기다리는 시간은 언제나 초조하다. 혹시나 놓칠까 눈길을 돌릴 수가 없었다. 드디어 아내가 일행들과 함께 나타났다. 내가 손을 흔들어도 몰라봤다. 당연히 내 전화는 거짓말로 알았겠지. 열 발자국쯤 앞에서야 나를 발견한 아내는 잠깐 눈이 동그래졌다.

"어어~ 참말이네!"

이내 일행을 향하여 뽐내듯 미소를 지으며 "야~ 나 먼저 간다"고 소리치더니 무거운 캐리어를 내게 넘겼다.

노담하세요

　둘째딸이 두 번째 아이를 출산할 때가 되자 나에게 이름을 지어달라고 부탁했다. 첫 손자 이름을 저희 부부가 합의해서 지었으니 둘째도 둘이 알아서 지으라고 거절했다. 며칠을 생각해 보던 딸은 혹시나 내가 섭섭해할까 싶어 그랬는지 꼭 내가 지어주기를 간청했다. 나는 며칠을 기도하며 생각한 끝에 '은파(恩波)'라는 이름을 생각해 의견을 물었다. 큰 손자 이름이 은찬(恩燦)이니 같은 돌림 자에 여성스러움이 풍기는 이름이고 하나님의 은혜가 파도처럼 밀려오라는 뜻이 내포되어 있다는 설명을 했다. 그리고 한문으로 큼지막하게 써서 건네주었다. 아들 둘 중에 한 놈은 딸 같은 성격이면 좋겠다는 내 생각이 담겨있다는 설명도 했다. 딸 내외는 처음에는 떨떠름한 기분이었으나 아이를 낳아 키워보니 성격이 이름과 어울리고 듣는 사람들이 특이한 이름이라고 하니 아이가 커갈수록 만족해하는 듯했다.

　은파는 커가면서 내가 바라던 대로 여자아이처럼 마음이 여리고 생각이 많은 아이로 커갔다. 은파가 세 살 무렵 사위가 해외 지사로 발령받아 자카르타로 떠났다. 말도 제대로 익히지 못한 어린 손자를 해외로 보내는 심정은 가슴 아픈 일이었지만 그들 네 식구는 어쩔 수 없이 생소한 외국에서 몇 년을 보내야 했다. 우리 부부는 이들이 어떻게 살고 있는지 궁금하기도 하고 어린 손자들이 보고 싶어서 5년 동안 세 차례 현지를 다녀왔다. 은파는 현지의 외국인 전용 유치원에 다니면서 여러 나라 친구들과 어울려 재미있게 생활하고 있었다. 우리말도 제대로 익히고 외국인 친구들과는 영어로 대화할 수준까지 됐다. 집 안에서는 현지인 가사도우미와 대화할 정도의 인도네시아 말도 구사했다.

이렇게 5년을 자카르타에서 보낸 딸네 식구들은 2020년 2월 파견근무를 마치고 귀국했다. 다행히 귀국 당시에는 코로나로 인한 해외 입국자 격리제도가 시행되기 전이라 곧바로 우리 집으로 들어왔다. 딸네 식구가 귀국하니 아내와 둘만 살던 우리 집은 사람 사는 기분이 났다. 두 손자는 인도네시아에서 넓고 튼튼한 아파트에 살던 버릇이 있어 집 안에서 야구, 농구 게임도 하고 거실을 뛰어다니며 하루 종일 야단법석을 피웠다. 하루하루가 전쟁을 치르는 것처럼 시끌벅적하여 아래층 입주자에게 미리 양해를 구했다. 그러나 이렇게 조손(祖孫) 삼대가 함께 기거하는 기간은 길지 않았다. 딸네 식구는 그해 6월 전세를 준 그들 집이 만기가 되어 응봉동에 25평 낡은 아파트로 이사했다. 정부에서는 코로나 확산 방지를 위하여 소위 사회적

거리두기를 시행하여 다섯 명 이상 모이는 것을 금지했다. 그러나 좁은 집으로 이사 간 손자들은 수시로 우리 집을 들락거렸다. 큰놈 은찬이는 4학년에 편입했고 작은놈 은파는 1학년에 입학했지만 학교는 가지 못하고 한동안 온라인으로 수업을 받고 있을 때였다. 두 놈은 우리 집에 오면 신나는 시간이었다. 제 엄마의 통제에서 해방되어 TV도 마음대로 볼 수 있고 할아버지와 장기나 바둑도 두고 컴퓨터 게임도 마음대로 할 수 있어 가급적 늦게까지 머물러 있기를 원했다.

정부에서 코로나로 인한 거리두기가 완화되자 학교 수업도 정상화됐다. 은찬이는 중학생이 됐고 은파는 초등학교 3학년이 됐다. 어느 일요일 오후 딸네 식구들이 왔다. 현관을 들어서면서 은파가 고개를 갸우뚱거리며 제 할머니에게 상상치 못한 질문을 했다.

"할머니! 할머니 집에는 할아버지도 할머니도 돈 버는 것을 본 일이 없는데 집도 우리 집보다 크고, 어떻게 우리 집에는 없는 안마의자, 반신욕 기기, 전자 치료기 등이 있어요? 그리고 TV도 우리 것보다 훨씬 큰 것이 있는데 아무래도 이상해요?"

갑작스럽게 황당(?)한 질문을 당한 아내와 나는 할 말을 잃고 손자 놈 얼굴만 쳐다보고 있었다. 자기 딴엔 엄청 궁금한 질문을 했는데 빙그레 웃기만 하고 대답이 없으니 스스로 답을 찾아 중얼거렸다.

"아~ 은행에서 대출받아 샀구나."

그러더니 한 발 더 나아갔다.

"할머니 은행에 빚이 얼마나 있어요? 은행 빚이 많으면 파산해요."

제 할머니가 어이가 없는지 웃으며 대답했다.

"은파야 할머니 은행에 빚 없어."

은파는 도저히 이해가 되지 않는다는 표정으로 고개를 갸우뚱거렸다.

은행이 예금과 대부 업무를 하는 금융기관인 것은 초등학생도 알만한 상식이겠지만 수입이 없는 할머니 집에 값비싼 가전제품이 갖추어져 있는 것이 몹시 궁금했던 모양이다.

은행 빚이 머리에 꽂힌 은파는 그날 밤 제 어미에게도 묻더란다.

"엄마, 우리 집은 은행 빚이 얼마나 돼요?"

제 어미가 우리 집에는 은행 빚이 없다고 우겨댔으나 봉급날 쓸 돈을 계산하면서 은행이자 소리를 들은 은파는 물러서지 않았다. 어미는 귀찮은 듯이 한 1억쯤 된다고 대답했다. 은파는 걱정을 했다.

"엄마 그렇게 많아요? 우리 집 절약해야겠어요."

"어떻게?"

"이제 통닭 같은 거 시켜 먹지 말고 자장면만 먹어요."

궁금한 것이 많은 나이인 줄은 알지만, 제나름대로 빚 줄이는 대책을 내놓은 것이 깜찍하다고 해야 할지? 엉뚱하다고 해야 할지?

이런 생각을 가진 놈이 2022년 11월 4일 장인어른 기일에 아내의 고향인 강원도 횡성 가는 길에 따라나섰다. 제 어미와 함께 네 명이 두 시간가량 차를 타고 가는데 잠시도 입을 다물지 않았다. 횡성에 도착하여 처남 식구들과 함께 추도예배를 드리고 한우 고기 집에서 점심 식사를 하는데 은파가 또 말했다.

"비싼 한우 고기 대신 돼지갈비를 먹으면 훨씬 이익인데?"

처남들이 한마디씩 했다.

"은파 짠돌이네. 은파야, 모처럼 엄마 외가에 왔으니 한우 고기 한 번 먹어봐."

실제로 은파는 제 할머니가 동네 편의점에 가자고 해도 잘 가지 않는다. 할머니 손에 이끌리어 가도 1+1 상품이 아니면 사지 않는다. 식사를 마치고 식당 앞 잔디밭에서 작은처남이 담배를 피우고 있었다. 주위에 담배 피우는 사람을 본 일이 없는 은파는 그 광경을 물끄러미 바라보고 있었다. 모두가 모여 커피 한 잔씩을 마시고 각자 헤어져 집으로 돌아갈 채비를 하는데 담배를 피우던 처남이 은파에게 용돈을 건넸다. 거금 십만 원을 움켜쥔 은파의 인사말이 요상했다.

"노담하세요."

내가 무슨 인사말이 그러냐고 나무랐다. 담배를 끊으라는 인사란다. 요즘 아이들이 쓰는 말을 알아듣기 힘든 세상이 됐다.

그러나 한편으로는 어른의 스승은 아이라는 생각이 들었다.

그리스도 안의 새로운 피조물

1981년 2월 첫째 토요일 故황장옥(黃章玉) 목사님을 만난 후 다음 주일부터 흰돌교회에 나가기 시작했다. 처음 교회에 발을 들여놓으니, 모든 것이 낯설고 쑥스러워서 구석진 곳에 숨어 있었지만, 목사님은 귀신같이 알아보고 예배 시간에 나를 일으켜 세워 인적 사항을 공개하고 환영 인사를 했다. 이렇게 시작된 교회 생활은 회사에서도 금방 알려져 옆자리에서 근무하던 S대리와 L대리가 축하 인사를 하며 함께 성경공부를 하자는 제안을 했다. S대리는 경북 평해에서 태어나 부산으로 이주하여 농협중앙회 부산관내 지점에 근무하던 독실한 크리스천이었다. 한편 L대리는 경북 성주 출신으로 제주도에 근무하다 서울로 올라오던 중 열차 안에서 S대리의 전도를 받아 크리스천이 됐다. 두 사람은 1980년 봄에 함께 농협 본부로 발령받아 나와 같은 부서에서 근무하고 있었다. 이들은 서대문 불광동에 살면서 같은 교회를 다니고 있었다. 이들과 함께 책상을 나란히 하고 있던 내가 교회에 나가기 시작하니 두 사람 모두 자기 일처럼 기뻐하며 축하했다.

내가 교회를 나간 지 한 달쯤 후에 이들은 싫다는 나를 끌고 성경공부하는 곳으로 데리고 갔다. 점심시간을 이용해 우리 세 사람을 포함하여 오륙 명 정도가 강당 입구 각종 기물을 보관하는 작은 골방에 모였다. 성경공부는 '사영리' 교재를 가지고 S대리가 주도적으로 인도했다. 성경공부라는 것을 처음 접해본 나는 멍하니 동료들이 하는 이야기만 듣다 끝이 났다. 점심시간 30여 분을 활용하는 시간이니 미리 읽고 암송하지 않으면 그냥 덤벙덤벙 지나갈 수밖에 없었다. 첫날은 이렇게 지나가더라도 다음부터는 제대로 공부를 해야겠다는 생각으로 교재를 보니 다음 시간 공부할 내용 중 암송해야 할 성경 구절이 고린도후서 5장17절 말씀이었다.

"그런즉 누구든지 그리스도 안에 있으면 새로운 피조물이라, 이전 것은 지나갔으니 보라 새것이 되었도다.(고린도후서 5:17)."

성경 한 구절을 암송하는 것이야 어려운 일이라고 할 수 없다. 학창 시절 많은 시구(詩句)도 암송하고 「용비어천가」, 「두시언해」도 암송했으니 마음 먹고 두어 번 읽으면 머릿속에 들어왔다. 그런데 암송만 하면 무슨 소용인가, 말씀의 뜻과 영적인 내용을 알아야지? 문장을 제대로 이해하기 위해서는 행간에 감추어진 내용을 제대로 알아야 한다. '그리스도 안에 있다'는 것은 예수 그리스도를 믿는다는 뜻이라는 생각이 드는데 믿는다는 구체적 행위는 어떻게 나타나는지? 나아가 '새로운 피조물'이란 무슨 뜻인지? 신이 이 세상을 창조하였다면 한 번으로 족한 것이 아닌가? 새로운 피조물이란 새롭게 만들어진다는 뜻인데 구체적으로 어떻게 새롭게 창조되는 것일까? 또한 새로운 피조물이면 새것이 된 것은 당연한 사실이 아닌가? 성경 한 구절을 제대로 풀기도 어려운 문제인데 66권의 성경을 어떻게 이해할까? 생각할수록 자꾸 미궁에 빠져드는 기분이 들었다. 답답한 심정에 교회 목사님에게 물어보았다. 목사님은 모든 것을 한꺼번에 알려고 하지 말고 성경을 열심히 읽다보면 말씀이 저절로 이해가 되는 날이 온다고 나를 격려했다. 그리고는 창세기 1장 1절 "태초에 하나님이 천지를 창조하시니라." 이 말씀을 믿게 되면 모든 말씀이 이해될 것이니 먼저 창세기 말씀을 믿으라고 하셨다. 그러나 무조건 믿으려고 해도 마음속에 남는 의문은 어쩔 수가 없었다. 이런 의문을 간직한 채 우리들 성경공부는 계속됐다.

우리 세 사람은 나란히 앉아 회사 일도 열심히 하고 직장선교회 일도 적극적으로 나섰다. 성경공부에 이어서 매월 정기적으로 직장예배를 드리며 말씀도 듣고 불신자 전도에도 정성을 기울였다. 나아가 1982년에는 당시 직장선교회 회장이신 S부장님을 중심으로 전국에 흩어져 있던 농협 크리스천들이 서울에 모여 농협농촌복음화 전국대회를 개최하여 농촌복음화에 기틀을 마련했다. 이 행사는 농촌복음화의 기폭제가 되어 지금까지도 이어져 오고 있다. 한편 오지 농촌 어린이들의 견문을 넓혀주기 위하여 서울 견학 프로그램을 추진했다.

그해 여름방학을 이용하여 경북 영일군(지금은 포항시) 기북면 상옥초등학교 3학년 한 반 어린이 모두를 초청하여 농협중앙회 선교회원들의 가정에서 홈스테이를 하며 서울 견학을 시켰다. 견학을 마치고 돌아가는 어린이들과 헤어질 때는 모두들 눈시울이 붉어져 버스가 보이지 않을 때까지 얼굴을 돌릴 수가 없었다.

우리는 각자 섬기는 교회에서도 주일학교 교사로 성가대원으로 중요한 직분을 맡아 열심히 봉사했다. 그러던 중 S대리는 CCC (한국대학생선교회) 신년캠프에 참여하여 김준곤 목사님을 만나게 되었다. 김준곤 목사님에게 발탁된 S대리는 선교훈련을 받은 후 CCC 최초로 평신도선교사가 되어 가족과 함께 동남아 선교사로 떠났다. 그는 당시 1년 동안 휴직하려고 했으나 회사에서 휴직처리가 되지 않자 하나님과의 약속을 파기할 수 없다며 사직을 하고 필리핀으로 떠났다.

이에 자극을 받은 L대리는 CCC 일본 선교사로 지원했으나 가족들의 반대에 부딪쳐 꿈을 포기했다. L대리는 일본어에 능통하여 일본 선교의 적임자였지만 꿈을 접고 대신 S대리의 선교후원회를 조직하여 열심히 선교활동을 도왔다.

나는 이왕 믿을 작정을 했으니 성경을 제대로 알고자 서대문에 있던 아시아연합신학대학 평신도교육원에 등록하여 6개월 동안 공부했다. 이때 우리 반에 유명한 여배우 고은아씨가 등록하여 함께 공부했었다.

한편 필리핀으로 파견된 S선교사(대리에서 선교사로 명칭이 바뀌었다)는 매달마다 선교보고서를 만들어 모든 후원자에게 보냈다. 우리는 그가 보낸 선교보고서의 기도제목을 보며 뜨거운 기도로 동참했다. 그가 국내로 들어올 일이 생기면 꼭 우리 직장선교회에 와서 선교 보고를 했다. 그의 간증에 따르면 처음에는 영어가 익숙하지 않아 우리말로 설교해도 현지인들이 알아듣고 함께 기도한다는 것이다. 하나님의 성령은 언어와 민족에 관계없이 뜨겁게 역사하신다는 간증을 했다.

한편 나는 평신도신학원에서 성경을 배워가며 교회 일에 열심을 다했다. 이제는 '새로운 피조물' '보라 새것이 되었도다.' 라는 말씀의 뜻도 알게 됐다. 우리 교회는 날로 부흥하여 1984년 초 새로운 예배당을 짓기로 했다. 나는 새로운 교회 건축을 위하여 조직된 성전건축위원회의 간사를 맡아 일하던 중 그해 9월에 회사에서 승진하여 전라북도 진안으로 이동됐다. 그곳에서 1년 6개월 동안 근무를 마치고 안성교육원으로 이동했다. 이때 L대리가 본부에서 승진하여 안성교육원으로 와서 또다시 책상을 나란히 하고 같이 근무하게 됐다. 우리는 이곳에서 독실한 크리스천이신 S원장님(1982년 우리가 모시던 직장 선교회장)을 모시고 열심히 일하며 믿음을 돈독히 해갔다.

교육원 교육은 월요일 시작하면 토요일 수료할 때까지 모든 교수들도 교육생들과 함께 합숙을 하면서 지냈다. 1986년 3월 어느 토요일 교육을 마치고 귀가하는 도중 L교수(L대리가 L교수로 직명이 바뀌었다)가 버스에서 내려 길가에 쓰러졌다. 신촌에 위치한 S병원 응급실에 실려가 검사를 받기 시작했다. 여러 날 검사를 받았으나 원인을 찾지 못했다. 당시만 해도 첨단의료장비가 갖추어져 있지 않아 병명을 찾아내는 데 많은 시간이 걸렸다. L교수의 병은 췌장암으로 판명났고 우리는 그를 위해 간절히 기도했다. 그는 1년여 투병 끝에 하나님의 부름을 받아 먼저 천국으로 갔다. 이렇게 해서 우리 세 사람은 뿔뿔이 흩어졌다.

그 후 많은 시간이 흘렀다. S선교사는 평생 동남아 곳곳에 믿음의 씨앗을 뿌리며 하나님의 영토를 넓혀 나갔다. 필리핀, 싱가포르, 홍콩, 중국, 북한까지 사역지를 넓혀갔다. 싱가포르에서 사역할 때는 바쁜 시간을 활용하여 목사교육 과정을 마치고 목사 안수를 받아 평신도가 아닌 목사 선교사가 됐다. S선교사는 동남아 일대를 옮겨 다니며 30년간의 사역을 끝내고 2014년 귀국했다. 그는 지금 국내에서 아시아리더십파운데이션 (Asia Leadership Foundation)이란 선교단체에서 선교활동을 계속하고 있다. 한편 L교수 부인은 신학공부를 하여 S병원 원목실에서 전도사로 근무하면서 병원 선교를 담당했고, 전국의 많은 교회를 다니며 간증 집회를 인도했다. 2000년도 6월에는 우리 교회에 와서 간증집회를 인도하고 밤늦게 돌아갔다. 지금은 모든 사역에서 은퇴하고 평안한 노년을 보내고 있다. 한편 L교수의 아들은 목사 안수를 받아 아버지가 못 이룬 일본선교 꿈을 실현하기 위하여 일본에서 열심히 목회활동을 하고 있다. 나는 꾸준히 한 교회를 섬겨 장로의 직분을 감당하다 수년 전에 은퇴했다.

이제 망팔(望八)의 나이를 앞에 두고 옛날을 뒤돌아본다. 구석진 방에서 성경공부할 때 두 번째 암송했던 말씀이 생각난다.

"스스로 속이지 말라 하나님은 만홀히 여김을 받지 아니하시나니 사람이 무엇으로 심던지 그대로 거두리라(갈라디아서 6장 7절)."

심는 대로 거두는 것은 하나님의 보편적인 은혜다. 우리 세 사람은 아마 천국에서 다시 만나 이 땅에서 우리가 했던 사역들을 회상하면서 은혜를 나눌 기회가 올 것이다. 이제는 그날도 멀지 않은 듯싶다.

수학여행 추억

1953년 6.25 전쟁이 휴전되던 해 3월 어느 날엔가 초등학교(당시 국민학교)에 입학했다. 입학할 나이가 되지 않았는데 동네 창식이 형을 따라 무심코 학교로 놀러 갔다가 입학 수속을 밟게 되었다. 나를 학교에 데리고 간 창식이 형은 수업 시작종이 울리자 자기 교실로 가버리고 부모를 따라 입학하러 왔던 학생들도 수속을 마치고 모두 배정된 교실로 들어갔다. 나 혼자 운동장에 우두커니 남아 아름드리 플라타너스 나무 주위에서 서성거리고 있는데 딸을 입학시키러 온 술천 형님을 만났다. 술천 형님은 우리와 같은 김해 김씨 집 안으로 큰딸 숙자를 입학시키러 와서 수속을 마치고 집으로 돌아가던 차에 혼자 서성거리는 나를 보고 물었다.

"재원아, 니 학교 드갈레?"

술천 형님은 나를 데리고 교무실로 가서 선생님에게 나를 인도하고 집으로 돌아갔다.

이렇게 초등학교를 입학하게 되어 16년 동안 한 해도 쉬지 않고 학교를 다녔다. 16년 학교생활을 하는 중 우리 부모님은 한 번도 나를 만나러 온 적이 없었다. 학교뿐만 아니라 군대 생활 3년 동안도 면회 한 번 오신 적이 없다. 무심한 분인지? 아니면 모범생(?)인 나를 믿고 내버려두었는지 모를 일이다. 바쁜 농사일에 시달려 자식 공부에 신경 쓸 여유가 없었겠지. 생각해 보면 나 때문에 부모님이 학교에 불려오지 않은 것이 스스로 장한 일이라 여겨진다.

초등학교 시절은 어물쩍하는 사이에 금방 지나갔다. 6학년 졸업을 앞두고 수학여행을 간다고 했다. 물론 학년이 바뀔 때마다 소풍을 갔겠지만 어딜 갔는지, 도시락은 어떻게 준비해 갔는지 전혀 기억이 없다. 6학년 가을 어느 날 수학여행을 간다고 여행경비를 미리 걷었다. 매월 월사금을 제때 줘본 적이 없는 어머니가 수학 여행비는 순순히 주셨다. 지금 생각하니 어머니 당신이 여행을 좋아하니 쉽게 주셨지 않았을까 추측할 따름이다.

수학여행을 떠나는 날 아침. 두 대의 대형버스가 학교 운동장에 대기하고 있었다. 평소 허리춤에 책보만 걸치고 다니던 애들이 가방을 든 놈도 있고 소위 '니꾸사꾸'를 메고 폼잡는 놈들도 나타났다. 나도 모처럼 운동화를 신고 낡은 가방을 들고 버스에 올랐다. 버스가 출발하자 운전수 아저씨의 기분을 맞춰준다고 '기레이, 기레이'를 외쳐가며 노래를 불러댔다. '기레이'가 일본말인지, 한국말인지도 모를 뿐 아니라 무슨 뜻인지도 모르고 수시로 외쳐댔다. 우리를 태운 버스는

7번 국도를 따라 남하하기 시작하여 포항, 경주, 울산을 거쳐 동래(지금은 부산직할시로 편입됨) 원예시험장으로 갔다. 당시 원예시험장은 일본에서 귀국한 우장춘 박사가 시험장장을 맡고 있었다. 기억에 남는 것은 여러 종류의 꽃이 아름답게 피어 있었고 특히 국화꽃이 수없이 많이 전시되어 있었다. 당시로서는 상상하기도 힘든 철사 줄을 따라 국화 줄기가 뻗어가며 꽃을 피우고 있는 모양을 보며 탄성을 지르기도 했다. 당시 우리 선생님은 우장춘 박사가 씨 없는 수박을 발명했다고 자랑했으나 그것은 잘못 알려진 사실이었고 여행 후 선생님도 그것은 잘못 알려진 사실이라고 바로잡았다.

원예시험장을 돌아본 우리는 범어사를 거쳐 동래의 어느 여관에서 짐을 풀었다. 범어사는 경내가 넓고 매우 큰 절이라는 생각밖에 나지 않는다. 여관에 짐을 풀고 모두가 동래 온천장으로 갔다. 당시 동래온천은 꽤 유명한 온천으로 명성을 떨치고 있었다.

평생 처음 대중목욕탕에 들어간 촌놈들은 옷을 홀랑 벗고 들어가기가 부끄러워 서로 얼굴을 쳐다보며 망설이고 있었다. 선생님이 반장을 선두로 떠밀었고 그때서야 모두들 탕 안으로 따라 들어갔다. 당시 반장은 나보다 세 살 가량 많았고 학우들 대부분이 나보다 두세 살 많았다. 온천탕 물이 미끈미끈한 것이 무슨 이유인지도 모르고 서로들 이상한 물이라고 중얼댔다. 처음으로 들어간 목욕탕은 때를 미는 곳이 아니라 수영하고 물장난하는 곳이 됐다. 우리들 때문에 일반 손님은 한

분 두 분 슬그머니 빠져나갔다. 목욕이라기보다 한바탕 물놀이를 끝낸 우리는 여관으로 돌아와 저녁 식사를 했다.

여관에는 식당이 따로 있는 것이 아니고 밥상을 방마다 날라 각자의 방에서 식사를 했다. 여관 주인은 모자라는 밥과 반찬을 보충해 주느라 정신없이 뛰어다녔다. 식사가 끝난 후 얼마의 휴식을 가진 후 각자 배정된 방에서 취침에 들어갔다. 하루 종일 버스를 타고 여러 곳을 다녔지만 여행의 밤은 쉽게 잠들지 못했다. 선생님은 내일 일정을 위하여 일찍 자라고 채근했지만 우리는 삼삼오오 모여 떠들며 얘기하느라 밤 열두 시도 넘긴 듯싶었다. 더 이상 졸음을 참을 수 없어 각자의 방을 흩어졌다.

여관방은 출입문이 창호지를 바른 미닫이문이었다. 시건 장치도 문고리도 없었다. 피곤한 순서대로 잠에 취해 떨어졌다. 사건은 이때부터 시작됐다. 내가 잠이 들었나 싶었는데 어떤 놈이 내 엉덩이를 찰싹 때리는 소리에 놀라 잠이 깼다. 무슨 일인가 싶어 욕지거리를 하며 일어나 보니 반장을 비롯한 서너 놈이 내 아랫도리를 홀랑 벗겨 놓고는 낄낄거리며 웃고 있었다. 화를 낼 수도 없어 된통 욕을 한바탕 하고는 그들과 합세하여 옆방으로 건너갔다. 잠든 친구를 골라 살금살금 아랫도리를 벗기기 시작했다. 스릴 만점이다. 가끔 금방 깨는 친구가 있었지만 대부분은 팬티를 벗길 때까지도 잠에 취해 있었다. 팬티까지 벗기고도 모르면 엉덩이를 찰싹 때리고 사타구니 깊숙한 곳에 침을 탁 뱉었다. 단잠을 깬 친구가 놀란 토끼 눈으로 팬티 찾는다. 팬티는 이불 깊숙이 감추어 놓았다. 어쩔 줄 몰라 이불로 몸을 숨긴다. 우리는 이런 짓거리를 하면서 이방에서 저 방으로 옮겨갔다. 그날 밤은 친구들 팬티 벗기는 밤이 됐다. 아마도 수십 명의 친구들이 무차별 성희롱(?)을 당했다. 차마 여학생들이 자고 있는 방에는 갈 수가 없어 각자의 방으로 흩어졌다.

그날 밤은 그렇게 깊어져갔다. 학폭, 성희롱 이런 용어가 없던 때에 수학여행 추억이다. 이 초등학교 수학여행이 16년 학교를 다닌 나의 처음이자 마지막 수학여행이었다. 버스 타고 수학여행 가던 시절을 거쳐 여객선을 타고, 비행기를 타고 수학여행을 다니는 모습을 보며 우주선을 타고 수학여행 갈 때를 상상해 본다.

신(新) 맹모삼천지교(孟母三遷之敎)

자녀를 제대로 교육하는 것은 매우 어려운 일이다. 동서고금을 통하여 자기 자녀를 부모의 마음에 흡족하게 키웠다고 자신 있게 대답할 사람이 몇이나 될까? 우리나라의 큰 재벌회사를 창립한 L회장도 평생에 마음대로 되지 않은 것이 두 가지가 있다는 고백을 했다. 그 첫 번째는 골프공을 원하는 곳에 갖다 놓는 것이고 또 하나는 자식 교육이라고 했다. 그만큼 자녀 교육이 어렵다는 것을 보여주는 실례라 하겠다. 우리나라 부모들은 유난히도 자녀 교육에 열성적이다. 자녀 교육을 위해서라면 부모의 희생쯤은 기꺼이 감수한다. 밤낮으로 뼈 빠지게 일하는 것은 물론 빚을 내서라도 학군 좋은 곳으로 이사 가기도 한다.

자녀 교육을 위해서 이사를 다니던 원조는 아무래도 맹자(孟子)의 어머니가 아닌가 생각된다. 맹자의 어머니는 맹자 교육을 위하여 3번 이사를 다녔다고 하여 소위 맹모삼천지교(孟母三遷之敎)라는 교훈을 남겼다. 맹자의 어머니는 먼저 공동묘지 근처로 이사했다. 이곳에서 맹자가 상여놀이를 흉내내는 모습을 보고는 시장 근처로 이사했다. 이번에는 맹자가 시장상인처럼 되어가는 것을 보고 마지막으로 서당 근처로 이사를 하니 맹자가 글공부에 열중했다는 단순한 교훈이다.

여기서 내가 생각해 보는 것은 맹자의 어머니가 왜 공동묘지와 시장을 거쳐 서당 근처로 여러 번 이사를 했을까? 곧바로 서당 근처로 이사했더라면 될 것이 아닌가? 맹자의 어머니가 멍청해서일까? 아닐 것이다. 맹자는 공동묘지에서 많은 사람들이 죽어가는 것을 보았을 것이다. 모든 인간은 빈부귀천에 관계없이 한줌의 흙으로 돌아간다는 죽음의 문제를 알았을 것이다. 다음으로 시장 근처에서는 삶의 현장을 보았을 것이다. 시장은 생활에 필요한 모든 물건이 거래되는 곳이며 치열한 생존경쟁이 벌어지는 곳이다. 맹자는 여기서 삶의 방식을 배웠다고 추측할 수 있다. 죽음과 삶의 현장을 경험한 맹자는 서당에서 깊은 학문을 연구하여 위대한 사상가가 된 것이다. 결론적으로 말하면 공동묘지와 시장 근처에 살면서 보고 배운 것이 훗날 맹자철학의 밑거름이 된 것이다.

대부분의 사람은 한평생 살면서 몇 번의 이사를 한다. 직장 때문에 또는 경제적 이유로 이사하는 경우도 많지만 요즘 젊은 부부들은 자녀 교육 문제로 이사하는 경우가 많다. 즉 학군이 좋은 곳으로 이사하기를 원한다. 나도 결혼하고 50년을 살면서 15번을 이사했다. 물론 직장 때문에 이사한 경우도 많지만, 아이들 교육을 위하여 이사를 작정한 경우도 많았다. 88년 올림픽과 함께 집값이 폭등할 때는 신도시 건설 바람이 불어 너도 나도 분당으로 일산으로 아파트를 청약하여 입주하기 시작했다. 나도 아이들 교육을 위하여 분당에 아파트 청약을 시도했다. 최초로 분양하는 시범아파트부터 청약에 응모했다. 보기 좋게 낙첨이었다. 그래도 아직 기회가 많으니 실망하지 않고 두 번째 청약을 시도했다. 또 낙첨이다. 세 번 네 번 여덟 번까지 낙첨했다. 타고난 운이 없음을 원망하며 청약을 포기하고 면목동 살던 집에 눌러앉았다.

큰딸이 결혼하여 분가했다. 강남 전셋집을 얻어 몇 년을 살았다. 뛰는 전세 값에 견디지 못하고 우리 집 근처로 이사했다. 둘째딸은 아예 분가할 처지가 못 되어 우리 집에 머물러 살았다. 7년 동안 같은 아파트에서 살면서 제 어미의 도움을 받아가며 아이들을 키웠다. 취학 전에는 아파트 단지 내 어린이집에 다니다가 큰손자가 초등학교 입학 때가 되니 학군이 좋다는 곳으로 이사갔다. 좋은 교육환경을 찾아가는 것이 최우선 과제가 됐다. 이런 이유로 학군이 좋다고 소문난 곳은 아파트 값이 자꾸 뛰어오른다. 아파트를 비롯한 각종 주택가격은 생활편의에 따라 결정되는 것이 순리일 것이다. 우리나라 출산율은 세계 최하위를 기록하면서도 교육열은 최고로 높다. 아이러니한 현상이다.

지금은 신(新)맹모삼천지교의 지혜를 배워야 할 때다. 맹자 어머니가 이사 다닌 사실에서 교훈을 찾을 것이 아니라 주어진 환경에서 지혜를 배운 맹자의 혜안에서 교훈을 찾아야 할 것이다.

칼릴 지브란(Gibran Kahlil Gibran 1883~1931)은 『예언자』에서 아이들에 대하여 이렇게 썼다.

"그대의 아이는 그대의 아이가 아니다. 아이들이란 스스로 그리워하는 큰 생명의 아들, 딸이니 그들은 그대를 거쳐서 왔을 뿐 그대로부터 온 것이 아니다. 또 그들이 그대와 함께 있을지라도 그대의 소유가 아니다. 그대는 아이들에게 사랑은 줄 수 있으나 그대의 생각까지 주려고 하지 말라. 아이들에게는 아이들의 생각이 있기 때문이다."

학군을 쫓아다닐 것이 아니라 아이들에게 꿈을 심어 줄 방법을 찾아야 할 것이다.

봄을 기다리는 마음

봄은 어디서부터 오는가? 강물을 타고 오는가? 산을 넘어서 오는가?

어릴 때 시골에서 농사짓고 살 때는 봄은 초록 보리밭을 타고 오는 듯했다. 겨우내 얼었던 보리가 초록빛을 띄우고 그 위로 형형색색 나비들이 날아들 때면 아버지는 쟁기질을 시작했다. 해동이 되었다는 뜻이다. 이때는 봄이 멀리 산허리를 넘어 우리 곁에 오기 시작한 때다.

그러나 지금은 시대가 변하여 보리밭은 구경조차 힘들다. 농촌에 가도 보리를 심는 농가는 극히 드물다. 도심의 봄은 어디서 올까? 꽃가게에서 시작하여 뒷산 능선을 타고 아파트 정원으로 들어온다. 꽃집 아가씨들의 부드러운 손길이 입학식과 졸업식을 대비한 꽃다발을 만들고 각종 화분을 길거리에 내놓고 감성어린 아줌마들을 유혹한다. 체온으로 느끼던 봄이 눈으로 들어올 때쯤이면 산수유도 피고 매화도 수줍은 얼굴을 내민다.

봄을 맞으러 배낭을 메고 산골짜기로 들어갔다. 맨 처음 골짜기에서 졸졸 거리는 물소리가 신호를 보냈다. 겨우내 얼었던 빙벽에서 하나

둘 떨어진 물방울이 어깨동무를 하고 낮은 곳으로 내려온다. 여름철 계곡물은 사나운 홍수처럼 쏟아지지만 눈 녹은 물줄기는 태고의 생명수처럼 흐른다. 발길을 옮겨 숲속으로 들어갔다. 이름 모를 산새들이 짹짹거리고 까치는 제집을 나와서 까악~ 하며 나뭇가지를 날아다닌다. 딱따구리란 놈이 주둥아리에 속사포를 달은 듯 떡갈나무를 마구 쪼아댄다. 산속에서 겨울을 난 산양이는 햇볕에 졸고 있느라 지나가는 등산객쯤은 우습게 알고 헤픈 입을 쫙 벌리고 하품을 한다. 낙엽 진 앙상한 가지는 뿌리에서 물을 뽑아 올리는 듯 가지마다 춤을 추고 있다. 지친 몸을 이끌고 능선에 올랐다. 능선의 바람도 순해졌다. 뼛속을 파고드는 매서운 바람이 아니다. 뺨을 간질이며 스치는 부드러운 바람이다. 양지쪽의 진달래가 곧 꽃망울을 터뜨릴 태세다.

제일 먼저 꽃을 피우는 나무는 산수유다. 산수유는 잎보다 꽃이 먼저 핀다. 그래서 봄을 알리는 전령이다. 박노해는 산수유를 이렇게 노래했다.

모든 꽃망울이 웅크릴 때 가장 먼저 꽃을 피우는 산수유, 모든 열매들이 떨어질 때 맨 나중까지 붉게 달린 산수유…

매서운 겨울 추위에도 품고 있던 연정을 노란 꽃으로 피워내니 꽃말을 '불변한 사랑'이라 이름 지었나 보다. 산수유가 노랗게 피어

여기저기 화전놀이가 시작되면 남쪽으로부터 매화 소식이 들려온다. 매화는 예로부터 사군자 중 으뜸으로 꼽았고 송죽(松竹)과 함께 세한삼우(歲寒三友)라 하여 절의의 상징으로 여겨왔다. 그래서 매화는 오랜 세월 선비들의 사랑을 넘치도록 받아왔다. 다산(茶山) 정약용(丁若鏞) 선생도 마당에 핀 매화를 보고 이렇게 노래했다.

늙어도 꾸정꾸정 서리 눈 견디고서 맑고도 깨끗한 모습 세상 먼지 벗어났네, 보이지 않는 향기 그윽하니 매화 붉은 꽃잎만 사랑스런 것이 아닐세.

매화가 제 흥에 겨워 한창 요염을 떨고 있을 무렵이면 고귀한 목련이 화려한 자태를 드러낸다. 목련은 꽃이 피려고 할 때 끝이 북쪽을 향한다 하여 '북향화'라 불리기도 한다. 이는 햇빛을 많이 받는 꽃 덮개가 빨리 성장하여 북쪽으로 기울기 때문이다. 목련은 꽃말이 '고귀함', '숭고한 사랑'이라 하여 많은 시인 묵객들이 목련꽃의 아름다움을 노래하고 있다. 청록파 시인의 한 사람인 박목월은 「사월의 노래」에서 이렇게 노래했다.

목련꽃 그늘 아래서 베르테르의 편지를 읽노라, 구름꽃 피는 언덕에서 피리를 부노라….

이런 고귀한 사랑의 목련꽃도 땅에 떨어지면 억센 구둣발에 밟히는 신세가 된다.

그러나 봄은 처녀처럼 아름다운 자태로 포근하게만 오지 않는다. 가끔 심술을 부리며 꽃샘추위라는 것도 동반하고 얄궂은 비바람도 몰고 온다. 세찬 비바람과 함께 목련꽃이 지면 이번에는 벚꽃 세상이 된다. 전국에 벚꽃축제가 열리고 모든 사람이 하늘을 우러러 벚꽃 찬가를 부른다. 꽃비가 되어 공중에서 지상으로 편편히 떨어진 벚꽃세상은 순식간에 지나간다. 다음은 가슴 아픈 사연을 간직한 진달래가 피고 이어서 철쭉이 만발한다. 나라를 빼앗긴 촉(蜀)나라 망제(望帝)의 무덤에서 피어났다는 전설의 꽃. 두견새가 울다 토해낸 붉은 피로 물들어 꽃잎이 붉다는 진달래. 이런 사연도 모르고 어린 시절 뒷동산을 누비며 시름없이 따 먹던 참꽃. 북한산 진달래 능선에 등산객이 구름 떼처럼 지나간 후면 이젠 홍색, 자색, 백색의 철쭉이 아파트 옹벽을 뒤덮는다. '사랑과 정열'이란 꽃말을 가진 철쭉은 불행하게도 흉년에 배고픈 두 형제가 산 고개를 넘어가다 죽은 자리에서 피어났다는 전설의 꽃이다. 형은 철쭉으로 피어나고 동생은 진달래로 피어났다. 그래서 철쭉과 진달래는 똑같이 진달래과에 속하는 식물이다. 울긋불긋 화려한 철쭉이 그 빛을 잃고 한 잎 두 잎 떨어져 가면 영원할 것 같던 봄날도 순식간에 떠나간다. 담벼락 사이에 홀로 핀 제비꽃은 찾아볼 겨를도 없이 봄은 바람처럼 왔다가 바람처럼 사라진다.

꽃이 피고 지는 것을 보며 봄의 정취를 느끼는 것은 옛 사람이나 지금을 사는 우리나 마찬가지인 듯싶다. 이백 두보와 함께 당나라 3대 시인으로 불리는 백거이(白居易)는 춘풍이란 시에서 이렇게 노래했다.

춘풍(春風)/ 백거이(白居易)

春風先發苑中梅 춘풍선발원중매

櫻杏挑梨次第開 앵행도리차제개

薺花楡莢深村裡 제화유협심촌리

亦道春風爲我來 역도춘풍위아래

봄바람에 정원 매화꽃이 먼저 피고

앵두꽃, 살구꽃, 복사꽃, 배꽃이 차례로 핀다

냉이 꽃, 느릅 싹이 깊은 산골에 피니

또한 말하리라, 봄바람이 나를 위해 불어온다고

내가 기다리는 봄은 혹독한 겨울 뒤에 오는 자연의 봄만을 의미하는 것만이 아니다. 혹한의 겨울과도 같은 현실 뒤에 찾아오는 따뜻한 봄, 즉 희망의 봄을 기다리고 있다. 전기장판 하나에 의지하여 겨울을 보내고 있는 분들이 따스함을 느낄 수 있는 봄, 진정 이런 봄날을 기대하는 것이다.

내 어린 양을 먹이라

1981년 2월 두 번째 일요일, 교회라는 별난 세상에 발을 들여놓은 나는 처음부터 열심히 교회 생활을 했다. 주일은 물론 수요예배에도 빠짐없이 참석하고 가끔 새벽기도회도 나갔다. 이왕에 발을 들여놓았으니 열심히 해 보겠다는 의지도 있었고 성경 말씀이 신비롭고 상식으로 이해할 수 없는 내용이라 깊이 들어가면 또 다른 무엇이 있나 싶어서 성경도 열심히 읽었다. 그해 추수감사절에 세례를 받고 연말이 다가오자 목사님은 내년에는 나더러 주일학교 교사(당시는 '반사'라 불렀다)와 찬양대(당시는 '성가대'라 불렀다)를 하라고 권유했다. 목사님(故 黃章玉목사님) 말씀에는 언제나 Yes만 했지 No는 없던 시절이라 걱정이 앞섰지만 따르지 않을 수 없었다. 찬양대는 하나밖에 없었으니 당연히 11시에 드리는 2부 예배 찬양대에 들어갔고 주일학교 교사는 처음이라 어린이부(초등학생)에 편입되어 3학년 담임을 맡았다. 주일학교 교사는 교재를 주고 미리 공부해서 주일 날 학생들을 가르치면 크게 어려울 것이 없을 듯했지만 찬양대는 음악에 맹탕인 내가 감당할 수가 없을 것 같았다. 그러나 실제로 현장에 들어가 보니 찬양대보다 주일학교 교사의 업무가 훨씬 힘들고 어려운 일이었다. 찬양대는 내가 소리를 내지 못하더라도 옆 동료들의 소리에 묻혀갈 수 있지만 교사는 내가 맡은 반은 온전히 내 책임 하에 이끌어 가지 않으면 안 되는 처지였다.

주일학교 교사의 업무는 토요일부터 시작됐다. 토요일 오후 우리 반 학생들에게 전화를 하든지 아니면 심방을 해서 주일에 교회 나오게 하는 것이 급선무였다. 교회학교의 주일예배는 담당 전도사 인도 하에 먼저 모든 학생이 함께 예배를 드리고 다음은 각 반별로 모여서 공과공부를 진행했다. 만약 맡은 반 학생들이 나오지 않으면 공과공부 시간에 다른 반 학생들이 공부하는 것을 구경하고 있어야 하는 신세였다. 이런 창피(?)를 당하지 않기 위해서는 토요일 학생 심방이 필수였다. 한편 주일예배가 끝나면 매번 교사와 학생들이 함께 주변 놀이터를 돌아다니며 전도활동을 벌리곤 했다. 북을 치고 사탕을 나누어 주며 교회 주변을 한 바퀴 돌면 많은 어린이들이 교회로 모여들곤 했다. 이런 교사 활동이 3개월쯤 지나 봄날이 돌아오자 교사 철야기도회를 시작했다. 당시 아동부 부장 정영기 장로님(2019년 7월 19일 별세)은 학생들의 믿음을 확고히 하기 위해서는 먼저 교사들이 기도하고 영적으로 깨어 있어야 한다며 한 달에 한 번씩 철야기도를 제안했다. 정영기 장로님은 평생 중등학교 교직생활을 하고 계시던 분이라 교회교육 뿐만 아니라 학교교육에도 일가견이 있는 분이었다. 나는 철야기도를 어떻게 하는지도 모르고 모든 교사들이 참여하니 빠질 수가 없어서 내키지 않은 마음으로 참석했다. 교사들이 철야기도를 하는 날은 매월 마지막 금요일이었다. 금요일은 늦게까지 기도하더라도 토요일은 오전 근무니까 다른 날보다는 마음이 좀 가벼웠다. 철야기도는 저녁 9시 교회 2층 다락방에 모여 간단한 예배를 드리고 성경을 읽고 뜨겁게 찬송을 부른 후 합심하여 기도하고 잠시 휴식을 취한 후 다시 반복하는 방식으로 진행됐다. 기도의 열기가 더해지면 교회학교를 위한 기도뿐 아니라 한국교회와 국가를 위하여 울부짖으며 기도했다. 그리고는 맡은 반 학생들 이름을 일일이 거명하며 그들의 앞날에 하나님의 도우심이 함께하기를 기도했다. 이렇게 초저녁에 시작된 우리의 기도는 다음날 일반 교인들이 새벽기도 나오는 오전 5시까지 계속됐고 교인들이 새벽기도를 나오면 그때 우리도 본당에 내려가서 함께 새벽기도를 드리고 집으로 돌아갔다. 이렇게 밤새 한숨도 못자고 사무실에 출근한 나는 감기는 눈을 비벼대며 한나절을 근무한 후 부리나케 퇴근하여 일요일 아침까지 정신없이 깊은 잠에 빠져들었다. 이런 철야기도는 교회 안에서만 하는 것이 아니고 주중에 휴일이 있을 때는 남양주 평내읍에 소재하던 평화기도원을 예약하여 산속에서 밤을 새기도 했다.

교사들의 철야기도가 어린 양을 먹이기 위한 첫 번째 미션이었다면 두 번째 미션은 교회학교 교사 자격증 취득 작전이었다. 정영기 장로님은 욕심이 많으셨다. 기왕에 교사의 직분을 맡았으면 제대로 자격을 갖추고 해 보자는 제안을 했다. 우리는 장로님의 열정에 따라가지 않을 수 없었다. 어떻게 교사 자격증을 취득하는지 우리는 잘 알지 못했지만 장로님께서는 이미 다 알고 계셨다. 당시 총회에서는 매년 교사 자격증 취득을 위한 교육을 계속적으로 실시하고 있었다. 교사들이 낮 시간을 내기가 어려우니 야간수업을 실시하고 있었다. 당시는 동대문에 소재한 동신교회에서 실시하고 있었는데 교회 사정으로 장소를 쓰기가 힘든 날은 창신동에 있는 남북교회에서 실시했다. 교육과정은 매주 목요일 저녁 7~9시까지 수업을 하고 1년 동안 교육을 받은 자에게 총회 명의로 교사 자격증을 수여했다. 우리 교회에서는 나를 비롯하여 아동부 대부분의 교사가 신청했다. 목요일이 되면 우리는 미리 교육 장소에 모여 김밥 한 줄로 저녁 식사를 때우고 수업에 참여했다. 서울 시내 많은 교회가 같은 날 교육에 참석하니 늦게 가면 자리를 제대로 확보하지 못해 뒷자리에 서서 강의를 듣기도 했다. 이렇게 1년 동안 교육에 참석한 우리는 큰 자부심을 갖게 됐다. 비록 학생들을 지도하는 것이 서툴고 힘들더라도 교사 자격증이 주는 힘으로 맡겨진 학생들을 감당할 수가 있었다. 나는 이렇게 해서 두 개의 교사 자격증을 취득했다. 대학 졸업과 함께 받은 문교부 장관

명의의 중등교사 자격증과 대한예수교장로회 총회장 명의의 교회학교 교사 자격증이다. 미국의 카터 대통령은 은퇴 후에도 교회학교 교사로 봉사했다는 사실을 생각하면 참으로 교회교육이 중요하다는 생각을 갖게 했다. 그래서 나 역시도 교회학교 교사 자격증이 문교부 중등교사 자격증보다 더 소중히 생각하고 있다. 그때 나와 함께 교사 자격증을 취득한 분들이 교회에 더러 남아있을 텐데 도무지 기억이 나지 않는다.

다음 세 번째 미션은 가정방문이었다. 학기 초 새로운 반이 편성되면 한 달 내에 가정방문을 실시하는 것이다. 학생들은 선생님들이 집으로 찾아오는 것을 무척 꺼려했다. 어떤 핑계를 대든지 선생님과 부모님 만나는 것을 피하고 싶어 했다. 주소도 가르쳐 주지 않을 뿐더러 찾아간다 하더라도 자리를 피해 도망가기 일쑤였다. 그래서 예고 없이 몰래 찾아가기도 하고 부모님이 교회 출석하는 경우는 교회에서 만나 대강 가정 사정을 파악하고 가정방문을 대신했다. 내가 4학년을 담당하고 있을 때였다. 가정방문을 한다고 예고하고 어느 한 학생 집으로 찾아갔다. 출입구가 따로 없는 낡은 연립주택에 사는 학생이었다. 방문 앞에서 귀를 기울리니 소리는 들리는데 신발은 없었다. 방 안에 사람 소리가 나니 틀림없이 내 반 학생이 있을 것 같았다.

"J야~ 나 왔어, 문 열어."

그는 내 목소리를 듣고 문을 열고 나왔다. 다른 얘기를 하기 전에 먼저 왜 신발이 없느냐고 물었다. 그의 대답은 주일 날 예배가 끝나고 집에 와서 공부를 하려고 하면 교회 친구들이 찾아와 공부에 방해가 되어, 신발을 감추고 집에 없는 척한다고 했다. 당시는 도서관이나 독서실 시설도 없었다. 당연히 집에서 공부해야 하는 데 교회 친구들이 방해가 된다고 하니, 무슨 조언을 어떻게 해야 할지 막막했다.

모든 교사들이 이런 열정으로 교회학교를 섬긴 덕분에 시간이 흐른 후 우리 교회 어린이부(1~6학년)는 유치부(1~2학년), 초등부(3~4학년), 소년부(5~6학년) 세 개 부서로 늘어났고 1995년 내가 안수집사가 되어 초등부 부장을 맡았을 때는 초등부 학생만 100명이 넘기도 했다. 요한복음 21장에서 부활하신 예수님은 사랑하는 제자 시몬에게 세 번씩이나 '내 양을 먹이라'고 당부하셨다. 이제 와 당시 나에게 맡겨진 어린 양을 제대로 먹였는가를 회고해 본다.

"네, 주님 최선을 다해 돌보려고 노력은 했습니다."

자신 없는 답변을 둘러대야 하는 내 마음이 편치 못하다.

우리 마을 콩쿠르대회

2022년 마지막 날 오후 할 일 없이 우두커니 집 안에서 머물다 TV를 켰다. KBS 방송에서 2022년 전국노래자랑 결승대회가 열리고 있었다. 그동안 사회를 맡고 있던 송해 선생이 돌아가신 이후는 전국노래자랑 프로를 시청한 적이 없었는데 새로 바통을 이어받은 김신영 씨의 사회 솜씨도 볼 겸 끝까지 시청했다. 2022년 결승전은 그동안 각 지방대회에서 수상한 19개 팀이 출현했다. 결선대회는 따로 무대장치를 마련하지 않고 KBS홀에서 진행되었고 출연자들이 무대에 올라와서 노래뿐만 아니라 각종 춤을 비롯한 본인의 장기들을 마음껏 발휘하고 내려갔다. 방송 중간에 송해 선생을 추념하기 위하여 새로운 사회자인 김신영 씨가 대구에 잠든 송해 선생의 묘소를 참배하고 큰절을 올리는 모습을 볼 때는 그 분의 따뜻하고 인정 어린 모습이 떠올라 내 마음이 숙연해지기도 했다. 출연자는 11살 초등학생에서부터 78세에 머리가 하얀 할머니까지 다양했다. 춘천 출신의 78세 할머니가 무대에서 〈물새 우는 강 언덕〉을 부를 때에는 백설희 선생을 다시 보는 느낌이 들어

옛날을 회고하며 감상에 젖기도 했다. 모든 공연이 끝나고 심사 결과 발표가 있었다. 이날의 대상은 경남 진주 가람초등학교 6학년 빈예서 어린이에게 돌아갔다.

빈예서 양은 결승전에서 〈용두산 엘레지〉를 불렀다.

용두산아 용두산아~ 너만은 변치 말자 한 발 올려 맹세하고 두 발 디뎌 언약하던….

구성지게 꺾어 부르는 노래는 11살의 초등학생의 노래라고는 믿기지 않을 만큼 감정 이입이 완벽한 노래였다.

내가 빈예서 학생 나이쯤 됐을 때 정월 보름날 우리 동네에서 콩쿠르대회가 열렸다. 당시 우리 마을에는 정월 보름날은 콩쿠르대회를 개최하고 음력 이월 초하루 영등날 밤에는 줄다리기를 했다. 콩쿠르대회는 당시 동네에서 가장 늘씬하고 잘생긴 해일이 아재가 주관을 했다. 해일이 아재는 아들 다섯을 둔 집 안의 셋째 아들로 당시 동네에서 가장 유식했고 홍해읍내에도 인맥이 넓었다. 해일이 아재는 먼저 읍내 경찰지서에 콩쿠르대회 허가를 얻은 후 아코디온 반주자를 섭외하고 확성기도 두 개 빌렸다. 그리고는 상품을 구입하고 출연료를 정한 후 우리들에게 동사 앞마당에 가설무대를 만들도록 지시했다. 콩쿠르대회 상품은 주로 시골 부엌 용품이었다. 양은솥, 냄비, 밥그릇

등이었고 일등 상품이 은수저 한 벌이었다. 그날 우리는 해일이 아재가 시키는 대로 가설무대를 만들고 확성기를 둘러매고 콩쿠르대회를 알리려 동네를 몇 바퀴 돌았다.

　저녁 식사가 끝나고 대회장으로 가는데 오늘은 나도 무대에 올라 노래 한 곡을 부르고 싶었다. 노래도 할 줄 모르는 내가 어찌 콩클무대에 올라갈 생각을 했는지 지금도 이유를 모르겠다. 어쨌든 누구도 공짜로 무대에 올라갈 수가 없었다. 참가비가 없어 어머니께 때를 서서 간신히 돈을 타냈다. 불같은 성격의 어머니가 그날은 순순히 참가비를 주셨다. 명절이라 마음이 후해 지신 듯했다. 참가비를 호주머니에 넣고 보무도 당당하게 무대가 설치된 동사 마당으로 갔다. 하늘에는 보름달이 비치고 무대 위에서는 밧데리에서 연결된 전등불이 번쩍거리고 접수처에는 긴 줄이 늘어서 있었다. 참가비를 내고 대회가 시작되기를 기다리며 무대에서 부를 노래를 연습하느라 목청을 가다듬고 있는데 드디어 차임벨이 울리고 첫 출연자가 무대 위로 올랐다. 아코디온 반주에 맞춰 노래를 불러본 적이 없는 대부분의 출연자들은 중도 탈락했다. “땡” 하는 탈락 종소리가 울리면 모두들 한바탕 웃어댔고 끝까지 불러서 관문을 통과한 출연자에게는 “댕동땡”하고 합격의 종소리가 울렸다. 모처럼 합격자가 나오면 모두 소리지르며 박수를 쳤다. 예나 지금이나 승패를 가르는 차임벨 소리는 똑같았다. 몇 사람이 탈락과 합격을 반복하는 사이 내 차례가 왔다.

“다음 순서는 홍안 1동 김재원 학생입니다. 큰 박수로 맞이주십시오.”

사회자의 호명에 따라 무대 위로 올라갔다. 무대에 올라서니 정신 아찔했다. 전등불에 눈이 부시고 앞에 동네 아줌마들이 앉아 있는 것을 보니 가슴이 쿵쾅거리기 시작했다.

“학생! 오늘 무슨 노래 부를 거요?”

“예, 〈한 많은 대동강〉입니다.”

대답이 떨어지자마자 아코디온 반주가 시작됐다. 한 번도 반주에 맞춰 연습한 경험이 없던 나는 어디쯤에서 시작해야 할지를 몰랐다. 대충 이때다 싶어 목구멍에 침을 삼켜가며 첫 소절을 시작했다.

한 많은 대동강아~ 변함없이 잘 있느냐? 모란봉아 을밀대야 네 모양이 그립구나 ~.

두 소절을 부르고 나니 갑자기 머리가 휑 돌더니만 가사가 생각나지 않았다. 심사위원은 인정사정 볼 것 없이 “땡~.”하고 차임벨을 내리쳤다. 창피한 생각에 얼른 무대를 내려와 맨 뒤편 방청객 사이로 숨어 들어갔다. 내 생애 처음으로 오른 무대는 이렇게 중도 탈락으로 끝이 났다.

세월이 흘러 중학생이 되었다. 음악 실기시험이 있었다. 슈베르트의 〈보리수〉를 부르는 시험이었다. 선생님의 풍금에 맞춰 한 사람씩 부르는데 내 차례가 왔다. 몇 번을 시도해도 나는 한 소절도 못 부르고 지나갔다. 내가 음악적 소질이 없었는지? 여러 사람 앞에 나서는 숫기가 없었는지?

그러나 세월이 가면 자신의 노력에 따라 사람의 소질도 숫기도 변하기 마련이다. 나는 지금 40여 년 동안 교회 성가대를 하고 있고 2011년에 〈코리아싱어즈〉 합창단에 들어가서 헨델이나 모차르트의 노래도 부르고 예술의전당, 세종문화회관, KBS홀에서 공연도 했다. 그리고 더 중요한 것은 두 딸이 피아니스트가 되었고 손녀는 예술고등학교를 다니면서 세계적인 바이올리니스트가 되기 위하여 정진하고 있다는 사실이다.

2부

사노라면 잊힐 날 있으리라

사십 년 동안 마음속에 간직한 '간뇌증후군(間腦症候群)'이란 병명을 찾아본다. '간뇌의 결함으로 인해 발병하는 질환을 말한다'라고 설명되어 있다. 의학용어라 내가 구체적으로 알 수는 없으나 머릿속 뇌의 일부분인 간뇌에서 발생하는 각종 질병으로 판단된다. 내가 지금 새삼스럽게 이 병명을 찾아보는 것은 사십 년 전 내 셋째딸 은혜가 세상을 떠나게 된 원인이기 때문이다. 생각하기도 싫고 잊고 싶은 일이기에 병명조차 지금까지 묻어두고 지내왔다.

1978년 둘째딸을 낳은 아내는 원인을 알 수 없는 병으로 회복 불가능한 상태에 빠지게 됐다. 서울 시내 각급 병원을 찾아다녔으나 차도가 없었다. 자포자기 상태에 빠진 우리는 이웃에 살고 있는 교인들의 권유로 교회에 나가기 시작했다. 아내가 먼저 나가고 내가 뒤따라 나갔다. 이렇게 해서 우리 집 안에 기독교라는 것이 들어오고 온 가족이 교회라는 별난 세상(?)에 빠져들어갔다. 아내가 교회 생활을 시작한 지 4년쯤 되는 1983년 11월 아내는 셋째딸을 출산했다. 교회 생활을 시작한 후 하나님의 은혜로 아내의 병이 치료되고 딸까지 얻게 되어 셋째딸의 이름을 '은혜'라고 지었다. 제 언니 지혜, 민혜와 돌림자가 같으니 더욱 고운 이름처럼 생각됐다. 은혜는 천사처럼 예뻤다. 봄날 엄마 등에 업혀 집 밖으로 나가면 지나가는 사람들이 열이면 열 모두 은혜의 얼굴을 만져보았다. 그리고는 '애가 천사야? 사람이야?' 하고 중얼거렸다. 한편 주일 날 교회에 가면 아내 친구들이 은혜를 빼앗아가서 종일토록 데리고 놀다 저녁때에야 우리에게 돌려줬다. 교회 나이 많으신 권사님들은 애기가 사람 손을 탄다고 다른 사람에게 맡기지 말라고 충고했다. 그러나 젊은 여자들은 막무가내로 은혜를 빼앗아갔다. 이렇게 은혜는 온 교인들의 사랑을 받으며 무럭무럭 자라났다.

시간이 흘러 1984년 6월 4일 은혜는 감기 기운이 있어 병원에 입원했다. 응급실에 입원한 은혜는 순식간에 의식을 잃었다. 의사는 의식도 없는 은혜의 척추에 대형 주사바늘을 꽂아 체액을 뽑아냈다. 몸속에 침투한 바이러스가 척추를 타고 뇌 쪽으로 올라갔는지를 확인하는 검사라고 했다. 은혜는 아프다는 표정도 없었다. 하룻밤을 중환자실에서 보낸 은혜는 주검으로 변해 영안실로 옮겨졌다. 영안실에서 다시 하룻밤을 보낸 은혜는 온 국민이 호국영령을 추모하는 현충일에 한 줌의 재로 변하여 우리 곁을 떠나갔다. 그때 의사가 발급한 사망진단서에 기록된 병명이 '간뇌증후군'이라고 적혀 있었다.

아내는 몸져누웠고 나는 힘없는 발걸음으로 직장에 나갔다. 일이 손에 잡힐 리가 없었다. 아내가 자리에서 일어나기 위해서는 빨리 은혜를 잊어야 했다. 주위 사람들은 은혜의 유품을 빨리 정리하고 다시 애기를 갖으라고 조언했다. 그러나 우리는 은혜를 낳은 후 영구피임시술을 받아 더 이상 아기를 가질 수 없는 상태에 있었다. 셋째아이부터는 의료보험 혜택도 받을 수 없는 처지에 아들을 갖겠다고 마냥 낳을 수는 없었다. 유품이라도 정리하면 빨리 은혜를 잊을까 싶어 먼저 사진을 없애고 옷가지도 불태웠다. 그러나 유품을 없앴다고 은혜에 대한 생각이 사라지는 것이 아니었다. 아내는 점점 무력해져 갔다. 생활환경을 바꾸면 잊어질까? 집을 팔고 거처를 옮겼다. 그다음은 멀리 지방으로 발령을 받아 서울을 떠났다. 유품을 없애고 지방으로 이사를 해도 은혜가 남긴 흔적은 지울 수가 없었다. 은혜는 제 엄마 아랫배에 영원히 지울 수도 없는 메스자국을 남겨 놓았다. 안간힘을 쓰고 잊으려고 해도 은혜의 얼굴이 머릿속을 뱅뱅 돌았다. 아내는 불면증에 시달려 정상적인 생활을 할 수 없게 됐다. 멀리 이사 간 곳에서 새로운 사람들과 만나고 환경이 바뀌어도 별 효과가 없었다. 평소에도 그렇지만 매년 찾아오는 현충일은 어김없이 은혜에 대한 생각을 소환했다.

'부모가 죽으면 뒷산에 묻지만 자식이 죽으면 가슴에 묻는다'는 말은 겪어보니 실감이 났다. 은혜의 얼굴이 떠오르면 홀로 푸시킨의 시를 곱씹어 본다.

삶이 그대를 속일지라도

슬퍼하거나 노여워하지 말라

슬픈 날을 참고 견디면

기쁨의 날이 오고야 말리니

마음은 미래를 바라나니

푸시킨의 「삶이 그대를 속일지라도」 중에서

슬픔의 날을 언제까지일까? 참고 견디면 정녕 기쁨의 날은 오는 걸까? 시간은 가끔 우리를 망각의 세계로 인도했다. 우리의 기억 속에서 은혜는 점점 멀어져 갔다.

많은 세월이 흘러 큰딸이 좋은 남자를 만나 결혼을 했다. 자식이 행복해하는 모습을 보며 우리 부부도 행복했다. 결혼한 딸이 애기를 낳았다. 우리는 할아버지, 할머니가 되어 서로 얼굴을 쳐다보며 크게 웃었다. 손녀를 보러 신생아실로 갔다. 간호사의 품에 안긴 손녀의 얼굴에서 갑자기 은혜의 얼굴이 보였다. 그렇다고 함부로 이야기 할 수도 없었다. 괜히 아내의 마음에 은혜의 생각을 소환시킬 필요는 없었다. 손녀의 이름을 '여진'이라고 작명했다. 아름다운 보배 같은 사람이 되라는 내 소망을 담았다. 여진이가 자라 첫돌을 맞았다. 아내에게 여진이 처음

보던 순간을 얘기했다. 오래 같이 산 부부는 보는 눈도 닮아 가는가? 아내의 눈에도 여진이 얼굴에서 은혜를 보았다고 했다. 이제 여진이는 고교 3학년이 됐다. 이런저런 사이 시간이 흘러 둘째딸도 결혼하여 손자 둘을 낳았다. 두 딸이 중년의 나이에 접어들었다. 별난 일이다. 이제는 중년이 된 두 딸을 보면 은혜 생각이 난다. 은혜는 얼굴도 안 보고 데려간다는 셋째딸이었다. 은혜가 살아서 세 딸이 함께 모이면 얼마나 좋을까? 엄마 아빠로부터 받는 사랑보다도 두 언니로부터 받는 사랑이 훨씬 클 것이라는 생각이 든다.

세월이 가면 추억은 희미해지고 기억은 점점 망각의 세계로 빠져든다. 내 나이 희수(喜壽)를 넘어 산수(傘壽)의 턱 밑에 왔다. 사노라면 잊힐 날 있으리라. 허지만 이제는 굳이 잊힐 날을 기다릴 필요가 없다. 한 세상 살았으니 나도 곧 은혜가 있는 그곳으로 갈 것이다. 그날은 생각보다 빨리 올 것이다.

못잊어 생각이 나겠지요

그런대로 한 세상 지내시구려

사노라면 잊힐 날 있으리라

못잊어 생각이 나겠지요

그런대로 세월만 가라시구려….

-김소월의 「못잊어」

세월은 재촉하지 않아도 쏜살같이 지나간다.

오늘은 은혜가 하늘나라로 간지 40년이 되는 날이다. 은혜가 나를 기다리고 있는 하늘이 유난히 파랗다.

여리고성을 돌다

1970년 10월 18일 유년부 60명, 학생 40명, 장년 38명이 천막을 치고 시작한 우리 교회는 그해 11월 19일 대지 105평에 건평 40평의 성전건축을 시작하여 12월 20일에 입당예배를 드렸다. 그 후 계속 늘어나는 교인들을 수용하기 위하여 교회 주변 주택 두 동을 매입하였으나 중과부족이었다. 특히 1980년 黃章玉 목사님(1989. 2. 9 별세)이 부임한 후로는 교인들이 급속히 늘어나기 시작했다. 내가 교회에 나가기 시작한 1981년 말에는 장년 393명, 어린이 170명, 중고청년부 135명으로 늘어났다. 교인 수가 늘어나는 데 비해 예배 공간이 턱없이 부족했고, 당회를 중심으로 교회를 확장 신축해야 한다는 의견이 일기 시작했다. 그리고는 매일 새벽기도회가 끝난 후 목사님과 장로님들이 함께 모여 중랑천 둑방에서 아침운동을 한 후 여리고성을 돈다는 이야기가 들려왔다. 성경에 기록된 여리고성은 애굽을 탈출한 이스라엘 민족이 가나안 성에 들어가기 전에 반드시 허물어야 하는 견고한 성이었다. 이스라엘 민족은 이 난공불락의 여리고성을 함락하기 위하여 하나님께 간절히 기도했었다. 이에 하나님은 이스라엘 민족에게 매일 한 번씩 여리고성을 돌고 마지막 날에는 일곱 번을 돌라는 계시를 주셨다. 하나님의 말씀대로 순종한 이스라엘 민족은 결국 여리고성을 무너뜨리고 젖과 꿀이 흐르는 가나안 땅에 들어간 위대한 역사다.

1981년 2월 둘째 주부터 교회를 나가기 시작한 나는 주일예배, 수요예배 등 각종 예배뿐만 아니라 새벽기도에도 열심히 참석했다. 1982년 이른 봄날 새벽기도회를 마치고 집으로 돌아오는 길에 방석호 장로님(2011.4.23. 별세)을 만났다. 같이 아침운동 하자며 옷을 갈아입고 다시 교회로 나오라고 했다. 목사님들과 장로님들이 함께 모이는 자리에 서리집사도 못된 내가 끼워들기가 민망해서 거절했다. 그날 방 장로님은 사무실로 전화하여 점심 식사를 같이 하자며 나를 불러냈다. 당시 방 장로님은 광화문 경희궁 건너편 피어선 빌딩에서 건축구조설계사무실을 운영하고 계셨고 나는 서대문 로터리에 있는 농협중앙회에 근무하고 있었다. 우린 지금 삼성강북병원 근처 식당에서 식사한 후 장로님 사무실로 가 커피 한 잔씩 마셨다. 장로님은 교회건축에 대하여 말씀하셨다. 구체적인 계획이라기보다는 대강의 밑그림이었다. 건축이 시작되면 건축자금을 확보하는 것이 제일 중요한데, 내가 필요하다면서 꼭 함께 일하자고 당부했다. 퇴근 후 이런저런 생각을 하다 기왕 하려면 처음부터 다부지게 해야겠다는 생각에 다음날 새벽기도를 마치고 아침운동을 하러 교회로 나갔다. 그날 모인 사람은 당시 담임목사였던 김선환 목사님(1999. 2. 25 별세), 황장옥 목사님 두 분의 목사님과 방석호 장로님, 이성옥 장로님, 정영기 장로님(2019. 7. 19 별세) 세 분의 장로님에 내가 합류하여 여섯이었다. 모두가 교회 주변 100m 이내 살고 있었다.

아침운동은 함께 천천히 걸어서 중랑천 둑방까지 가서 둑방 상류인 중랑교 다리에서 시작하여 장안교 다리까지 뛰다 걷다를 반복했다. 아침조깅이 건강에 좋다고 떠들기 시작할 무렵이라 둑방에는 사람들이 많았다. 가끔 교인들도 만났고 같은 이웃에 살지만 교회에 나오지 않는 사람들도 만났다. 이런 때는 황장옥 목사님이 여지없이 손을 붙들고 기도하며 교회에 나오라는 당부를 했다. 목사님께는 운동과 전도의 일석이조의 찬스였다. 조깅에는 시간이 많이 걸렸다. 70대와 30대가 같이 뛰니 30대인 나는 그냥 천천히 걷는 것이나 다름없었다. 이렇게 운동이 끝나면 교회로 돌아와 교회 건축부지 확보를 위한 여리고성 돌기에 들어갔다.

교회를 둘러싸고 있는 골목길을 한 바퀴 돌며 그 블록 내에 있는 건물 모두를 교회가 살 수 있도록 기도하며 한 바퀴 돌았다. 당시 우리가 돌던 골목길 블록 안에는 교회가 차지하고 있는 면적보다 개인 소유의 가정집 면적이 더 넓었다. 여리고성을 도는 시간에는 두부장수도 만나고 가끔 생선장수도 만났다. 생선장수는 우리들에게 특별히 공손하게 인사했다. 생선장수가 팔다 남은 생선은 그날 오후

황 목사님 댁에서 떨이를 해주셨기 때문이다. 목사님은 어려운 이웃에 대하여 특별한 관심을 가지고 목회를 하셨다. 아침부터 여러 사람이 떠들며 걸어가는 발자국 소리가 들리면 강아지가 멍멍거릴 때도 있고 가끔은 길 고양이를 만나기도 했다. 이렇게 해서 여리고성 돌기가 끝나면 그냥 헤어지기가 서운하여 모닝커피 한 잔씩을 하러 장로님 댁으로 몰려갔다. 권사님들은 밥 짓던 손을 잠시 멈추고 커피 물을 끓이고 가장 고운 커피 잔에 맥심커피 한 잔씩을 내놓았다. 커피 한 잔을 마시며 교회의 중요한 일에 대한 얘기를 끝내면 그때서야 발을 돌려 각자의 집으로 돌아갔다.

여리고성 돌기는 우리 교회 건축의 시작점이라 할 수 있다. 목사님과 장로님들이 모여서 서로 의견을 나누고 소통함으로 교인들의 생각에 교회를 신축해야겠다는 마음을 심었고 모두가 일치된 마음으로 동참하는 계기가 되었다. 이렇게 교회 부지를 늘여가던 중 드디어 1984년 3월 4일 성전건축 기공예배를 드리며, 새로운 성전건축의 첫 삽을 뜨게 됐다.

그리고 나는 여리고성 돌기에 참여한 덕분에 1984년도에 조직된 성전건축위원회 서기 직을 맡아 건축헌금 관리와 지출 등을 담당했다. 그러다가 아쉽게도 그해 9월 회사에서 지방으로 발령이 나서 다른 분에게 넘겨주었다. 힘들고 어려운 일을 다른 분에게 넘기게 되어 민망하기도 했지만 짧은 기간이나마 교회건축에 일익을 담당했던 복된 시간이었음을 고백하지 않을 수 없다.

칠포 앞바다에서

내가 태어나서 어린 시절을 보냈던 영일군(지금은 포항시) 흥해읍 흥안리에서 동쪽으로 십여 리를 가면 칠포 앞바다에 이른다. 우리 동네는 농사가 주업이었기에 바다가 가깝지만 자주 바닷가에 나갈 일이 없었다. 여름 한 철 논매기가 끝나고 삼복더위가 올 때쯤이면 온 식구가 보리밥 한 양푼을 싸들고 해수욕을 하러 가서 하루를 보내고 오곤 했다. 일 년에 딱 한 번뿐이었지만 가족들 해수욕은 연례행사처럼 빠지지 않고 다녀왔다. 왜냐하면 해수욕장에서 뜨거운 모래찜질을 하면 몸의 면역력이 좋아져 겨울에 감기가 걸리지 않는다고 믿었기 때문이다. 하루 종일 모래찜질을 하고 나면 등허리에는 물집이 생기고 며칠 후에는 허물이 벗겨져 홍역을 치른다. 당시는 온 가족이 함께 하루 휴가 가는 기분으로 다녀왔지만 어린 우리들은 하루에 만족하지 못하고 여름이면 친구들과 어울려 수시로 바닷가로 갔었다.

내가 중학교 2학년, 6월 말쯤이었다. 동네 친구 문희, 정식이, 나, 셋이 가족들 몰래 아침 일찍 칠포해수욕장으로 도망갔다. 가족들 몰래 갔으니

도망이 맞다. 논에 피도 뽑고 비료도 주고 논둑에 잡초도 베어야 하는 등
바쁜 일이 태산 같은데 아버지께 말씀드려봐야 핀잔만 들을 것이 뻔했다.
그래서 우리 셋은 몰래 동네 어귀에서 만나 쏜살같이 칠포해수욕장으로
향했다. 하루 종일 바닷물 속에서 놀 생각을 하니 저녁 때 돌아와 야단맞을
것쯤이야 우습게 각오했다. 동네를 벗어나 부태골 언덕을 넘어 흥해읍에서
최고 높은 곤륜산 어귀를 돌아 드디어 칠포해수욕장에 도착했다. 모래사장
소나무 숲을 지나 바닷가에 도착해 보니 갯바위 근처에 몇몇 사람들이
웅성거리고 있었다. 우리는 무슨 일인가 궁금해 얼른 그곳으로 갔다.
그곳에 둘러서 있는 사람 중 둘은 칠포파출소 순경이었고 칠포 동네 주민
두엇과 대학생으로 보이는 한 사람이었다. 그들은 사뭇 침통한 표정으로
이야기를 나누고 있었는데 그 옆 모래사장에 헌옷가지로 덮은 시신 2구가
널브러져 있었다. 궁금하기도 하고 호기심도 생겨 그들이 하는 이야기를
주의 깊게 듣기 시작했다. 죽은 이들은 대구에서 새벽같이 해수욕을
온 대학생들이었다. 살아남은 한 학생의 이야기를 종합해 보면 그들은
방학을 맞아 새벽같이 이곳에 와서 바다로 뛰어들었는데 파도에 휩말리어
두 학생은 빠져 죽고 살아남은 학생이 동네 사람들의 도움을 청해 시체를
건져내고 파출소 순경들이 나와 사고 경위를 조사하는 중이었다.

칠포해수욕장의 특징은 모래가 깨끗하고 소나무 숲이 있어
해수욕하기는 더없이 좋은 곳이다. 그러나 일단 바다에 들어서면 몇
발자국 안 가서 물이 목까지 차오를 만큼 수심이 깊다. 그렇지만 그곳을

지나 조금 더 들어가면 바닷물이 배꼽에 찰 정도로 수심이 얕아진다. 이것은 눈으로도 관찰할 수 있다. 얕은 곳은 파도가 밀려와도 너울이 크지 않고 바다 빛깔도 파란색이 아니고 약간 뿌연 색깔을 띤다. 한편 갯바위 근처는 파도가 거칠고 수심이 깊을 뿐 아니라 바위가 미끄럽기 때문에 그 근처에서는 절대로 수영을 하지 않는다. 매년 칠포 바다를 찾는 우리들은 상식적으로 다 아는 사실이지만 대구 학생들은 이런 사실을 모르고 아침부터 바다에 뛰어들었다가 아까운 청춘을 바다에 바치고 말았다. 수영조차 할 줄 모르는 학생들이 갯바위 주변에 뛰어들었으니 죽음을 자초한 것이었다. 당시 우리는 초등학교 2~3학년만 되면 수영은 다 할 줄 알았다. 하굣길에 냇가 웅덩이에 오면 상급생들이 무조건 물속에 밀어 넣어 제 힘으로 물 밖으로 나오게 했다. 이런 일을 몇 번 치르면 수영은 저절로 익혀졌다. 이렇게 배운 수영은 물론 개헤엄이지만 그래도 비상시엔 목숨은 건질 수 있었다.

파출소 순경들이 시신을 옮겨 가면서 우리들에게 단단히 주의를 줬다. 그러나 모처럼 식구들 몰래 바닷가에 왔던 우리가 그냥 돌아가겠는가? 우리는 순경들이 떠나자마자 발가벗은 채 파도를 헤치고 바다로 뛰어들었다. 아침의 센 파도는 낮이 되면 대부분 잔잔해진다. 바닷물이 배꼽 정도 차오르는 얕은 곳으로 들어가 헤엄을 치기도 하고 물장난을 하며 놀고 있는데 발밑에서 매끄럽고 납작한 물체의 감촉이 느껴졌다. 오른쪽 엄지발가락과 둘째 발가락 사이에 끼워 올려 손으로 잡았다. 하얀 조개다.

오늘은 수지맞는 날이다. 발밑에 조개가 널려 있다시피 했다. 조개는 이른 여름에는 모래사장 가까운 곳으로 모였다가 사람들이 많이 왕래하면 피신하여 바다 안쪽으로 들어간다. 우리가 바다에 뛰어들어간 그날은 이른 초여름 피서객이 거의 없을 때라 조개들이 모래사장 가까운 곳에 몰려 있었다. 우리는 아무 도구도 없이 맨발과 맨손으로 조개를 잡기 시작했다. 조개는 금방 손바닥 가득히 찼다. 잡은 조개를 모래사장에 내다 놓고는 다시 바다에 뛰어들었다가 또 모래사장으로 나와 양손에 잡힌 조개를 두고 다시 바다로 뛰어들기를 시간가는 줄도 모르고 반복했다. 점심때가 되어도 먹을 것이 없으니 배를 쫄쫄 굶고 조개를 잡았다. 배고픈 것은 참겠는데 목이 타 견딜 수가 없었다. 하는 수 없이 곤륜산 골짜기에서 흘러내리는 샘물로 목을 축인 다음 또다시 바다로 뛰어들었다. 긴 날 여름해가 곤륜산 서편으로 넘어갈 즈음에야 우리들 조개잡이는 끝이 났다. 그런데 문제가 생겼다. 잡은 조개를 담아갈 그릇이 없다. 모두 나이롱 윗도리를 벗어 양 소매를 질끈 묶어 조개를 담아 어깨에 메고 집으로 향했다.

집 안에 들어서며 어머니의 눈치를 살살 살폈다. 하루 종일 일하지 않고 칠포 바다로 도망간 죄는 잡아온 조개로 용서를 받았다. 하룻밤 맹물에 담가둔 조개는 모래를 다 뱉어낸 후 다음날 어머니가 빗어낸 칼국수의 육수가 되어 온 식구들의 별미가 됐다.

우리는 그날 해수욕장에서 대학생들이 빠져죽은 사실을 이야기하지 않았다. 금족령이 내려지면 다시 조개 잡으러 갈 기회가 오지 않을 테니까.

대리 시험 합격하던 날

1973년 4월에 농협중앙회에 입사한 우리 동기들에게 3년이 지나 76년도에 처음으로 대리 승진고시를 치를 수 있는 자격이 주어졌다. 보통 5월 중순쯤 시험을 치르면 월말쯤 합격자 발표가 나고 6월 중순에는 승진 발령을 받아 새로운 임지로 부임했다. 당시 농협의 대리시험은 고등고시만큼이나 어렵다고 소문나 있었다. 응시자는 많고 합격자는 턱도 없이 적으니 시험을 어렵게 출제할 수밖에 없었다. 그래서 입사하자마자 시험 준비하는 친구도 있고 아예 포기하고 평직원으로 정년 때까지 근무하기로 작정한 직원들도 많았다. 계속 몇 번씩 떨어지는 사람은 다른 은행으로 옮겨가기도 했다. 누구든 시험을 통과하지 않고는 승진할 길이 없으니 낙방하면 해마다 머리를 싸매고 공부했었다. 그래서 연초가 되면 회사 근처 여관방을 잡아 숙식을 하며 공부하는 직원이 있는가 하면 사무실에 나와서도 업무는 제쳐두고 공부만 열중하는 직원들도 있었다. 인사과에서는 불시에 각 사무실을 순시하며 직원들의 복무 상태를 점검했지만 각 부서에서는 한 사람이라도 더 합격시키기 위해 최대한 수험생들의 편의를 제공해 주었다.

나는 당시 중앙회 저축부에서 근무하고 있었다. 내 옆자리에는 43세 되는 나이 많은 Y씨가 계셨다. Y씨는 사무실에서 공부를 하려고 하니 직원들 눈치도 보이고 주위가 산만하여 집중이 안 된다고 끌탕을 했다. 그리고는 회사 구내를 한 바퀴 돌고 오더니만 P대리의 허락을 받아 건물 보일러실로 옮겨갔다. 혹시 인사과에서 복무점검을 해도 업무협의차 타부서에 갔다는 핑계를 대고 전화하면 곧바로 올 수 있으니 본인이나 P대리도 별 문제 될 것이 없었다. 이후로 Y씨는 출근도장을 찍고는 보일러실로 갔고 두 사람의 업무는 나 혼자서 해나갔다. P대리는 혼자서 두 사람 몫을 감당하는 나를 격려하느라 내 젊은 나이를 핑계댔다.

"김 군은 젊고 대학 졸업한 지 얼마 되지 않았으니 틀림없이 합격할 거야."

말씀은 고맙지만 나라고 공부하지 않고 합격할 보장은 없지 않은가. 나는 나대로 특별조치를 강구해야 했다. 그해 1월에 태어난 딸과 함께 세 식구가 사는 단칸방에서 공부한다는 것은 쉽지 않았다. 새벽에 일어나 사설 독서실에 가서 한 시간쯤 책을 보다 출근하고, 퇴근 후 저녁시간에 다시 독서실에 가서 통행금지 때까지 책과 시름해야 했다. 시험과목은 농협론, 농협법, 회계학, 농협실무, 선택과목 네 과목인데 대학 때 배우지 않은 회계학은 미리 준비를 했지만 자신이 없었다. 그러나 저러나 붙은

발등에 떨어졌고 끈질기게 책과 시름하는 것 외에는 방법이 없었다. 이렇게 몇 달을 보낸 후 시험일자는 다가왔고 우리는 6월의 어느 일요일 이화여고 교실을 빌려 승진고시를 치렀다.

시험 당일 고사장을 찾아 들어갔다. 모두가 긴장하여 시작시간을 기다리는데 감독관 두 분이 시험지를 들고 들어왔다. 그 중 한 분은 같은 사무실을 쓰고 있는 타과(他課)의 L과장이었다. L과장은 내 성격을 잘 아는 분이다. 시험 시간 줄곧 내 책상 앞에서 나를 감시하고 있었다. 도움을 줄 수도 없는 처지에 앞에서 지키고 있으니 자꾸 신경이 쓰여 아는 것도 생각이 잘 안 났다. 과장은 무엇을 도와주려고 지키고 있는 것이 아니라 내가 아는 것만 대충 쓰고 후다닥 시험지를 제출할까 봐 지키고 있었다. 그래서 한 번도 시험 시간 종료를 알리는 벨 소리가 울리기 전까지는 시험지를 제출하지 못했다. 이렇게 시험은 끝나고 다음날 출근했다. 사무실은 시험 이야기로 하루 종일 시끌벅적했다.

며칠이 지나가자 승진시험으로 들떠 있던 사무실은 조용해졌다. 그러나 시험을 치른 당사자들은 매일매일 귀를 쫑긋 세우고 발표 날짜를 기다리고 있었다. 드디어 인사과에서 합격자 명단을 찾아가라는 방송이 나오고 각과 서무계 직원들이 문서를 들고 왔다. 다행히도 Y씨와 나, 두 사람 모두 합격했다. 저축부에서 7명이 시험을 보았는데 우리 과는 100% 합격이고 다른 과는 한 명도 합격자를 내지 못했다. P대리와

S과장은 어깨가 우쭐했고 합격자를 내지 못한 과장들은 부장으로부터 핀잔을 듣고 울상들을 하고 있었다. 그날 퇴근시간 우리 네 사람은 사무실 근처 맥주집에서 코가 삐뚤어지도록 술을 마셨다. 통행금지 시간이 다 되어 술집 문을 나온 우리는 택시를 타고 집으로 향했다.

강남에 사는 P대리는 따로 택시를 타고 갔고 S과장과 Y씨와 나는 같은 방향이라 합승을 했다. 모두 술이 취해 콧노래를 흥얼거리며 혀 꼬부라진 소리를 해댔다. 택시기사가 좋은 일이 있느냐고 물었다. S과장은 우리 과에서만 두 사람 합격했다고 자랑을 했다. 택시기사는 알아듣지도 못하면서 축하한다고 맞장구를 쳤다. 택시는 먼저 종로구 청운동에 사는 Y씨 집으로 갔다. 5층짜리 아파트에 사는 Y씨 가족이 모두 아파트 입구에 나와 도열해 있었다. 부인을 앞세우고 큰아들, 쌍둥이 아들 둘, 네 식구가 아버지의 합격을 축하하기 위하여 초저녁부터 1층 현관에서 기다리고 있었다고 했다. 다섯 식구가 서로 껴안고 울고불고 야단이 났다. Y씨의 합격은 온 가족이 함께 이룬 위대한 도전이었다. S과장과 나도 덩달아 눈시울을 적셨다. 나이때문에 이루지 못할 꿈은 없다는 생각을 했다.

내게 용기를 준 여인

1972년 3월 군대 생활 36개월을 마치고 제대했다. 당장 할 일이 없어 고향집에서 두 달간 보냈다. 지친 몸도 쉬고 앞으로 무엇을 할 것인가를 생각하는 사이 시간은 속절없이 지나갔다. 아무래도 고향에서는 할 만한 일이 없어 5월 어느 날 아버지가 맞춰주신 양복 한 벌을 챙겨 서울로 올라왔다. 당장 기거할 곳이 없으니 모교 앞 제기동에 하숙집을 정하고 취직자리를 알아보고 다녔다. 학교에는 동기생들이 복학하여 4학년에 재학 중인 친구들도 많았다. 그들도 졸업하면 어떤 직장을 찾아 취직을 할까 걱정들이 많았다. 나는 졸업은 했지만 동기생들이 재학생으로 머물러 있으니 그들과 정보교환도 하고 시간이 날 때는 도서관에서 책도 보고 매일 학교를 들락거렸다. 학교에서 추천하는 회사는 제약회사나 농약회사 등 영업직이었고 다음으로는 중·고등학교 교사를 추천했다. 영업직 사원은 적성에 맞지 않아 선뜻 응할 수 없었고, 교사는 선배의 추천을 받아 당시 과천에 소재한 모 중학교에 면접을 보고 합격통지를 받았으나 며칠을 생각하다 포기하고 말았다.

당시 서울서 과천까지는 비포장도로로 한 시간 이상 걸리던 시대였다. 면접을 하고 돌아오니 온몸은 먼지투성이가 됐고 신설 학교라 전망이 밝아 보이지도 않았다. 이렇게 한두 달을 보내고 나니 오기가 생기기 시작했다.

모든 것을 포기하고 11월에 치르는 금융기관 공동채용고시에 응하기로 하고 본격적인 공부에 들어갔다. 하숙집에서 도시락 2개를 싸들고 모교 중앙도서관에 자리를 잡고 하루 12시간씩 책과 시름하기 시작했다. 졸업 후 만 3년도 더 지난 시간에 다시 책을 펼쳐드니 모든 내용이 새롭고 생소했다. 처음에는 책상머리에 앉아 있는 훈련이 안 되어 엉덩이가 아프고 온몸이 뒤틀려 한 시간을 버티기 힘들었다. 담배 한 대를 피우려 수시로 바깥을 들락거렸다. 이때는 꼭 복학생 친구들이 몰려와 이야기하느라 시간을 빼앗아갔다. 나는 한 시간이 아까운데 복학한 친구들은 아직 학생의 신분이니 느긋한 데가 있어 보였다.

가족도 친구도 외면하고 공부한다는 것이 쉽지 않았다. 아무리 다짐을 해도 마음은 자꾸 흐트러지고 머리는 쓸데없는 생각으로 가득찼다. 휴식도 필요하고 스트레스를 풀 시간이 필요했다. 당시 우리 친구들은 모교 정문을 나와 제기동으로 내려가는 곳에 있는 '이모네집' 이란 막걸리 집에 드나들곤 했다. 가장 값싸게 마실 수 있는 술이 막걸리였고 우리학교 학생들은 입학하면 막걸리로 신입생 환영회를 하던 시절이었다. 종업원도 없이 혼자 가게를 운영하던 이모네집 주인은 우리보다 서너 살 정도 많은 예쁘고 날씬한 몸매를 가진 여대생 같은 사람이었다. 다른 손님이 없을 때는 우리 친구들과 함께 테이블에 앉아 자기 신상에 대한 이야기도 했다. 자기는 우리학교 근처에 있는 D여대를 졸업하고 여러 잡다한 일을 하다 이곳에서 막걸리 장사를 시작했노라고 했다. 결혼을 했는지, 아니면 남자로부터 배신을 당했는지? 우리는 그것이 무척 궁금했지만 더 이상 말하지 않았다. 그곳에선 마음은 따뜻했다. 그녀는 우리를 동생 취급하며 열심히 공부해서 훌륭한 사람이 되라는 훈장 같은 얘기를 늘어놓았다. 우리는 그녀를 이모라고 부르기도 하고 조금 취기가 더해지면 누나, 고모, 아줌마 하고 막 놀려먹었다. 이런 그녀가 기분이 좋아져 막걸리 한잔을 하면 푸시킨의 시나 윤동주의 서시를 흥얼거리곤 했다.

이런 시를 가끔 읊어대는 것을 보면 필시 무슨 사연이 있는 것만은 분명했다. 그러나 이모의 형편이야 어떻든 간에 편히 막걸리를 마실 수 있으니 이곳은 우리들의 아지트가 됐다. 나는 도서관에서 공부가 끝나고 하숙집으로 돌아오는 길에 괜히 이모네집 문을 열고 동태를 살펴보았다. 손님이 없는 날은 둘이서 막걸리 한 잔씩을 놓고 이런저런 세상사 얘기를 하다 늦게 하숙집으로 돌아왔다. 발걸음이 잦아지니 그녀는 내가 금융기관 입사 준비를 하고 있다는 사실도 알게 됐다. 그 후는 만날 때마다 열심히 공부하여 합격하라고 격려했다. 그저 인사치례로 하는 얘기가 아니고 진심에서 우러나는 말이었다. 그 한마디 격려의 말을 들을 때마다 나는 용기가 솟는 듯했다. 진심어린 말은 사람을 변화시키는 힘이 있다는 것을 깨달았다.

이렇게 하숙집과 도서관을 오가며 막바지 공부를 하고 있던 어느 날 밤 도서관에 군인들이 난데없이 쳐들어왔다. 무장한 군인들에 놀란 학생들이 창문을 열고 아래층으로 뛰어내리기 시작했다. 무슨 영문인지 모르는 나는 겁이 나서 창문으로 뛰어내리지도 못하고 군인들을 피해 도서관 구석으로 도망갔다. 군인들은 국가비상사태가 발생했으니 조용히 집으로 돌아가라고 했다.

가방을 주섬주섬 챙겨 도서관을 나섰다. 정문 양쪽에 탱크가 한 대씩 배치되어 있고 그 앞에는 무장군인 두 명이 출입자를 통제하고 있었다. 무슨 일이냐고 물어도 대답이 없었다. 무슨 일일까? TV도 라디오도 없으니 궁금한 채 잠이 들었다. 아침 일찍 주인 집 신문을 펼쳐보았다. 어젯밤 1972년 10월 17일, 시월유신이 발표된 날이었다. 이제는 공부가 하고 싶어도 도서관 출입을 할 수 없게 됐다. 하루 종일 하숙집에서 밥만 먹고 책상머리에 붙어 앉아 있었다. 내가 감방에는 못 가봤지만 좁은 하숙방에서 하루를 보내는 것은 감방살이와 흡사했다.

나의 행동반경은 하숙집과 이모네집 뿐이었다. 저녁 식사 후 동네 골목길을 한 바퀴 돌아 이모네집에 들러 이런저런 얘기 몇 마디를 하고는 돌아와서 다시 책상머리에서 책과 시름하다 잠들곤 했다.

지루하고 초조한 시간이 흘러 시험 날짜가 다가왔다. 용산고등학교에서 시험을 치렀는데 경쟁률이 10대1도 넘었다. 이모네집 이모의 격려의 말이 가슴에 밀려오기 시작했다. 합격할 자신감이 차오르는 느낌이 왔다. 하숙집으로 돌아오는 길에 이모네집에서 막걸리 한 주전자를 놓고 둘이서 마셔댔다.

이모는 합격 여부에 상관없이 발표 날 친구들과 함께 오라는 명령(?)을 했다. 우리 친구들 네다섯 명이 시험을 치렀는데 나 혼자 합격했다. 친구들의 축하를 받으며 함께 이모네집으로 갔다. 이모와 우리는 통행금지 시간까지 함께 마셔댔다. 그리고 비틀거리며 각자의 집으로 돌아갔고 그다음은 각자에게 주어진 긴 인생여정을 떠났다.

산장의 여인을 찾아서

　내가 지금까지 살면서 제일 많이 오른 산이 도봉산이다. 대충 300번쯤은 되는 것 같다. 직장에서 퇴직 후 2년 동안은 일주일에 2회 정도 올랐으니 200회는 족히 될 것이며 그 후 20년 동안은 1년에 3~4회 정도 찾았다. 그러나 요즘은 거의 찾지 않는다. 코로나가 시작된 2020년부터는 사회적 거리두기 시행으로 가급적 사람이 북적이지 않는 경기도, 강원도 쪽 산을 주로 다녀왔다. 도봉산을 찾지 않는 결정적인 이유는 또 있었다. 2023년 가을에 포대능선을 타고 Y계곡을 거쳐 신선대(726m)에 올랐다가 마당바위 쪽 돌계단을 타고 내려오던 중 무릎을 다쳤기 때문이다. 다행이 큰 부상이 아니어서 두어 달 치료를 받고 완쾌됐다. 그 후로부터는 돌계단이 없는 평탄한 길을 찾아다닌다.

　2024년 5월 마지막 날 가평군에 위치한 호명산을 등산 후 다음날 쉬면서 TV를 시청하고 있는데 《특종세상》이란 프로에서 산장에서 50여 년을 살고 있는 한 산장지기 노파의 이야기가 방영됐다. 내가 시청을 시작할 때는 거의 프로가 끝나가는 시점이었다. 그 산장지기가 살고 있는 산장은 공교롭게도 내가 제일 많이 올랐던 도봉산 마당바위 오르는 길목의 도봉산장이었다. 도봉산장은 그 명칭이 '도봉대피소' '도봉구조대'를 거쳐 지금은 '한국등산학교'란 간판이 붙어 있고 커피를 비롯한 몇 가지 음료를 판다는 안내문이 걸려 있다. 도봉산장이 산악인들의 관심을 끄는 것은 현재 수도권에 남아 있는 최후의 민간산장이기 때문이다. 우리나라 산장은 1970년 원로 산악인 김영도 씨가 박정희 대통령에게 건의하여 전국에 35개 산장을 만들었는데 지금까지 국립공원관리공단 직원이 아닌 민간인이 거주하면서 등산객을 맞이하는 산장은 도봉산장이 유일하다는 것이다.

대강 이런 내용을 파악하여 6월 3일 채비를 꾸려 일찍 도봉산으로 향했다. 월요일 이른 시간인데도 등산객이 많았다. 도봉산 입구에는 '2024년 도봉 농아인의 날'행사로 북적거렸다. 장애인들이 등산객에게 음료수와 과일을 나누어 주었다. 비장애인과 장애인이 함께 어울려 아름다운 세상을 만들어 가자는 취지다. 세상이 거꾸로 된 것 같아 주는 음료수를 도저히 받을 수가 없었다. 발걸음을 옮겨 정암(靜庵) 조광조(趙光祖) 선생을 기리기 위해 세웠던 도봉서원터 옆에 세워진 故 김수영(1921~1968) 시인의 시비 「풀」을 카메라에 담았다.

    풀이 눕는다

    비를 몰아오는 동풍에 나부껴

풀은 눕고 드디어 울었다

날이 흐려서 더 울다가 다시 누웠다….

강력한 생명력을 지닌 민중은 바람에 흔들리며 눕고 울지만 나중에는 바람보다 빨리 일어나는 능동적인 자세를 보인다. 민중의 힘과 생명력은 절대 권력에도 굴하지 않고 분연이 일어나는 풀과 같다. 저항시인의 꿋꿋한 자세를 새기며 본격적인 산길에 들어섰다.

신록이 우거진 산과 파란 하늘 사이로 내려쬐는 햇볕에 얼굴이 따갑다. 멀리 보이는 선인봉은 유난히도 웅장하게 보인다. 계곡물은 말라서 여기저기 바위들만 우뚝 솟았다. 산장의 여인을 만나러 가는 급한 마음에 주변 경치는 주마간산 보듯 지나갔다. 드디어 산장 앞에 닿았다. 산장 문을 열고 들어가려는데 옛날 유행했던 권혜경의 〈산장의 여인〉 노랫말이 떠올랐다. 노래 가사가 부르는 사람의 굴레가 된다고 해서 여자들은 이 노래 부르기를 기피한 때도 있었다.

아무도 날 찾는 이 없는 외로운 이 산장에/

단풍잎만 채곡채곡 떨어져 쌓여 있네…/

병들어 쓰라린 가슴을 부여안고/

나 홀로 재생에 길 찾으며 외로이 살아가네.

산장 문을 열고 들어갔다. 어둠침침한 공간에 오래된 통나무로 된 의자가 이리저리 흩어져 있었다. 하얀 머리의 할머니가 반갑다고 인사를 했다. 공손히 인사를 나눈 후 커피 한 잔을 시켜놓고 산장 여인의 사연을 듣기 시작했다. 성함은 조순옥, 1939년 북한 장단군에서 태어나 1.4후퇴 때 월남하여 S여자대학을 졸업했다. 큰 병원 간호사로 일하던 중 석탄공사에 근무하던 유용서 씨를 만나 1963년에 결혼했다. 이때 재치 있는 얘기를 한마디 했다.

"제가 S여자대학을 졸업했는데 그 학교가 K대학교와 합쳐져서 K대학생이 되었어요. 졸업증명서나 각종 증명서 떼려면 K대학교를 갑니다."

내가 보기엔 그 나이에 무슨 증명서가 필요할까 싶은데 굳이 대학졸업 이야기를 꺼내는 것을 보면 자존심이 꽤 강한 사람이란 생각이 들었다. 내가 장단을 맞춰주었다.

"나도 K대학교 출신인데요."

그러자 조 여사는 목소리가 높아지며 신바람이 실렸다. 결혼 후 아들을 하나 둔 1973년 남편은 어느 날 갑자기 도봉산을 다녀오겠다고 집을 나가서 돌아오지 않았다. 산을 좋아하던 남편은 도봉산장에서 사고 수습 개인구조대원으로 활동하고 있었다. 미국으로 도망갈까도 생각했지만 당시 열 살된 아들이 아버지를 너무 보고 싶어 해서 어쩔 수 없이 산에 들어오게 됐다. 이렇게 시작된 도봉산장과의 인연이 50년이 넘게 흘러갔다. 남편은 거의 폐가가 된 산장을 수리하여 각종 조난사고 구조 활동을 했다. 가출한 여학생을 설득하여 돌려보낸 일, 산장 위쪽에 위치한 석굴암에서 쓰러진 여인을 구조한 사건 등 수많은 구조 활동을 하던 남편은 1993년 간암으로 세상을 떠났다.

남편의 유해를 도봉산 선인봉 아래 소나무 밑에 안장했다. 아들은 결혼하여 산을 떠났고 산장에는 순옥 씨 혼자 남았다. 남편이 돌아간 3개월 후부터 산장을 비우라는 압력을 가해왔다. 그 압력은 지금까지도 계속되고 있으나 순옥 씨는 끝까지 버티겠다고 했다. 이야기가 끝나갈 무렵 내가 나의 수필집 『봄날은 간다』 한 권을 건네면서 불편한 이 산장에 왜 끝까지 버티고 있느냐고 물었다. 대답 대신 빙그레 웃으며 50여 년을 살아온 산에서 어떻게 떠나겠냐는 눈빛이다. 주름진 순옥 씨 얼굴에서 이백(李白)의 「산중문답」이 떠올랐다.

問余何事栖碧山(문여하산서벽산)-왜 산에 사냐고 나에게 물었더니

笑而不答心自閑(소이부답심자한)-대답 없이 웃을 뿐 마음은 절로 한가롭네

桃花流水杳然去(도화유수묘연거)-복사꽃 물에 떠서 아득히 흘러가니

別有天地非人間(별유천지비인간)-여기는 별천지 인간 세상 아닐세

- 李白의 「山中問答」

산장 살이 이야기를 하랴 커피를 끓이랴 조 여사의 손길이 바빠졌다.

커피는 드립커피만 팔고 있었다. 원두를 가는 그라인더는 1985년도 구입한 독일산이라고 자랑했다. 나를 위해 특별히 엷게 탔다는데 그래선가 커피 맛을 잘 모르는 나도 맛이 있었다. 커피 값으로 1만 원을 지불했다. 정해진 가격 삼천 원만 받고 거슬러 주겠다고 고집을 부렸다. 또다시 자존심을 부리는 것 같았다. 억지로 커피 값 만원을 지불하고 산장을 나섰다. 혼자 사는 여인 말동무라도 하게 자주 들리라는 당부를 했다.

당초 계획된 시간보다 많이 지체했다. 선인봉 아래 자리 잡은 천축사를 지나 마당바위에 도착했다. 마당바위에는 언제나 등산객이 많다. 멀리 우이암을 바라보며 사진 한 장을 찍고 오늘의 최종 목적지 관음암으로 향했다. 관음암 오백나한전을 사진에 담은 다음, 거북샘 쪽으로 넘어갔다. 쇠줄을 잡고 바위 사이로 넘어가는 험한 길이다. 예전엔 쉽게 넘던 길도 이제는 힘들고 버겁다. 옛날 물맛이 좋기로 소문났던 거북샘도 말라 거북바위로 명칭을 변경했다. 세상에 영원한 것은 없다. 바위도 부서지고 샘도 마른다. 그런 중에 우리 인생은 속절없이 빨리 간다. 부지런히 걸어 도봉산 입구에 도착했다. 시간은 오후 6시를 넘어간다. 아내로부터 전화가 왔다.

"왜 이렇게 늦어요?"

"응~ 산장의 여인 만나고 오느라고…."

* 조순옥 여사는 2024년 늦가을 뇌졸중으로 사망했다는 소식을 전해 들었다.

아버지의 반란

할아버지와 할머니에 대한 나의 기억은 초등학교 3학년쯤부터다. 그 이전의 일은 대부분 어머니나 아버지로부터 전해 들은 것이다. 할머니에 대하여 들은 얘기는 6.25 전쟁 때 나를 업고 피난을 다녀온 후 폐병을 앓다가 돌아가셨다는 얘기 정도다. 할아버지는 내가 초등학교 3학년 때 장화를 사준 일과 겨울이면 쥐덫에 걸린 쥐를 구워서 식구들 몰래 나를 불러 쥐고기를 먹으라고 하여 기겁해 도망갔던 기억이 생생하게 남아 있다. 그때는 아랫동생이 두 명 있었으나 특별히 맏손자인 나만 몰래 불러서 먹이려고 했다. 옛날 할아버지들은 모두 그랬을까? 당신의 며느리는 무척 미워하면서도 손자들은 왜 그렇게 좋아하셨는지? 알다가도 모를 일이다.

할아버지는 성질이 고약했다. 아버지가 계시지 않을 때는 괜히 밥투정을 하며 밥상을 마당에 팽개치고 어머니에게 욕을 해댔다. 여름철 일손이 달려서 온 가족이 농사일에 매달려도 할아버지는 논밭에 나가는 일이 거의 없었다. 그러나 읍내 장날만 되면 빠짐없이 장에 갔다. 장날은 해가 넘어갈 때쯤에야 술이 잔뜩 취해 돌아오셨다. 돌아오시면 조용히 주무시는 법이 없고 죄 없는 어머니를 닦달하고 큰소리를 치며 집 안을 아수라장으로 만들어 놓았다. 겨울이면 뒤주를 헐어 벼를 내다 파는 것은 예사였고 어느 해는 송아지를 팔아 한해 겨울 내내 동네 젊은이들과 놀음판을 벌려 송아지 값을 홀랑 날리기도 했다. 삼촌이 결혼하여 삼촌 내외가 몇 달간 우리 집에 같이 산 때가 있었다. 이때도 할아버지는 동네 술집에서 놀음판을 벌리곤 했다. 아버지는 숙모가 새로 시집왔으니 새 며느리가 말리면 효과가 있을 것이라 여겼던지, 나더러 숙모와 함께 가서 할아버지를 모셔 오라고 일렀다. 방문을 열자 놀음판에는 할아버지 빼고 모두 젊은이들이었다. 할아버지는 벌써 술이 거나하게 취해 바짓가랑이를 풀어 헤친 채 화투장을 주고받고 있었다. 숙모님이 애걸복걸했으나 허사였다. 할아버지의 어긋난 행위는 집 안 식구들에게만 국한되지 않았다.

어느 해 겨울은 우리 동네에서 20리도 넘게 떨어진 칠포(七浦)면 오도(烏島)리 서목이란 동네를 돌아다니며 몇 날 며칠을 보내고 돌아왔다. 아버지는 할아버지의 이런 처신을 보고도 화를 내거나 적극적으로 간섭하지 않았다. 아버지의 성격으로 보아 참고 견딜 분이 아닌데 그냥 넘어가는 것이 이상했다. 내 어린 생각에도 아버지는 당신의 충고나 간섭이 통하지 않으니 포기한 듯싶었다. 할아버지의 서목 행 발길은 시간이 갈수록 잦아졌다.

그러다가 할아버지와 서목의 늙은 과부 사이에 아들이 생겼다는 소문이 온 동네에 퍼졌다. 아버지는 아무런 표정도 없었다. 가슴이 아리지만 겉으로 드러내놓고 물어볼 수도 없었을 것이다. 몇 달을 고민하던 아버지는 몰래 서목으로 가서 과부댁 형편을 살피고 돌아오셨다. 할아버지가 아들을 얻은 것은 사실이었다. 아버지의 배다른 동생이 태어났고 나보다 어린 삼촌이 생겼다. 그 후 아버지는 자주 서목을 다녀오셨다. 서목 할머니와 어떤 약속을 했는지 모르지만 그 아들을 당신 동생으로 입적시켰다. 그 후 우리 가족의 호적 등본에는 아버지의 동생 한 명이 추가되고 나보다 어린 삼촌이 등재되어 있었다.

내가 초등학교 5학년 봄날 학교가 파하고 집에 돌아오니 집 안이 예전과 같지 않았다. 이웃 사람들은 우리 집이 이사갔다고 했다. 무슨 영문인지도 모르고 이사한 집으로 갔다. 방 두 칸에 부엌이 딸린 오두막집이었다. 허리에 맨 책보를 풀고 식구들이 들어올 때까지 정신 나간 애처럼 문턱에 걸터앉아 있는데 아버지가 집에 들어서자마자 야단을 치셨다.

"이놈아, 너는 할아버지 집에 살아야지, 여기는 왜 와!"

영문도 모르는 내가 눈물을 찔끔거리며 가기 싫다고 마당을 빙빙 돌고 있었다. 아버지는 당분간 할아버지와 따로 살게 되었으니 너는 할아버지 말동무도 해주고 할아버지 곁에 있으라고 달랬다. 울어 봐도 소용이 없으니 다음날 학교 갈 책보를 챙겨 할아버지 집으로 갔다.

할아버지와 아버지는 오래전부터 서목 할머니의 문제로 여러 번 다툼이 있었다. 할아버지는 서목 할머니 사이에서 아들도 생겼으니 우리 집으로 들어와 함께 살기를 원했고 아버지는 양식은 대줄 수 있어도 함께 사는 것은 안 된다고 거절했다. 그러다가 결국 아버지는 할아버지의 고집을 꺾을 수 없어 궁여지책으로 아버지가 이사하기로 작정했다. 아버지가 식구들을 데리고 이사를 하면 서목 할머니가 아들을 데리고 우리가 살던 집으로 들어오기로 했다. 그러나 서목 할머니가 어떻게 생각이 바뀌었는지 차일피일 미루며 할아버지 집으로 들어오지 않았다. 어머니는 매일 두 집을 오가며 식사 준비를 하느라 정신이 없었다. 할아버지와 나는 먼저 살던 집에서 지내고 부모님과 동생들은 이사간 집에서 생활하니 집 안 살림이 제대로 될 리 없었다. 할아버지는 아버지에게 고집을 꺾고 식구들을 데리고 살던 집으로 들어오라고 했으나 이번에는 아버지가 한사코 할아버지 계신 집으로 들어가기를 거부했다. 평생 할아버지에게 반기를 들어본 일이 없던 아버지가 단단히 화가 나신 듯했다. 할아버지는 동네 사람들을 앞세워 밤마다 아버지를 설득했다. 이 사건은 어린 내가 생각해도 아버지의 일대 반란이었다. 당시는 상처(喪妻)를 하면 당연히 새 장가를 들고 그 사이에서 자식을 낳는 것이 예사로운 일이었다. 이런 일을 아버지가 모를 리 없는데 왜 그렇게 고집을 피워 열흘씩이나 두집살림을 했는지? 아마도 평생 할아버지로부터 시달린 불만이 폭발했을 것이라 짐작할 따름이다. 효자라고 떠들썩하던 아버지의 평판이 와르르 무너지는 사건이었다.

작심삼일과 중꺾마 정신

한해가 가고 새해를 맞으면 누구나 새로운 결심을 한다. 구글에서 검색한 가장 많이 하는 새해 결심은 주로 건강에 관한 내용이다. 열심히 운동하기, 살 빼기, 체계적으로 살기, 충만한 삶 누리기 그리고 해마다 빠지지 않고 등장하는 것이 금연이다. 결심은 작심과 같은 뜻이고 문자 그대로 마음을 다잡는 말이다. 한 해의 결심이 연말까지 지속되기 위해서는 부단한 노력이 필요하다. 미국의 시장분석기관인 통계브레인조사연구소(SBRI)에 따르면 새해 결심이 성공할 확률은 약 8%, 거꾸로 말하면 실패할 확률이 92%라고 한다. 대부분 작심삼일로 끝난다는 얘기다.

작심(作心)이라는 말을 처음 쓴 사람은 맹자(孟子)로, 문자 그대로 마음을 다잡는 뜻이다. 이처럼 맹자가 긍정적인 의미로 쓴 말이 우리나라에서는 반대의 뜻으로 사용되고 있다. '작심삼일' 굳게 먹은 마음이 사흘을 못가서 흐지부지 된다는 뜻으로 결심을 끝까지 지키지 못하는 사람을 비아냥거릴 때 사용하는 말이 됐다. 작심삼일이란 말은 어떻게 나왔을까? 고려시대에 '고려공사삼일(高麗公事三日)'이라는 속담이 있었다. 고려에서 시행하는 정책이나 법령이 사흘 만에 바뀐다는 뜻이다. 이 속담은 조선시대를 내려오면서 '조선공사삼일'로 바뀌었는데 둘 다 한 번 시작한 정책을 오래 지속하지 못할 때를 꼬집는 표현이다. 정부의 정책이 지속적으로 시행되지 못하고 자주 바뀌는 것은 옛날이나 지금이나 엇비슷한 듯싶다.

내가 서울에 와서 대학을 다닐 때 캠퍼스 잔디밭에서 배웠던 담배는 15년가량 계속됐다. 친구들이 건네주던 한 개비의 담배를 매정하게 뿌리치지 못하고 실없이 입에 물기 시작한 것이 나도 모르는 새 니코틴 중독이 되고 말았다. 결혼해서 아이들이 태어나자 아내가 담배를 끊으라고 극성을 부렸지만 아랑곳하지 않고 피워댔다. 특히 술을 마실 때는 연신 담배를 물고 있다시피 했다. 그리고 아침에 일어나서 맨 먼저 담배 한 대를 피우는 맛이 모닝커피 한 잔을 마시는 것보다 훨씬 기분이 야릇하고 좋았다. 이렇게 중독되었으니 담배가 건강에 해롭다는 상식으로는 금연을 결심할 계기가 되지 못했다. 주변 친구들이나 직장동료들도 금연을 결심하는 사람이 없어 자극을 받을 기회도 없었다.

담배가 일상이 되어 하루 한 갑 정도 피울 단계에 이르렀을 때 고향에 계신 아버지로부터 한통의 전화를 받았다. 1980년 5월 따뜻한 봄날이었다.

"애, 큰애야 니 작은고모부가 서울로 수술 받으라 갔데이. 문병 한 번 가봐라이."

"예, 아버지, 그런데 무슨 병이랍니까?"

'응 포항에서는 폐암이라 칸단다."

작은고모부는 포항서 대구를 운행하는 시외버스회사의 지입차주였다. 일찍이 운수업을 시작하여 많은 돈을 벌고 있었다. 키가 육척장신에다 멋 들어지게 잘 생긴 외모였고, 입에는 항상 담배를 물고 살았다. 버버리코트에 중절모를 쓰고 필터담배를 입에 문 고모부는 서양의 잘 나가는 영화배우와 흡사했다. 고모부는 필터담배를 입에 물고 질근질근 씹다 버리고 새로운 담배를 꺼내 불을 붙이곤 했다. 내가 고모부를 만난 어느 한 시간도 입에 담배가 물려 있지 않은 적이 없었다.

고모부가 입원한 K병원으로 갔다. 고모부는 이미 가슴을 열고 수술을 받았지만 치료할 단계가 지났다는 판정을 받았다. 병원에서 한 달쯤 머물던 고모부는 가족들과 함께 고향으로 내려가야 했다. 퇴원하던 날 고모부께 작별인사를 드렸지만 고모부는 인사를 받을 기운도 없으셨다. 한 달쯤 되어 고모부의 부고가 왔다.

그때 나는 담배를 끊기로 작정했다. 피다 남은 담배를 과감하게 쓰레기통에 처박고 라이터도 버렸다. 마음을 굳게 먹었지만 하루를 넘기기 힘들었다. 최소한 하루라도 넘기면 반은 성공할 것 같은데 하루가 여삼추만큼이나 길었다. 아침에 작심한 것이 저녁이 되면 헛것이 됐다. 퇴근길에 담배를 사서 한 대 피우니 머리가 핑 돌면서 꿈속을 헤매는 듯했다. 유혹에 못 이겨 다시 담배를 피우는 구실을 찾기 시작했다. "뭐, 담배 피운다고 누구나 폐암에 걸리나?"

1차 금연이 실패하니 자포자기 상태가 되어 다시 담배를 끊겠다는 결심을 하기가 쉽지 않았다. 언젠가는 다시 금연을 해야겠는데 또 실패하면 아이들에게 형편없는 아버지로 보일까 겁이 났다. 그러면서도 담배를 피울 때마다 고모부 생각이 났다. 어쨌든 끊어야 할 유해물이기에 두 번째 도전에 나섰지만, 일주일이 못가 실패하고 말았다.

그러던 어느 무더운 여름날 남방셔츠 바람으로 교회에 갔다. 교회에서 목사님을 만나 대화하던 중 셔츠주머니에서 담배 갑이 떨어졌다. 목사님은 아무 말씀이 없었지만 나는 얼굴이 화끈거리고 쥐구멍에라도 들어가고 싶은 심정이었다. 그로부터 세 번째 담배 끊기에 도전했다. 담배 끊기는 정말로 어려운 일이었다. 모 병원에서 실시하는 5일 금연학교에 등록하여 담배로 인하여 폐암에 걸린 영상을 보며 마음을 다잡았다. 그러나 금연학교를 수료했다고 하여 금연에 성공했다고 단정할 수 없었다. 내 몸속에 쌓인 니코틴이 완전히 빠져나가기 전에는 장담할 수가 없었다. 금연학교 선생님들은 최소한 2년이 지나야

몸속에 축적된 니코틴이 완전히 빠지고 담배연기가 역겨워진다고 했다. 담배연기를 피하여 2년 이상 도망 다닌 후에야 겨우 담배에서 해방됐다. 15년을 피우던 담배는 이렇게 작심삼일 세 번 도전 끝에 성공했다.

　작년에 2022 카타르 월드컵 대회가 있었다. 우리나라는 예선전에서 우루과이와 비기고 가나 전에는 패하여 강호 포르투갈을 이겨야 16강에 진출할 수 있는 절체절명의 위기를 맞았다. 객관적인 전력을 보면 포르투갈을 이기는 것은 불가능한 일이었다. 이때 우리의 젊은 선수들과 응원단은 '중꺾마'의 정신으로 경기에 임했고 혼신의 투혼으로 포르투갈을 이겨 16강 진출의 쾌거를 이뤄냈다. 16강을 확정짓는 순간 태극전사들이 펼친 태극기에 '중요한 것은 꺾이지 않는 마음'이란 문구가 또렷이 새겨져 있었다. '중꺾마'의 시작은 글로벌온라인게임대회인 로드컵(리그 오브 레전드 월드 챔피언십) 대회에 10년 도전 끝에 우승한 김혁규 선수의 인터뷰에서 시작됐다. 김혁규 선수는 우승 이후 SNS에 "저와 저희 팀의 우승이 저 보다 더 힘든 시간을 보내고 계시는 분들에게 희망이 됐으면 좋겠고 '중요한 건 꺾이지 않는 마음'입니다"라고 적었다. 이렇게 시작된 '중꺾마'는 언더도그(약자)들의 승리의 상징이 됐고 카타르 월드컵 대표팀의 16강 진출 원동력이 되면서 요즘 각종 광고와 소셜미디어를 휩쓸고 있는 유행어가 됐다.

사람이 어떤 일을 시작하려고 할 때 마음을 다잡는 것은 매우 중요한 일이다. 그러나 그 작심이 작심삼일 되지 않기 위해서는 우리 젊은이들이 집념을 이룬 '중꺾마' 정신이 필요한 명제라 할 것이다.

3부

임마누엘 성가대의 탄생과 소멸

　1981년 2월, 교회라는 곳에 발을 들여놓은 나는 갈수록 교회 생활의 마력에 빠져들었다. 1982년부터 아동부 교사와 글로리아 성가대에 들어가 주일이면 평일날 회사 일보다 더 바쁜 나날을 보내고 있었다. 더욱이 교회 신축을 위하여 조직된 성전건축위원회 간사 직분을 맡아 평일에도 건축위원장 장로님을 모시고 은행을 들락거리며 자금 조달 문제를 협의하곤 했었다.

　당시 우리 집은 교회에서 100m 정도 떨어진 곳에 위치하고 있었다. 당시는 저녁예배를 드리던 때라 교회 먼 곳에 살던 젊은 교우들은 가끔 우리 집에서 낮 시간을 보내고 저녁예배에 참석한 후 각자 본가로 돌아가는 경우가 많았다. 집이 가까운 교우도 대낮에 집에 가봐야 할 일이 없으니 끼리끼리 모이길 좋아했다. 처음 몇 번을 모이고 나니까 우리 집이 젊은 교우들의 휴식공간처럼 됐다. 우리 집에 모이게 된 동기는 거리가 가깝기도 하지만 두 딸이 어려서 학업에 지장이 없고 어른들도 계시지 않으니 마음 놓고 떠들며 쉴 수 있기 때문이기도 했다.

무엇보다 좋은 점은 가까운 상봉시장에서 칼국수를 사다 끓여 저녁 한 끼 때우기가 편한 점이었다. 가끔 많은 교우들이 모일 때면 아내 친구 분들이 동원되어 대형 양은솥이 넘치도록 칼국수를 끓여댔다.

그즈음 아내는 아주 특이한 사람처럼 보였다. 산후우울증에다 신장하수까지 겹쳐 K대 병원 수술실까지 들어갔으나 수술도 못하고 쫓겨나온(?) 완전 환자였다. 토요일이면 내가 종로5가 약국에서 링거 한 병을 사오고 동네 무면허 간호사에게 부탁해 주사바늘을 꽂고 몇 시간씩 누워 지내던 때였다. 이런 병중에도 교우들에게 칼국수 대접하는 날은 독수리 날개치듯 부엌을 들락날락했다. 그때 교우들과 함께 먹던 칼국수 맛이 내 인생 최고의 칼국수 맛으로 기억된다. 배가 터지도록 칼국수를 먹은 우리는 남산만 한 배를 소화시키려고 피아노 앞에 둘러서서 찬양을 부르기 시작했다. 아마도 집에 피아노가 있기 때문에 우리 집에 모이게 됐는지도 모르겠다. 싫다는 딸들을 억지로 피아노 앞에 앉혀 놓고 화음도 맞지 않는 찬송가를 소리 높여 불러댔다. 그리고 저녁예배 시간이 되면 모두 썰물처럼 집을 빠져나갔다.

교우들의 모임은 초봄에 시작하여 여름날이 되도록 계속됐다. 무덥고 땀내 나는 여름이지만 교우들은 모이면 모일수록 재미가 있었다. 모두가 나와 비슷한 처지에 있는 교우들이었다. 사업에 실패한 사람, 건강에 문제가 있는 사람, 가정이 온전치 못한 사람, 아무리 노력해도 생계가 힘든 사람 등, 이런 사람들이 가장 위로를 받는 것이 찬양이었다.

이렇게 교회와 우리 집을 들락거리던 어린 양들은 시간이 갈수록 서로를 깊이 알게 됐다. 대부분의 교우들은 나 같이 음악에 문외한이었지만 놀랍게도 우리 중에는 음악으로 이태리 유학을 다녀온 교우도 있었다. 그는 바로 우리 앞집에 살고 있던 유전식 집사로 당시 KBS 교향악단의 트럼본 연주자로 활동하고 있었다. 그리고 소규모 자영업을 하고 있던 이영일 집사는 서툰 솜씨지만 찬송가를 칠 정도의 피아노 실력을 갖추고 있었다. 우리들 중 누군가가 이분들을 이용하여 남자들만의 성가대를 만들어 보자는 의견이 나왔다. 우선 지휘와 반주를 할 만한 분이 있으니 이들이 승낙만 하면 90%는 준비된 셈이었다. 이 문제를 놓고 곰곰이 생각하며 교우들의 의견 조율에 들어갔다. 우선은 남성성가대를 조직하는 원칙을 세우고 유전식 집사와 이영일 집사의 의견을 물었다. 두 분은 며칠을 생각 끝에 하나님의 일에 'NO'할 수 없다며 쾌히 승낙했다. 이들은 성가대란 것이 지휘자 반주보다 대원들의 확보와 수준이 중요하다며 대원들 확보방안을 내놓으라고 했다. 나는 교회 내 남자 교우들을 몽땅 다 끌어 모으겠다는 허풍을 떨며 대원들 확보에 나섰다.

지휘를 맡은 유전식 집사에게는 큰소리쳤지만 대원들 모집하는 일은 쉽지 않았다. 우리 집에서 칼국수를 함께 먹던 젊은 교우들이 앞장서서 모집 활동에 들어갔다. 총 출석 교인이 400명이 조금 넘는 교우들 중에서 여자 교우들을 제외하면 남자 성가대를 할 수 있는 자원은 극히

적은 숫자였다. 우선적으로 장로, 안수집사는 필수적 가입, 서리 집사 및 평신도는 자발적 가입 원칙을 세우고 모집 활동을 시작했다. 이렇게 해서 모집한 대원이 장로 6명, 안수집사 5명, 서리집사와 평신도 18명 합계 29명이었다. 예상 외로 많은 숫자였다. 장로, 안수집사님들의 협조 덕분이었다. 모집된 명단을 가지고 담임목사님께 보고했다. 목사님은 잠시 기도 후 무엇인가 계시를 받은 표정으로 성가대 이름은 '임마누엘 성가대'라 명명하셨다. 이렇게 해서 교회 안에 처음으로 남성 성가대가 생겨났다. 그리고 부족한 내가 임마누엘 성가대 총무라는 직책을 맡았다.

성가대는 조직보다는 찬송을 어떻게 연습하여 얼마나 은혜롭게 부르느냐가 문제다. 처음 연습을 시작하던 날 모두 우리 집에 모여 칼국수로 저녁 식사를 때우고 함께 저녁예배를 드린 후 연습을 시작했다. 대원들을 성가대석에 모은 후 총무인 내가 잠깐 기도한 후 지휘자 유전식 집사가 지휘봉을 잡고 첫 코멘트를 했다.

"공산주의와 음악은 독제가 아니면 안 됩니다."

모두가 어리둥절했다. 장로나 집사나 성가대석에 앉으면 꼼짝없이 지휘자의 지시에 잘 따르라는 말씀이었지만 연세 많은 장로님들께는 불경스럽게 여겨질 수도 있었다. 괜히 내가 얼굴이 붉어지며 마음이 불안했다.

찬송가 한 곡을 골라 멜로디 파트와 베이스 파트를 연습하기 시작했다.

회중 찬송이나 따라 부르던 장로님들과 연세 많은 집사님들이 지휘자의 요구에 쉽게 따라갈 수가 없었다. 음정 박자가 틀리는 것은 기본이요 어느 소절, 어느 마디를 연습하는지도 모르는 분들이 많았다. 유전식 집사는 직분과 상관없이, 또 나이와 상관없이 정확한 음정 박자를 요구했다. 연습시간에는 자리를 떠나 화장실 가는 것도 금했다. 정확한 소리가 나올 때까지 반복에 반복을 거듭했다. 그러고도 제대로 소리를 내지 못하면 성경 말씀을 인용했다.

"내게 능력 주시는 자 안에서 내가 모든 것을 할 수 있느니라.(빌립보서 4장13절)."

나는 놀랐다. 그나 나나 엊그제 교회에 출석했는데 성경 말씀을 언제 어떻게 암기했나 싶어 놀라고 그 적절한 활용에 또 놀랐다. 혹시 주일학교 때 배운 말씀을 지금도 기억하고 있는 것일까? 평소에 슬쩍 주일학교를 다녔다는 이야기를 한 적이 있었다. 어쨌든 유전식 집사는 음악에 있어서는 완벽주의자였다. 이렇게 4주 동안 연습하여 초겨울 어느 날 저녁예배 시간에 임마누엘 성가대가 찬양을 맡았다.

소설 속에서 첫 번째 크리스마스를 맞이하는 것처럼 첫 번째 찬양시간을 맞았다. 모든 성도들의 눈동자가 성가대석으로 향했다. 찬송가 한 곡으로 찬양이 끝났지만 성도들의 '아멘' 화답은 천장이 떠나갈 듯했다. 우리는 서로의 얼굴을 쳐다보며 눈물을 글썽거렸다. 은혜는 누구보다 성가대석에 앉은 우리가 최고로 많이 받았다.

임마누엘 성가대 찬양은 몇 번 더 이어졌다.

그러나 힘든 과정을 거쳐 조직된 임마누엘 성가대는 오래 가지 못했다. 나는 다음해 회사에서 전라북도 진안으로 발령이 나서 그곳으로 내려갔다. 그리고 1987년 다시 교회로 돌아오니 그때의 주역들은 뿔뿔이 흩어지고 없었다. 추측컨대 교회건축 과정에서 상처를 받고 교회를 떠난 것이 아닌가 싶었다. 이런 과정에서 임마누엘 성가대는 교회조직에서 없어졌고 다만 지휘자 유전식 집사는 한동안 교회에 남아서 잠시 글로리아 성가대 지휘자로 활동하다 다른 곳으로 이사갔다. 돌이켜보면 임마누엘 성가대는 최단 시간에 조직되어 가장 짧은 기간 운영하다 끝난 성가대가 됐다.

그 후 들리는 소식에 의하면 유전식 집사는 KBS 교향악단을 떠나 그의 모교인 한양대 음대 교수로 재직하다 정년퇴직했고 지금은 한양대 캠퍼스 안에 있는 한양대교회에서 지휘자로 봉사하고 있다고 한다. 그리고 반주를 맡았던 이영일 집사는 어느 이단교회에 중책을 맡았다는 소문은 있으나 한 번도 만난 적이 없다.

등산금지 가처분 통보

　2020년 1월부터 시작된 코로나19 사태는 우리들의 일상을 완전히 바꾸어 놓았다. 소위 사회적 거리두기라는 예방지침이 시행되어 사람들을 마음대로 만날 수 없는 처지가 됐다. 이에 따라 당연히 내 일상도 변했다. 집 안에만 머물러 시간을 보내기란 결코 쉬운 일이 아니었다. 일상을 바꾸어야겠는데 뾰족한 방법이 없다. 이런저런 궁리 끝에 교회 친구들 몇 명이 등산 팀을 만들어 서울주변 산들을 찾아다니기 시작했다. 이렇게 시작한 등산이 2020년도 46회, 2021년도 64회 산행 기록을 달성했다. 평균 일주일에 하루는 산에서 보낸 셈이다.

　금년은 임인년 범띠의 해라 인왕산 호랑이 생각이 나서 맨 먼저 인왕산을 시작으로 북한산과 도봉산을 주로 오르고 있다. 봄이 가고 여름철이 되니 소나기가 자주 쏟아지고 태풍 부는 날이 많아 등산 날짜를 정하는 데 꽤 신경을 써야 했다.

　7월 말에는 태풍 '송다'의 영향으로 소나기가 쏟아져 며칠을 집 안에서 어슬렁거렸다. 할 일 없이 지내다 보니 내 몸은 자꾸 산을 그리워했다. 8월 1일 일기예보는 새벽시간에 약간의 비가 내린 후에는 하루 종일 비 소식이 없었다. 동반자 없이 홀로 등산채비를 꾸려 가까운 도봉산으로 향했다. 전철을 타고 가는 중 마음이 변했다. 며칠간 소나기가 내렸으니 계곡마다 폭포수가 쏟아질 것이라는 생각이 들었다. 계곡물이 우렁차기로 치면 동두천에 위치한 소요산만한 곳이 없다. 내친 김에 소요산으로 향했다. 소요산은 계곡이 웅장하고 기암괴석이 아름다울 뿐 아니라 신라 29대 무열왕녀 요석공주와 원효대사의 사랑이야기가 숨어있고 자재암(自在庵)이란 아담한 암자도 있어 볼거리도 많고 이야깃거리도 있어 꽤 많은 사람들이 찾는 산이다.

소요산 입구에서 '건강오행로'를 거쳐 자재암 일주문에 닿았다. 건강오행로 왼쪽엔 푸른 신록이 우거져 있고 오른편 계곡에는 산골짜기에서 쏟아져 내려오는 폭포수 소리가 요란했다. 내 시선은 쉴 새 없이 좌우를 두리번거렸다. 자재암 일주문을 통과하여 108계단을 올라 암자 입구에 다다랐다. 금강문을 거쳐 원효대사가 좌정 기도하던 원효대를 지나 자재암 경내로 들어서니 바위 속에 자리한 원효굴과 산속에서 떨어지는 원효폭포가 장관을 이루고 있다. 신라 중엽 원효대사가 개산(開山)했고 고려 광종 때 각규대사가 정사를 세웠다는 자재암은 사찰보다 기암괴석으로 둘러싸인 주변경관이 일품이다.

上善若水(상선약수) 水善利萬物而不爭(수선이만물이부쟁)

가장 선한 것은 물과 같다, 물은 온갖 것을 이롭게 하면서도 다투지 않는다.

하늘 아래 가장 맑은 물을 보며 상선약수의 말씀을 마음에 담았으니 이제는 산에 오르며 심신을 단련할 차례다. 소요산의 가장 높은 봉우리는 의상대(해발587m)이다. 의상대와 그 옆에 있는 나한대(해발571m)는 작년 여름 무더운 날에 다녀왔으므로 이번엔 공주봉(해발 526m) 쪽으로 방향을 잡았다. 공주봉은 원효대사가 요석공주를 마음에 두고 이름을 붙였다는 봉우리다. 자재암까지 올라오는 사람은 꽤 많았는데 공주봉 등산로에 들어서니 인적이 없다. 부지런히 올라가는데 젊은 아주머니 두 분이 계곡에 앉아 물보라를 즐기고 있었다. 공주봉까지 함께 갈 것으로 기대했는데 거기서 쉬었다 하산할 계획이란다. 어차피 홀로 온 몸, 용기를 내어 발걸음을 재촉했다. 조금 올라가니 계곡에만 물이 흐르는 것이 아니라 등산로에도 물이 흐르고 있었다. 어디가 개울이고 어디가 등산로인지 구별되지 않았다. 물이 흐르는 등산로를 피하여 썩은 낙엽이 깔린 산허리로 들어섰다. 이리저리 수풀을 헤치며 능선을 향하여 부지런히 올랐다. 돌부리를 밟으며 스스로 최면을 걸고 앞으로 나아갔다. 처음에는 단순히 가파른 육산(肉山)인데 오르면 오를수록 태산 같은 바위가 앞을 가로막았다. 얄팍한 마음으로 쉬운 길을 택한다는 것이 함정에 빠져든 꼴이 됐다.

정신을 바짝 차려야 했다. 바위도 그냥 대수로운 바위가 아니다. 하얀 대리석 뾰쪽 바위가 나타나니 대책이 없다. 스틱을 접어 배낭에 넣고 두 손으로 바위틈을 붙잡고 한 발씩 옮겨가며 칼날 같은 바위를 넘어갔다. 오르다 지치면 바위에 엎드려 한참을 쉬었다가 다시 한 걸음을 옮겨 놓았다. 바위에 의지하여 배를 깔고 엎드려 있자니 등산길에 추락사고가 이런 때 발생하는가 싶었다. 지나온 길을 돌아보니 내려가는 길이 더 힘들게 생겼다. 119에 전화해서 구조요청을 할까? 마음이 점점 조급하고 겁도 났다. 하늘을 쳐다보면 곧 능선이 나타날 것 같은데 안간힘을 다해 올라가 보면 능선은 또다시 저만치 멀리 가 있었다. 혼산(홀로 등산) 은 절대 가지 말라던 충고를 무시한 걸 뼛속 깊이 후회했다. 다행히도 약간의 체력이 남아있는 것이 감사했다. 사투를 벌려가며 능선에 오르고 보니, 처음 계획했던 공주봉이 아니고 소요산에서 가장 높은 의상대였다. 의상대에는 등산객 한 분이 있었다. 사람이 그렇게 반가울 수가 없었다. 휴가를 이용하여 서울근교 산을 오르려고 온 부산 분이었다. 소요산 넓은 천지에 오늘 의상대에 오른 등산객은 그 분과 나 두 사람밖에 없는 듯싶었다. 시간은 오후 3시가 훌쩍 넘었다. 자재암에서 넉넉히 두 시간이면 충분히 올라올 거리를 세 시간을 넘겨서야 도착했다.

어쨌든 정상에 도착했으니 허기진 배를 채워야 했다. 배낭에서 삶은 계란 몇 개를 꺼내 먹으며 자신을 돌이켜 본다. 나는 왜 이렇게 위험한 짓을 할까? 진정 건강 때문인가? 그것이 아닐 것이다. 한번 시작하면

끝장을 보아야 하는 고약한 성격 때문일 것이다. 이제는 못된 성질 고칠 나이가 넘었지 않았을까? 천성은 죽을 때까지 못 고친다는 말은 맞는 말인가? 스스로 물어보지만 명확한 답은 없다. 물병에 남은 물을 마시며 여느 때처럼 아내에게 정상 인증샷을 보냈다. 무사히 정상에 도착했다는 신호다. 하산 길도 험하긴 마찬가지다. 힘이 빠진 다리는 가끔 온몸을 주저앉게 했다. 다리가 왜 이렇게 나를 혹사시켰냐는 불만의 표시다. 극도로 지친 몸이지만 눈길은 자꾸 계곡의 폭포수로 향한다.

소요산역에 도착했다. 몇 시가 됐나? 핸폰을 꺼냈다. 먹통이었다. 배터리가 완전 방전됐다. 시간은 오후 5시 30분이다. 집에 도착하면 7시가 넘을 것이 확실하다. 등산 갔다 오후 5시가 넘어 집에 들어간 때가 거의 없다. 전철 안에서 옆 사람에게 전화를 빌려 통화하기도 멋쩍어 최대한 빨리 집으로 왔다. 오후 7시 30분쯤 현관문을 열고 집 안에 들어섰다.

아내가 울먹거리며 머리끝까지 화를 냈다. 소요산 파출소에 실종 신고를 하던 중이었다. 딸네 식구들로부터 원망 섞인 전화도 받았다. 그리고 저녁 식사를 끝낸 후 초등학교 3학년인 막내손자로부터 경고성 전화가 걸려왔다.

"할아버지 이제 등산 가지 마세요. 할아버지가 온 식구들을 이렇게 걱정시키면 어떻게 해요? 할아버지 이제 등산금지예요."

"애! 내가 등산 안 가면 어떻게 시간을 보내니?"

"좋아하는 책을 읽든지, 글을 쓰면 되잖아요."

"얘 하루 종일 책 읽고 글 쓰면 눈이 아파 못 견뎌."

"그러면 TV 영화를 보더라도 등산은 안돼요."

법원에서 가처분을 받은 것보다 훨씬 더 강한 등산금지가처분을
받았다?

사랑하는 내 당신

K대학을 졸업하고 농협중앙회에 입사하여 강원도 횡성군조합으로 발령받았다. 사람들은 그저 좋은 직장에 취직하여 우연찮게 강원도로 갔다고 생각할 것이다. 나도 당시엔 아무런 생각 없이 회사의 형편에 의해 모두가 꺼리는 곳으로 나를 보냈다는 불평을 늘어놓았다. 부임 후 사무실 형편에 의거 대부업무를 일 년가량 담당했다.

일 년이 지나자 주판셈을 전혀 모르는 초보자인 내게 여덟 개나 되는 단위조합의 대차대조표(B/S)와 손익계산서(P/L)의 합산업무가 포함된 '경영지도사'라는 보직을 맡겼다. 나의 능력을 높이 평가한 조치로 알아 최선을 다했다. 인사권자인 전무님이 실망하지 않게 밤늦게까지 야근을 해가며 단위조합의 B/S와 P/L을 열심히 합산하려 했다. 그러나 당시 4급도 안 되는 나의 주산 실력으로는 도저히 감당할 수가 없어 손이 빠른 한 여직원에게 도움을 청했다. 그녀는 친절하게도 나의 청을 기꺼이 받아들였다.

그녀가 당신이었고 그것이 당신과 나를 평생 옭아매는 동아줄이 됐다. 그때 나는 그 일이 우연이라고 생각했다. 그러나 지금 나의 생각은 보이지 않은 신의 섭리가 있었다고 믿는다. 왜냐하면 그때는 보이는 것만 세상이었고 지금은 보이지 않는 신의 세계가 있음을 믿기 때문이다.

우리가 처음 만난 때는 사랑의 에너지가 솟구치던 나이였기에 다른 어떤 것도 눈에 들어오지 않았다. 얼마의 시간이 지나 여느 남녀와 마찬가지로 결혼이란 통과의례를 치렀다. 몇 번씩 이야기하지만 이때 당신은 아프로디테 같은 미인이었고 성경 아가서에 등장하는 술람미 여인 같은 매력을 갖추고 있었다.

결혼 후 얼마의 시간이 흘러 당신을 빼닮은 사랑스런 첫딸을 낳았다. 그러나 신은 우리를 질투하는 것이었을까? 1978년 둘째딸을 낳은 당신에게 시련이 다가오기 시작했다. 정신과 육체가 소멸해가는 당신의 모습을 차마 볼 수가 없었다. 몸을 지탱하지 못한 당신은 육교를 내려오다 쓰러지고 말았다. 문제가 어디에 있는지, 당신을 지옥의 나락으로 떨어지게 하는 이유가 뭔지 나는 몰랐다. 이 병원 저 병원 몇 년을 돌아다닌 후에야 그것이 결혼으로 인한 스트레스, 산후우울증, 남편과의 갈등 등 나로 인한 정신적인 고통에서 시작된 것임을 알았다.

나는 병원에서 고치지 못하는 병은 종교에 의지하는 수밖에 없다는 결론을 내렸다. 그래서 가까운 교회에 나가기로 작정했다. 교회를 나간다는 것은 유교적 관습에 젖어 있는 집 안 어른들로부터 많은 핍박을 각오해야 했다. 그러나 당신을 살려야 한다는 오직 한 가지

일념으로 '천부여 의지 없어서 손들고 옵니다.' 신세타령 같은 찬송가를 부르며 교회라는 별난 세상에 발을 들여놓았다. 솔직히 그때는 이 세상에서 당신에게 주어진 시간이 끝인 줄 알았다. 당신은 나와 평생을 함께 할 내 당신이 아닌 줄 알았다.

교회는 확실히 구원의 방주였다. 지푸라기라도 잡는다는 심정으로 교회 문을 들어선 우리 가정에 거짓말 같은 구원의 은혜가 주어졌다. 당신은 활기를 찾았고 우리 가정엔 큰 선물이 주어졌다. 셋째딸 '은혜' 가 태어난 것이다. 우리는 '할렐루야'를 외쳤고 교우들은 진심으로 축하했다.

큰 은혜는 큰 시련과 함께 오는 것인가? 하나님은 우리의 믿음을 시험하는 것일까? '은혜'는 일곱 달 동안 천사의 사명을 끝내고 우릴 앞서 천국으로 갔다. 나는 하나님이 너무 잔인하다는 원망스런 푸념을 늘어놓았다. 그러나 당신은 모든 것이 합력하여 선을 이루시는 하나님을 믿고 꿋꿋이 일어섰다. 사랑하는 내 당신은 이제 매력적인 술람미 여인에서 '드보라' 같은 굳센 여인으로 변해갔다. 구옥을 허물고 새로운 2층 집을 짓고, 학습지를 돌리고, 옷 장사를 하면서 두 딸의 대학진학을 도왔다. 대학입시를 앞두고는 밤 운전을 해서 강남의 학원을 오가며 두 딸을 음악대학에 보냈다. 둘째딸까지 대학에 합격하자 우린 부모로서 할 일은 끝난 줄 알았다.

그 후 남편이 위장을 잘라내는 큰 병에 걸렸어도 당신은 담담히 받아들였고 국가적인 재난인 IMF를 맞아 대책 없이 직장을 그만두고 퇴직한 나를 위로하고 격려했다. 그리고는 새롭게 시작한 부동산중개업은 당신이 주도적으로 끌고 왔다. 당신은 용감한 '드보라'에서 한 가정을 이끌어 가는 '리브가'로 변신했다.

그러나 세상에 영원한 평화가 없듯이 가정에도 영원한 평안은 없었다. 순탄하고 평안한 삶을 누릴 쯤에 당신에게 날벼락이 떨어졌다. 2002년 2월 10일 당신은 끔찍한 교통사고를 당했다. 승합차를 몰던 어설픈 운전자는 아파트 통로에서 당신을 밀어붙였다. 당신은 아스팔트 바닥에 쓰러졌고 땅바닥엔 새빨간 피가 흐르고 있었다. 나는 중대한 사고임을 직감했다. 나는 홀아비가 되는 줄 알았다. 구급차로 당신을 싣고 응급실로 향했다. 생명은 건졌지만 고관절이 골절됐다. 나는 평생 당신의 도우미로 살겠다고 다짐했다. 그러나 병석에 누운 당신은 대부분 큰딸의 산호를 받았다. 나는 다짐만 했지 실천이 없는 허풍쟁이로 낙인됐다. 육 개월이 지난 후 당신은 오뚝이처럼 다시 일어섰다.

당신이 교통사고에서 일어난 후 큰딸이 결혼할 청년을 데리고 왔다. 크게 축복할 일이 생겼다. 딸의 손을 잡고 주례선생님을 바라보는데 우리가 결혼할 때 빨간 카펫을 밟고 나오던 당신 모습이 생각났다. 웨딩드레스를 입은 딸과 우리가 결혼한 때의 당신을 비교해봤다. 누가 더 이뻤을까? 아마도 당신이 더(?) 이뻤겠지? 옛날을 회상하며 딸의 손을 잡고 카펫을 밟고 앞으로 나아가는데 주책없이 눈물이 마구 흘러내렸다.

딸이 딸을 낳았다. 우릴 앞서 천국으로 간 '은혜'의 얼굴을 보았다. 당신도 나도 말은 못하고 가슴앓이를 했다. 사랑하는 내 당신이 할머니가 됐다. 할머니가 된 당신은 다시 육아의 길로 나섰다. 둘째딸도 결혼하여 아들 둘을 낳았다. 또다시 두 손자의 엄마(?)가 됐다. 그 옛날 딸을 돌볼 힘이 없어 가사도우미에 의지했던 당신이 손주 셋을 키워냈다. 당신의 은혜가 크다고 하지 않을 수 없다. 첫 손주를 키울 때 시골에 혼자 살던 어머니가 보따리 짐을 싸들고 우리 집으로 오셨다. 손주 육아에 치매 시어머니를 돌보는 일이 추가됐다. 당신은 성경에서 '룻'이 시어머니 '나오미'를 모시고 사는 신세처럼 됐다. 장장 4년을 불평 없이 알뜰히 모신 당신을 하나님이 어여삐 보셨다. 룻의 후손에서 그리스도가 탄생한 사건은 당신의 후손에서도 훌륭한 인물이 나올 예표를 보여주신 것이라 믿는다. 덕분에 나 또한 떳떳한 장남으로 살게 됐다.

시간은 이렇게 흘러 사랑하는 내 당신이 고희(古稀)에 접어들었다. 인생칠십고래희(古來稀)라 하여 예부터 칠십 세를 넘기기가 쉽지 않다고 했다. 한편 성경은 인생은 이 세상에 보내진 나그네라 말한다. 나그네는 정해진 시간이 지나면 본향으로 돌아가야 한다. 사랑하는 내 당신도 그리고 또 나 자신도 그 나그네 길이 그렇게 머지않은 듯싶다. 요즘 우리 나이에 가장 성공한 사람은 아침에 일어나 제 발로 화장실

가고 제 손으로 아침 식사하는 사람이란 농담 아닌 진담이 있다. 우린 아직까지는 제 발로 제 손으로 다 할 수 있으니 성공한 부부라 여겨도 괜찮을 듯싶다. 모두가 내 사랑하는 당신 덕분이다.

엊그제 TV에서 이자연이란 가수가 나와 〈당신, 사랑하는 내 당신〉이란 노래를 부르는 모습을 보았다. 유행가 가사를 빌어 마음속 깊은 곳에 숨겨진 사랑 노래를 읊어본다.

당신

사랑하는 내 당신

둘도 없는 내 당신

당신 없는 이 세상은

의미가 없어요

가지 마세요 가지 마세요

나를 두고 가시 마세요….

나를 두고 먼저 가지 마세요. 여보!

나는야 천국 길의 도우미

내 아버지는 1919년 3.1 독립만세 운동이 일어났던 해 태어나서 1987년 한식날 돌아가셨다. 아버지는 평생 농사꾼이었으나 한글은 물론 기초적인 한문도 깨우쳤다. 우리 6남매 중 나를 비롯하여 셋째동생까지는 아버지로부터 천자문을 배웠다. 이렇게 한문지식도 갖추었기에 자유당 말기에는 동장직을 맡아보고 있었다. 당시 동장은 사무적인 일뿐만 아니라 동네의 굳은 일은 도맡아 처리했었다. 아버지가 동장직에서 물러나 집 안에서 농사일에 전념하실 때에도 동네에 굳은 일이 생기면 직접 나서서 처리하곤 하셨다.

하루는 면사무소 직원인 박서기 부인이 농약을 마시고 자살했다. 30대 젊은 여자가 자살했으니 아무도 그 시신을 염습하여 장례 치르기를 꺼려했다. 아버지는 하룻밤을 곰곰이 생각하시더니만 동네 청년들을 모아 당신이 나서서 장례를 치러 주셨다. 아버지는 장례 전문가처럼 인식되어 일만 생기면 이리저리 불려 다니곤 했다.

그 후 박서기는 새로운 여자를 만나 재혼했고 부면장까지 진급한 후

퇴직했다. 그리고 아버지를 평생 친형님처럼 모셨다. 이런 아버지의 DNA를 내가 물려받았을까? 내 생각으로는 그런 것 같지 않지만, 또 전혀 그렇지 않다고 딱히 부정할 근거도 없는 것 같다. 왜냐하면 교회에서 발생하는 많은 교우들의 장례식장에 항상 내가 있었기 때문이다. 내가 목사님을 좇아 다니며 치른 많은 장례식 중에는 세 분의 담임목사님 장례식이 포함되어 있다. 오늘은 우리 교회 담임목사를 역임하신 세 목사님의 천국 가시는 길을 회상하며 함께 은혜를 나누고자 한다.

1. 교통사고로 천국 가신 황장옥 목사님

우리 교회 2대 담임목사를 역임하신 황장옥(黃章玉) 목사님은 1989년 2월 9일(목요일) 교통사고로 돌아가셨다. 목사님은 당일 새벽기도를 마치고 당신이 교무과장직을 맡고 있던 서울장신대 입시생 면접을 보기 위해 새벽같이 차를 몰았다. 살얼음이 채 녹지 않은 어두컴컴한 한 새벽길을 달리던 목사님은 미사리 근처에서 사정없이 미끄러져 반대편 차선을 달리던 봉고차와 충돌했다. 목사님은 현장에서 사망했고 시신은 가까운 강동성심병원에 안치됐다.

소식을 들은 나는 곧장 병원으로 달려갔다. 교회 장로님 몇 분이 이미 도착하여 사고 수습을 논의하고 계셨고 경찰들은 사고 경위를 파악하느라 영안실을 들락거렸다. 장로님 모두가 병원에 모여 당회를 열어 장례절차를 협의한 결과 목사님 장례는 5일장으로 결정됐다. 나는 회사에 5일간 휴가를 신청하여 목사님 곁을 지키기로 했다.

하룻밤을 보내고 다음날 시신을 입관하기 전에 장로님들의 시신 검안이 있었다. 안치실에는 가족들과 장로님들만 들어가도록 허락됐다. 나는 사랑하는 목사님의 시신을 보기 전에는 결코 목사님의 죽음을 받아들일 수가 없었다. 내 눈으로 직접 확인하기 위하여 장로님들을 뒤따라 안치실로 들어갔다. 누구라도 제지하면 한바탕 소란을 피우더라도 목사님 얼굴을 꼭 한 번 보고 싶었다. 그러나 어느 누구도 내가 장로님들을 따라 시신 검안에 참여하는 것을 제지하지 않았다. 맨 앞쪽에서 목사님 시신을 찬찬히 살펴봤다. 평소처럼 얼굴은 싱긋이 웃고 계셨지만 왼쪽 이마에는 함몰 자욱이 선명했다. 내 눈에 눈물이 글썽거리기 시작했다. 함몰된 얼굴에 핏자국이 어린 모습을 한동안 지켜보던 나는 콧물을 훌쩍거리며 안치실을 나오고 말았다.

황 목사님의 장례는 평양노회장으로 결정됐다. 장례기간 5일 동안 장례식장을 왕래하며 손님맞이, 부의금 접수, 각종 심부름 등 도우미 역할을 담당했다. 발인날 목사님 시신을 교회로 옮길 때는 운구위원을 맡아 관을 들고 본당으로 올라갔다. 발인 예배가 끝나고 매장지로 갈 때는 장례버스 5대 중 1대의 인솔책임을 맡아 경춘공원묘지로 향했다. 감정이 복받친 교인들은 버스 안에서도 계속 훌쩍거렸다.

교인들을 진정시켜가며 11시쯤에 경춘공원묘지에 도착했다. 2월말 날씨는 아직도 쌀쌀했다. 나를 비롯한 건장한 젊은 집사 6명이 운구를 시작했다. 당시 경춘공원묘지 낮은 쪽 매장지는 이미 포화상태였고 남은 자리는 위쪽 자리밖에 없었다. 땅은 얼음이 녹기 시작하여 발목까지 빠져들었다. 관을 메고 진흙이 뒤범벅이 된 길을 오르는 일은 결코 쉬운 일이 아니었다. 힘들게 운구는 끝났고 미리 준비해둔 안장지에 시신이 안치됐다. 온 교인들이 추위를 무릅쓰고 묘지주변에 둘러섰다. 주례 목사님의 하관예배가 시작됐다.

"하늘가는 밝은 길이 내 앞에 있으니 슬픈 일을 많이 보고 늘 고생하여도…."

온 천지가 울음바다가 됐다. 집례가 끝나고 주례 목사님을 선두로 교우들의 취토가 시작됐다. 나는 취토하는 삽에 눈물 한 사발을 담아 목사님 관 위에 쏟아 부었다.

2. 노환으로 천국 가신 김선환 목사님

김선환(金善煥) 목사님은 우리 교회를 창립하고 초대 담임목사로 활동하다가 1982년 10월 10일 은퇴하여 명일동 우거에서 생활하셨다. 사모님과 함께 조용히 노년을 보내시던 목사님은 노환으로 1999년 2월 25일 소천하셨다.

나는 당시 직장을 퇴직하고 할 일 없이 지내던 시절이었다. 그리고 1994년 말 위암수술을 받은 관계로 힘든 일은 하지 못하고 6개월에 한 번씩 위장조영촬영을 하여 재발여부를 판정받는 처지에 있었다. 김 목사님이 돌아가시기 전날 위장 검사 차 S병원 촬영실 침대에 누워 조영촬영을 하는데 모니터에 새까만 물체가 보였다. 검사실을 나오면서 새까만 물체가 무엇인지 물었지만 촬영기사는 결과 보는 날 담당의사에게 물어보라며 퉁명스럽게 돌려보냈다. 나는 집으로 돌아오면서 틀림없이 위암이 재발된 것으로 판단했다. 집에 돌아와 아내와 양손을 맞잡고 재발이 아니기를 간절히 기도했지만 나 자신은 이미 초죽음이 됐다. 이런 불안한 상태에 빠져 있는데 김선환 목사님 소천 소식이 전해졌다.

나는 김 목사님 천국 가시는 길을 도와드리는 것이 내 삶의 마지막 사명인 줄 알고 장례식장을 지키며 뒷바라지에 최선을 다했다. 마침 목사님 둘째사위가 평소 알고 지내는 분이었고 같은 금융기관 출신이라 교대로 접수를 보며 손님 접대를 도왔다. 하루가 지나고 조영촬영 검사 결과를 확인하러 병원으로 가서 담당 의사를 만났다. 의사 선생님은 검사 결과 별다른 이상이 없다며 6개월 후에 다시 오라고 했다. 내가 검사 시 새까만 덩어리가 보이던데 그것이 무어냐고 물었다. 의사 선생님은 별것 아니라는 듯 대답했다.

"그거 담석입니다, 언젠가는 수술해야 될 것 같습니다."

나는 망아지처럼 기뻐 날뛰며 곧바로 김 목사님 빈소가 차려진 아산중앙병원으로 달려갔다. 목사님 사위 분과 교대로 접수대를 지켜가며 문상객을 맞았다. 건강한 몸으로, 교회 설립자시며 초대 담임목사님의 장례를 돕는 마음이 한결 부드러웠다. 발인하는 날은 예배가 끝난 후 경춘공원묘지로 이동하여 황 목사님이 누우신 자리보다 더 높은 곳까지 운구하고 올라갔지만 힘들다는 느낌이 들지 않았다. 안장을 하고 경춘공원묘지 구내식당으로 내려오는데 B장로님이 한마디 했다.

"목사님 두 분이 함께 계시니 이곳 경춘공원에 흰돌교회 구역을 편성하여 김 목사님이 구역장, 황 목사님이 권찰을 맡으시면 모범구역이 되겠다."

모두들 한바탕 크게 웃었다. 노환으로 천국 가시는 길은 웃음으로 보낼 수 있어 마음이 편했다.

"날이 저물어 오라 하시면 기쁨 중에 나아가리. 열린 천국 문 내가 들어가 세상 짐을 내려놓고 빛난 면류관 받아 쓰고서 주와 함께 길이 살리."

3. 해외선교 중 병을 얻어 천국 가신 백현기 목사님

백현기(白鉉基) 목사님은 개포동에 신광교회를 개척하여 단독 목회를 하다가 황장옥 목사님의 후임으로 우리 흰돌교회로 오셨다. 1989년 4월 23일 담임목사로 부임하여 17년 동안 봉직하시다 2006년 4월 30일 사임하셨다. 우리 교회를 사임한 목사님은 그동안 관심을 갖고 계시던 해외선교에 나섰다. 목사와 의사인 아드님 세 분의 적극적인 후원으로 사모님과 함께 자비량 선교를 시작하셨다. 아프리카를 중심으로 남태평양 지역에 머물며 장기선교를 계속하다 피지에서 병환을 얻어 본의 아니게 귀국하셨다.

귀국하신 목사님은 막내아들이 의사로 근무하고 있던 아주대병원에서 정밀 검사를 받은 결과 담낭암으로 판명되었다. 병원치료와 자연치유를 계속하던 목사님은 안타깝게도 2014년 12월 17일 하나님의 부름을 받으셨다. 목사님의 장례식장이 세브란스병원이란 통보를 받고 곧장 그곳으로 달려갔다. 이때는 내가 교회에서 경조부장을 담당하고 있었기 때문에 모두가 내가 해야 할 일이었다. 교회에서 보내는 근조화환이 도착했는가를 확인하고 상주들에게 장례절차를 일일이 챙겨 교회에 전달하고 조문객 방문을 맞았다. 우리 교회 손님들뿐만 아니라 노회 동료 목사님들도 문상 올 것으로 예상되어 이틀 동안 저녁 늦게까지 식장에 머물다 집으로 돌아왔다.

3일간 장례식장 도우미 역할을 담당하고 드디어 발인날인 12월 20일 아침 9시 발인할 시간이 됐다. 담임 목사님과 많은 교인들이 참석한 가운데 거행된 영결예배에서 못난 내가 목사님 천국 환송 기도를 드렸다. 모든 사람들이 슬퍼하는 예배가 나의 기도로 말미암아 더 슬퍼지는 듯했다. 이렇게 해서 목사님의 시신은 벽제 승화원을 거쳐 일산공원묘지에 안장됐다.

"우리가 지금은 나그네 되어도 화려한 천국에 머잖아 가리니 이 세상 있을 때…."

　부지런히 일하고 주의 일에 힘써야 할 이유다.

　세 분의 담임 목사님 천국 가시는 길의 도우미 역할은 이렇게 끝났다. 예수님 당시 억지로 십자가를 진 구레네 시몬의 이름이 성경에 기록되는 영광을 누렸다. 내가 억지로 이 일은 담당한 것이 아니기에 더욱 복된 일이라 자부하고 싶다.

치욕스런 면접

1966년도 대학 2학년 겨울방학을 맞아 고향에 내려왔다. 농한기라 할 일이 없으니 저녁이면 동네 친구들이 우리 집에서 밤늦도록 놀다 갔다. 친구 중 정식이는 매일 저녁 식사만 끝나면 찾아와 이런저런 얘기를 하다 밤이 이슥해서야 돌아갔다. 정식이는 우리 김해김씨 집안 장산댁 아재의 둘째아들이다. 동네에서 장산댁과 우리 집만 아들이 오형제였다. 정식이는 장산댁 둘째아들로 태어났지만 혼자만 중학교 진학도 못하고 농사일에 파묻혀 살고 있었다. 나는 방학 때만 고향에 내려오니 정식이가 어떻게 사는지 자세히 몰랐다. 들리는 말에 의하면 장산 아재는 유독 정식이를 미워하여 집 안에 붙들어 두고 농사일만 시켰다고 한다. 정식이는 술에 취하면 아버지와 싸움이 잦았고 그때마다 가출하여 식구들 속을 상하게 했다. 어느 날은 한나절에 두 홉 들이 소주 열세 병을 마시고 논둑길을 걸어가다 무논에 빠져 허우적거리는 것을 청년들이 꺼내 업고 왔다.

이런 정식이가 어느 겨울밤 나에게 놀러 와서는 죽고 싶다는 말을 내뱉었다. 나는 그가 형제들 사이에 열등감이 생겨 그런가 보다 하고 가급적 그를 달래려고 애를 썼다. 이런저런 얘기로 밤이 늦어서야 돌아간 그가 다음날 아침나절에 나를 찾아왔다.

"재원아, 누가 동사(洞舍)서 니를 보자카네."

"와~ 누군데, 집으로 오지 그래."

"아이다 꼭 동사로 오라카네."

정식이와 함께 동사로 갔다. 동사 마당에는 아무도 없고 방문은 닫혀 있었다. 뭔가 이상하다는 느낌이 들었다. 동사 마당까지 같이 간 정식이는 나 혼자 동사 방으로 들어가라고 눈짓을 했다. 방문을 열고 보니 방 안에는 경찰관 한 명과 화장을 짙게 한 아가씨 한 명이 나란히 앉아 있었다. 경찰관은 위압적인 눈으로 나를 쳐다보며 어젯밤에 누구와 무슨 일을 했느냐고 심문했다. 나는 있는 그대로 정식이가 우리 집에 놀러 와서 둘이서 늦게까지 놀았다고 사실대로 말했다. 경찰관은 몇 시쯤에 와서 몇 시쯤에 돌아갔느냐? 무슨 얘기를 했느냐? 꼬치꼬치 물었다. 옆에 앉은 아가씨는 내 얼굴을 뚫어져라 훑어보았다. 내 행적을 추적함과 동시에 정식이의 알리바이가 맞는가를 확인하기 위하여 부른 것이었다. 십여분 동안 나에 대한 심문을 끝낸 경찰관은 아가씨의 얼굴 표정을 보고는 나를 내보내 주었다.

바깥에는 정식이가 나를 기다리고 있었다. 내가 왜 여기에 불려왔는지 정식에게 물었다. 정식이는 전날 밤 동네에서 일어난 사건에 대한 자초지종을 설명했다.

　사건의 줄거리는 이랬다. 전날 밤 동네 점방(조그만 잡화 가게를 점방이라 불렀다)에서 청년들이 두세 명 모여 있었는데 낯모르는 아가씨가 들어와 칠포로 가는 길인데 신작로길 말고 질러가는 길이 없느냐고 물었다. 우리 동네는 흥해(興海) 읍내에서 칠포(七浦)로 가는 길목에 있는데 읍내에서 신작로를 따라 계속 가면 칠포에 닿는다. 질러가는 빠른 길이 있다면 우리 동네를 지나 부태골이란 고개를 넘어갈 때 신작로 옆 산길이 100m 정도 있는데 밤에는 그 길을 다니는 사람이 없었다. 순진한 청년들은 아가씨가 샛길을 알려 달라니까 그 길을 설명해 주었다. 그리고 청년들은 흩어져 집으로 돌아가고 똑똑한(?) 한 청년이 뒤를 따르기 시작했다. 청년이 몰래 따라가 보니 아가씨는 뒤를 힐끗힐끗 돌아보며 부태골에 이르러 소나무가 우거진 샛길로 들어섰다. 샛길을 따라 간 청년은 중간쯤에 이르러 아가씨를 덮쳤다. 아가씨는 반항하는 척했지만 소리를 지르거나 결사 항쟁은 하지 않았다. 하늘에 뜬 보름날이 환하게 내려 비치는 숲속에서 자의 반 타의 반의 한바탕 정사가 벌어졌다. 일이 끝난 허전함에 아가씨는 담배 한 대를 피워 물었다. 그리고 앞에 앉은 청년에게도 담뱃불을 붙여줬다. 담뱃불 사이로 청년의 얼굴이 아가씨의 렌즈에 뚜렷이 각인됐다. 그리고 둘은 헤어졌다. 아가씨는 칠포로 가고 청년은 우리 동네 흥안리로 돌아왔다.

칠포에서 하룻밤을 보낸 아가씨는 아침 일찍 흥해읍내로 돌아갔다. 오늘은 다방 근무를 못하겠다고 마담에게 얘기했다. 마담은 무슨 일이야고 물었지만 몸이 불편하다는 핑계를 댔다. 그리고 경찰지서 문이 열리자마자 지서로 향했다. 경찰관에게 사건 내용을 설명하고 경찰관 한 명을 대동하고 우리 동네로 향했다. 동사 방에 앉아 동장으로부터 청년들 명단을 확보하여 차례로 호출했다. 순서에 따라 정식이가 불려가고 그의 알리바이를 확인할 겸 나의 행적을 조사하기 위하여 나를 호출했다. 범인은 쉽게 잡혔다. 달밤에 성냥불로 얼굴까지 확인하였으니 누워서 식은 죽 먹기였다.

이런 치욕스런 면접을 통해 잡힌 범인은 정식이 동생 복식이였다. 복식이는 소위 꽃뱀에 물린 것이었다. 독이 든 줄도 모르고 덥석 낚시밥을 문 복식이는 보름가량 포항경찰서 유치장에 갇혔다. 장산 아재는 백방으로 뛰어다니며 합의금을 준비해 유치장에서 복식이를 꺼냈다. 경찰서 정문을 나오는 복식이 입을 크게 벌리고 두부 한 모를 처먹였다. 그 후 장산 아재 가정은 평온했다.

그러나 형제들 사이에서 스스로 열등 의식에 사로잡혀 세상을 비관하던 정식이는 일 년쯤 후에 농약을 마시고 저 세상으로 갔다. 정식이의 생이 불쌍하다는 생각이 오랫동안 내 머릿속에 맴돌았다.

살면서 여러 번 면접을 보았지만 본의 아니게 이런 치욕스런 면접을 받아보기는 생전 처음이다.

매월당 김시습의 흔적을 찾아서

　지난 한때 역사학자들 사이에서 조선조 최고의 천재는 누구인가? 논쟁 아닌 논쟁이 있었다. 어떤 학자는 율곡(栗谷) 이이(李珥), 또 어떤 학자는 매월당(梅月堂) 김시습(金時習), 두 분이 주로 거론됐는데 김시습 편이 많았다고 한다. 김시습은 그 이름 자체가 학문적인 뜻을 내포하고 있다. 김시습(1435~1493)이란 이름은 논어의 첫 문장인 "學而時習之, 不亦悅呼(학이시습지, 불역열호)에서 '시습(時習)'을 인용한 것으로 알려져 있다. 김시습은 강릉 김씨로 서울의 성균관 부근에서 태어났다. 자는 열경(悅卿), 호는 매월당(梅月堂)·동봉(東峰)·청한자(淸寒子)·벽산(碧山)이었으며, 법호는 설잠(雪岑)이다.

　김시습은 3살 때부터 한시를 짓는 신동으로 알려졌는데 이 소문은 궁궐에까지 알려져 5살 때에는 세종대왕 앞에서 시를 척척 지어내어 비단 50필을 하사받고, 훗날 성장하여 학문을 이루면 큰 인재로 쓰겠다고 약속도 받았다. 사람들은 5살의 나이에 임금의 부름을 받았어도 전혀 당황하지 않고 자신의 실력을 유감없이 발휘한 김시습을 "김오세.", "

오세동자"라고 불렀다.

세월이 흘러 그를 큰 인재로 쓰겠다고 약속한 세종이 사망한 후에 일어난 조선의 정치적 혼란은 그가 장차 관료로 나가 나랏일을 할 뜻을 잃어버리게 했다. 21세 때 삼각산 중흥사에서 공부하던 김시습은 수양대군이 단종을 몰아내고 왕위에 오른 계유정난의 소식을 듣고는 공부를 접고 책도 모두 불태워버렸다. 그리고 스스로 머리를 깎고 스님이 되었다. 이때 받은 법명이 설잠이다.

이렇게 승려가 된 김시습은 9년간 전국 방방곡곡을 떠돌았다. 그 방황의 결과 『탕유관서록(宕遊關西錄)』, 『탕유관동록』 등을 정리하여 그 후지(後志)를 썼다. 그 후 세조 9년에 세종의 형인 효령대군의 권유로 내불당에서 불경언해사업을 도왔고 원각사 낙성회에도 참여했다. 그러나 그것은 잠시 동안이었고 결국은 서울을 등지고 경주 남산에 금오산실(金鳥山室)을 짓고 입산 수도를 시작했다. 이곳에서 김시습은 우리나라 최초의 한문소설로 알려진 『금오신화(金鰲神話)』를 집필했다. 금오산실에 머무는 동안 김시습은 소설뿐만 아니라 많은 한시들을 썼는데 이들은 『유금오록(遊金鰲錄)』에 남아 있다. 『금오신화』를 쓰고 난 뒤 김시습은 경주생활을 청산하고 서울에 올라와 수락산 등지에서 승려로 10여 년을 살았다. 그러다가 40대 후반 갑자기 파계하여 안씨 성을 가진 여인과 결혼하여 환속했다. 그 후 곧이어 성종 때 '폐비 윤씨 사건'이 일어나고 정국이 흉흉해지자 다시 길을 떠나 강원도 일대를 유람하였다. 김시습은 방랑생활 동안 지방의 젊은 선비들을 가르치기도 하고 여행지마다 시를 써서 남기기도 했다. 말년에 김시습은 부여 무량사에 거처를 정하고 이곳에서 병사했다. 그의 유해는 유교식이 아니라 평생 살아온 대로 불교식으로 화장하였고 유골은 부도에 안장되었다.

세조에게 밀려난 단종에 대한 신의를 끝까지 지키며 벼슬길에 나가지 않고 자연에 은거한 생육신의 한 사람인 김시습. 그는 평생을 동가숙서가식하는 떠돌이 삶을 살았다. 그러나 유불선(儒佛仙) 3교를 넘나드는 사상가요 비판적 지식인으로서의 삶은 후세 학자들로부터 존경의 대상이었다.

나는 이런 매력적(?)인 인물이 수락산에 기거하였다는 사실을 알고 그의 흔적을 찾아 나섰다. 기록에 의하면 그는 37세 때(성종2년)인 1471년 수락산 동봉에 옥천장사를 짓고 10년간 살았다고 한다. 『간폭정기』라는 고서에는 수락산 옥류폭포 아래 김시습이 살던 터가 있다고 기록되어 있는데 이곳은 지금의 수락산 내원암(內院庵) 인근으로 추정된다고 한다. 수락산을 수없이 오르내렸지만 내원암 쪽은 한 번도 가본 일이 없었다. 내원암은 수락산 주 등산로인 서울 노원구 쪽에 위치한 절이 아니고 경기도 별내면 청학리 쪽에서 정상으로 오르는 길목에 위치한 사찰이다.

제1차로 2022년 7월 무더운 여름날 홀로 내원암으로 향했다. 지하철 4호선 당고개역에서 청학리 행 버스를 타고 마당바위 정류장에서 내려 청학동 계곡길로 들어섰다. 옛날 사기를 굽던 곳이라 이름 붙여진 사기막골이다. 사기막골의 마당바위는 실망스러울 정도로 작은 바위였다. 도봉산 마당바위에 비하면 너무도 작았다. 바위 위에 다섯 사람이 앉기도 비좁았다. 내원암은 청학동 계곡을 따라 오르다 중간쯤에서 오른쪽 산허리를 타고 수락산 정상 7부 능선쯤에 위치하고 있다. 내원암 오르는 길에는 세 개의 폭포가 있다. 맨 아래에부터 옥류폭포, 은류폭포와 내원암 바로 아래 금류폭포다. 옥류폭포를 지나 계곡을 따라 정신없이 올라가다 내원암 오르는 길을 잃고 엉뚱한 길로 들어섰다. 한참을 올라가서야 잘못된 길임을 알았다. 뒤돌아 와서 제 길로 올라가야 할 것을 무모하게 산허리를 타고 내원암 쪽으로 향했다. 길 없는 길을 개척해 가면서 내원암을 향하여 열심히 걸었다. 한여름이지만 산속에는 작년에 떨어진 낙엽이 그대로 쌓여 있었다. 이리저리 숲속을 헤치며 계곡도 건너고 바위도 넘었다. 땀은 눈을 뜰 수 없을 만큼 줄줄 흘러내렸다. 결국 포기하지 않으면 안 될 처지가 됐다. 내 앞에 도저히 넘을 수 없는 절벽바위가 나타났다. 땀으로 범벅이 된 몸을 이끌고 뚜벅뚜벅 하산했다. 전철을 타고 집으로 오는데 어찌 얼굴이 허전했다. 얼굴에 걸려 있어야 할 안경이 없어졌다. 안경이 없어지는 줄도 모르고 산속을 헤맨 내가 한심스러웠다. 아내로부터 비싼 다초점 안경 잊어먹었다고 한소리 들었다.

두 번째, 2023년 6월 다시 내원암으로 향했다. 이번에는 정규 등산코스로 내원암에 올랐다. 옥류폭포를 지나 은류폭포에 이르렀다. 은류폭포는 표지판만 있고 실제 폭포는 등산로를 벗어나 먼 계곡에 자리하고 있어 실물을 볼 수가 없었다. 표지판에는 '영조의 계비 정순왕후가 왕손을 얻고자 용파대사(龍波大師)로 하여금 300일을 기도하게 한 결과 정조의 후궁인 수빈 박씨로부터 순조가 탄생했다는 설화가 있다'라고 쓰어 있었다. 내원암 바로 아래에 있는 금류폭포는 흐르는 물이 말라 폭포라고 보기엔 너무 초라했다. 차라리 금류바위라 이름 붙이는 것이 어울린다는 생각을 했다. 내원암은 대한불교조계종 봉선사의 말사로 신라시대에 창건됐다는 기록이 있고 경기도 유형문화재 제197호로 지정된 쾌불도를 소장하고 있다. 내원암 경내를 거니는 스님에게 혹시 김시습의 흔적을 알고 있나 싶어 공손히 물었으나 별 신통한 대답을 듣지 못했다.

세 번째 2024년 6월 8일 또다시 혼자 내원암으로 향했다. 이번에는 김시습의 흔적 찾기를 포기하고 산을 즐기는 마음으로 가볍게 찾았다. 계곡에는 물이 말라 물놀이하는 어린아이들도 없었다. 여름이면 발 디딜 틈이 없을 정도로 많은 사람이 몰리는 계곡에 사람이 없는 한산한 모습을 보니 오랜 가뭄이 실감났다. 옛날이면 기우제를 지내도 몇 번을 지내지 않았을까 하는 생각을 하며 내원암까지 올랐다. 내원암

바로 아래에는 조그만 매점이 있고 그 앞에 칠성대까지 300m라는 안내표지가 있었다. 몇 번을 갔어도 보이지 않던 칠성대 안내표지판을 보자 호기심이 발동하여 칠성대로 향했다. 그러나 칠성대로 향하여 100여m를 올라가자 길이 험하기도 했지만 등산로를 찾기가 힘들었다. 다행히도 가파른 경사길이 아니기에 이리저리 헤매다 수락산 능선을 넘어 석림사(石林寺)쪽으로 하산했다. 이날 김시습에 대한 얻은 지식이라면 석림사는 기사환국 때 35세로 세상을 떠난 박태보(朴泰輔)(1654~1689)가 김시습을 기리기 위하여 세운 사찰이란 사실이다.

이렇게 3차에 걸쳐 내원암을 탐방했지만 김시습의 흔적은 찾지 못하고 후세 사람들이 김시습을 기리기 위하여 세운 석림사와 매월정(梅月亭)만 돌아보는 것으로 만족해야 했다. 수많은 세월 동안 역사학자도 발굴하지 못했고 내원암을 오르내린 수많은 등산객도 발견하지 못한 김시습의 흔석을 찾아 나선 실없는 나의 용기가 부끄러울 따름이다. 끝으로 김시습이 다섯 살 때 세종대왕에게 불려가 박이창이란 선비와 주고받은 한시를 음미해 보자.

(박이창) 童子之學(동자지학)은 白鶴(백학)이 舞靑松之末(무청송지말)이로다.

동자의 공부는 백학이 푸른 하늘 끝에서 춤추는 것 같도다.

(김시습) 聖主之德(성주지덕)은 黃龍(황룡)이 飜碧海之中(번벽해지중)이니이다.

성주의 덕은 황룡이 푸른 바다 가운데를 뒤집는 형국이로다.

이 또 한 지나가리라

한 해의 봄이 시작되는가 했더니만 기온은 여름으로 치닫는 날씨다. 산에는 진달래도 피고 개나리도 노랗게 물들었다. 겨우내 움츠렸던 나무들은 물을 빨아올려 새싹을 띄우기에 바쁘다. 노랗게 새잎을 싹틔우는 나무가 있는가 하면 봄소식도 모른 채 쓰러져 말라죽은 나무도 많다.

콜로라도주의 한 산봉우리에 거대한 나무 한 그루가 쓰러져 있었다. 그 나무는 4백년간 열네 번의 벼락을 맞아도 쓰러지지 않았으며 수많은 눈사태와 폭풍우 속에서도 꿋꿋이 살아남은 것이었다. 식물학자들이 나무가 쓰러진 원인을 알아본 결과 딱정벌레가 나무 속을 파먹었기 때문이라는 사실이 밝혀졌다. 거대한 고목이 손으로 문지르면 금방 죽을 작은 벌레들에게 못 이겨 쓰러진 것이다. 우리의 인생도 숱한 큰 시련을 견디어 이겼지만 걱정과 근심이라는 벌레에게 우리의 심장이 갉아 먹히고 있지 않은지 생각해 볼 일이다.

일본 왕실의 서자로 태어나 불교에 입문한 이큐(一休) 스님은 우리나라의 원효대사만큼이나 유명한 스님이다. 이큐 스님이 세상을 떠나기 전에 제자들에게 편지 한 통을 주면서 이르셨다.

"곤란한 일이 있을 때 이것을 열어 봐라. 조금 어렵다고 열어 봐서는 절대 안 된다."

스님이 돌아가시고 세월이 한참 흐른 후 사찰에 정말 어려운 일이 발생했다. 해결의 실마리를 찾지 못하자 제자들은 고심 끝에 스님의 편지를 열어 보았다. 거기에는 "걱정하지 마라, 어떻게든 된다"라고 적혀 있었다. 스님은 평소에도 늘 "근심하지 마라. 받아야 할 것은 받아야 하고 치러야 할 일은 치러야 한다. 그치지 않는 비는 없다"라고 말씀하셨다.

어니 J 젤린스키는 우리가 하는 걱정거리의 40%는 절대 현실로 나타나지 않을 사건들에 대한 고민이고, 걱정의 30%는 이미 일어난 사건에 대한 고민이며, 걱정의 22%는 사소한 사건에 대한 것이고, 걱정의 4%는 바꿔놓을 수 없는 사건들에 고민이고, 나머지 4%만이 우리의 힘으로는 어찌할 수 없는 진짜 걱정거리라고 했다. 즉 우리가 걱정하는 일 중 96%가 쓸데없는 걱정이라는 것이다.

2024년 1월 초부터 우리 아파트 엘리베이터 교체공사가 시작됐다. 아파트 입주민들의 걱정이 많았다. 특히 고층에 살고 있는 노년세대는 더 큰 걱정이었다. 정해진 내용 연수가 있기에 당연히 참고 견디어야 하겠지만 1개월 이상 계단을 이용하는 것은 쉬운 일이 아니었다. 입주민들 입에서 불만이 터져 나오기 시작했다. 엘리베이터도 당연히 사용기한이 정해져 있을 텐데 교체를 대비한 대체수단을 마련해 두지 않은 데 대한 불평이었다. 계단 중간 중간에 의자를 놓아두고 쉬엄쉬엄 오르내리라는 안내문은 입주민들을 더욱 화나게 했다. 엘리베이터로 오르내려도 추운 날에 계단에 설치된 간이의자에 쉬면서 오르내리라는 것이 말이 되느냐며 관리사무소에 항의했다.

무릎관절이 좋지 않은 아내가 20층을 오르내리는 것은 불가능한 일로 생각됐다. 공사일정 공고가 난 후부터 여러 가지 궁리를 해 보았다. 원룸을 얻어 한 달간 살까? 아니면 제주도 한 달 살기를 해볼까? 시골 동생네 집에서 머물다 올까? 이런저런 궁리를 해봤지만 추운 날에 집 떠나 사는 것이 더 불편할 것 같았다. 마음을 단단히 먹고 공사기간 동안 집에서 견디기로 했다. 엘리베이터가 멈추니 오르내려야 할 일들이 평소보다 훨씬 많아졌다. 재활 용품 분리 배출, 음식물쓰레기 처리, 생필품 구입, 택배, 신문배달 등 모두가 계단을 이용해야 했다. 아예 무거운 짐은 옮기기를 포기했다. 생필품 구입도 미뤄야 했고 딸네 식구들도 출입금지를 당했다. 그렇다고 집 안에만 머물 수도 없었다. 공사소음 때문에 결코 쉬운 일이 아니었다. 어느 날은 간신히 1층까지 내려왔는데 자동차 키를 잊고 와서 다시 20층을 왕복했다. 설악산 대청봉을 등산하는 것만큼이나 힘이 들었다.

이런 가운데 작은 기적이 일어났다. 평소에는 아내와 같이 외출해도 손잡고 다니는 때가 없었는데 계단을 오르내릴 때는 손을 잡을 뿐만 아니라 앞에서 끌어주고 때로는 뒤에서 밀어주고 야단법석을 떨어야 했다. 한편 이웃 간에도 엘리베이터 안에서는 인사를 하지 않던 사람들이 계단에서 만나면 서로가 격려하고 인사하기 시작했다. 힘든 체험의 공유가 공동체의식을 돈독히 하는 결과가 됐다.

새로 설치된 엘리베이터는 속도가 빠르고 소음도 없고 조명도 밝아 입주민 모두의 얼굴이 밝아졌다. 걱정했던 일이 지나가고 편한 일상으로 돌아오니 옛날 유대 다윗왕의 반지에 새겨진 글귀가 생각난다.

이 또한 지나가리라. This too shall pass away.

우동 한 그릇으로 시작된 인연

1964년 11월 K대학 입학 원서를 내고 예비 소집일에 원서를 낸 학생들이 대운동장에 모였다. 전체 정원이 1,300명인데 족히 15,000명 정도 몰려온 듯했다. 내가 지원한 학과는 정원 40명에 500명 정도가 지원했다. 15,000명 중에서 1,300명을 뽑는 것은 붙을 자신이 있는데, 500명 중에서 40명 뽑는 데는 도저히 자신이 서지 않았다. 그러나 저러나 주사위는 던져졌고 남은 건 시험이 문제였다.

시험 당일인 이튿날 일찍 버스를 타고 수험장에 도착했다. 타고 가는 버스는 당연히 냉방버스(?)였고 수험장 교실도 얼음장과 같이 추웠다. 첫 시간 국어 시험지를 받았다. 첫 문제가 어디서 본 듯한 문제였다. 기분이 좋았다. 둘째 시간 시험을 끝내고 점심시간이 주어졌다. 뭘 먹을까 생각하며 혼자 교문을 나서는데 뒤에서 어떤 녀석이 어깨를 두드리며 말을 걸었다.

"허이~ 시험 잘 봤나?"

가만히 보니 내 앞자리에서 시험보던 녀석이었다. 녀석은 친절하게 나를 데리고 정문 앞 우동집으로 갔다. 따뜻한 우동 한 그릇씩 먹고 나오는데 우동값을 그 녀석이 먼저 지불했다. 그래도 자기가 서울에 있으니 자기가 내는 것이 당연하다고 했다. 어디서 왔느냐며 오전 시험에 대한 이야기를 몇 마디 나눈 후 오후 시험을 치르고 헤어졌다.

합격자 발표일이 다가왔다. 당시는 각 대학 합격자 명단이 나오면 제일 먼저 라디오에서 방송하고 신문사는 호외를 발행하여 합격자 명단을 발표했다. 라디오와 신문에서 합격을 확인한 후 학교교정에 붙은 합격자 명단을 확인하러 갔는데 그곳에서 다시 그 녀석을 만났다. 둘 다 합격했느니 그때서야 통성명을 하며 인적 사항을 이야기하기 시작했다. 녀석의 이름은 이재영이고 서울 명문 사립고를 나왔고 미아리에 살고 있었다. 이런 인연으로 재영이와 나는 평생을 붙어 다니는 형제 같은 친구가 됐다.

입학식을 마치고 본격적인 대학생활이 시작되자 우리들은 공부에서 해방(?)된 민족이 됐다. 떨어졌으면 재수라는 굴레를 쓰고 다시 일 년을 보내야 했는데 그 터널을 단 번에 통과했으니 때는 이때다 싶어, 시간나면 술 마시고 담배 피우고 그것이 싫증나면 다방이고 당구장이고 영화관을 찾아다녔다. 재영이는 못하는 것이 없었다. 술 담배뿐 아니라 당구는 250, 바둑은 5급 실력에다 영화라는 영화는 안 본 것이 없었다. 특히 외국 영화배우 이름은 귀신 같이 꿰고 있었다. 재영이에 비하면 나는 완벽한 촌놈이었다. 한 번은 당구장에 가서 당구를 배워 보려고 큐대를 잡으니 당구 2~3백을 치려면 황소 한 마리 값이 들어가야 한다며 한사코 말렸다. 그래도 몇 번을 쳐 보니 무척 재미가 있었다. 당구 큐대를 잡아본 날은 저녁에 누워 있으면 천장에서 당구알이 빙빙 돌아갔다. 당구는 돈이 많이 들어가니 포기하고 바둑이라도 배우려고 같이 앉으면 9점을 깔고도 지는 판이니 자존심이 상해서 스스로 포기하고 말았다. 그리고 내가 피울 줄 모르는 담배를 억지로 권하여 기어이 나를 흡연자로 만들어 놓았다. 내가 재영이와 같이 놀 수 있는 시간은 영화 구경이나 막걸리 마시는 일 외는 별로 같이 시간 보낼 일이 없었다. 뱁새가 황새를 따라가기가 힘든 것처럼 촌놈이 서울 놈을 따라가기엔 역부족이었다.

이렇게 같이 어울려 놀기도 했지만 한일회담 반대 대모 때는 같이 어깨동무를 하고 대광고등학교까지 진출하여 최루탄 연기를 뒤집어쓰기도 했다. 약삭빠르지 못한 우리는 데모대열 맨 뒤를 따라 나섰는데 경찰 저지선에 가면 맨 선두가 되어 최루탄 가스를 몽땅 뒤집어쓰는 멍청이(?)였다. 그렇다고 우리가 놀거나 데모만 한 불량학생은 아니었다. 정규 수업시간은 강의실에 앉아 조용히 공부에 열중했다. 철학개론, 문화사개론 같은 과목은 고등학교 때 접해 보지 않았던 새로운 학문이라 좁은 강의실을 헤치고 들어가 열심히 들었다. 그래서 니체도 알고 데카르트도 배우고 푸시킨의 시도 읊었다. 강의 틈새, 쉬는 시간은 운동장 잔디밭에 앉아 담배 한 대씩을 꼬나물고 철학개론을 담당한 S교수의 흉내를 내곤 했다. "신은 죽었다." "나는 생각한다, 고로 나는 존재한다." "삶이 그대를 속일지라도 슬퍼하거나 노하지 말라." 새파란 대학 1학년생이 신이 무엇이며 또 인간의 존재론은 무엇이고, 삶이 무엇인지 어떻게 알았겠는가. 괜히 얻어들은 소리를 한 번 떠벌려본 것이었지. 이렇게 대학 4년을 보내는 동안 나는 재영이네 식구들과도 가까워져 그 집 막내아들처럼 됐다. 같은 과 동기들도 우리 둘은 형제보다 가깝다고 공공연히 떠들어댔다.

대학 4년을 보내고 국방의 의무도 마치고 우리는 사회로 나왔다. 재영이는 졸업과 동시에 G보건대학 조교로 취직하여 학문의 길로 나갔다. 일 년 동안 조교생활을 하던 그는 도저히 생리에 맞지 않는다며 사표를 내고 중소무역회사에 들어갔다. 이때 나는 군 복무를 마치고 취직시험 준비를 하느라 모교 도서관에서 코피가 터지게 공부하고 있을 때나. 중소무역회사에 들어간 재영이는 명문대학을 나온 여자를 만나 결혼했다. 워낙 사교성이 좋은 재영이는 금방 회사에서도 중요한 자리를 꿰찼다. 회사에서 승승장구하던 재영이는 임원으로 승진했다. 임원 승진과 함께 당시 중소기업의 관행처럼 되었던 회사 자금조달을 위해 집 담보를 요구했다. 불의나 사회정의에 반하는 일을 보면 참지 못하는 성격인 그는 회사를 그만두고 나왔다. 그리고는 자기 사업을 하기 시작했다. 생활용품 대리점, 액세서리점, 음식점 체인점 등을 경영하면서 그런대로 영업 실적이 좋아 아들 둘을 호주 어학연수를 보내며 살 정도가 됐다. 그에 비하여 나는 농협이란 직장에 들어가 서울과 지방을 오가며 생활했다. 그 사이 나도 결혼하여 딸 둘을 둔 아버지가 됐다.

이렇게 세월이 흘러 우리 나이 60대에 접어들었을 때 그에게 당뇨병이 생겼다. 체격으로 보아서는 젊은 나이에 당뇨가 걸릴 정도는 아닌 듯싶었는데 겉으로 보아서는 모를 일이었다. 그는 꾸준히 잘 관리했다. 병원 투약과 함께 식이요법도 실시하고 운동도 꾸준히 했다. 그러나 당뇨라는 것이 쉽게 다스려지는 병이 아니었다. 4~5년이 지나자 당뇨망막증이 와서 눈에 이상이 생겼다. 내과치료와 함께 안과치료를 병행했지만 별 효과가 없었다. 10여 년 당뇨를 앓던 그는 최근 들어 허리에 이상이 생겨 수술도 못하고 휠체어를 타는 신세가 됐다. 코로나가 시작되던 해는 허리 통증을 견딜 수 없어 병원에 입원했다. 한 달간 입원했을 동안에는 섬망 증상을 보이기도 했다. 나는 그가 섬망 증상으로 입원했을 때 어쩌면 그가 영원히 떠나갈지도 모른다는 생각이 들었다. 그와의 이별 연습에 들어갔다. 매일 통화를 하면서 옛 추억을 되살렸고 앞으로 이 세상을 떠난 후에 들어갈 천국에 대한 설명을 하기 시작했다. 그리고 그와 내가 4년 동안 다녔던 눈 내린 K대학 캠퍼스를 촬영하여 카톡으로 보내기도 했다. 그로 인해 그가 얼마나 추억을 회상했는지 모르겠지만 나로서는 최대한 모든 수단을 동원해서 그가 잠시라도 기쁨을 누리기를 바랐었다.

이렇게 병원과 요양원을 번갈아 들락날락하던 그는 끝내 2024년 9월 세상을 떠났다. 두 달 전 먼저 간 그의 아내를 따라갔다. 아내가 떠나고 혼자 남은 세상은 아무런 미련이 없는 듯 바람같이 떠나갔다. 나는 그의 장례를 치르는 3일 동안 장례식장으로, 화장장으로, 수목 장지로 정신없이 뛰어다녔다. 검은 양복을 입은 두 아들을 보고 있으려니 저들이 어떻게 세상을 살아가려나 싶어 내 마음이 짠했다. 우동 한 그릇으로 맺어진 인연은 이렇게 해서 60년 만에 끝이 났다.

4부

두려워 말라 내가 너와 함께 함이니라

1984년 8월 말 직장(농협중앙회)에서 승진하여 전라북도 진안군지부 차장으로 부임했다. 우선 홀로 내려가서 사택에 몇 주일을 머물다 셋집을 구하여 온 식구가 이사했다. 당시 전주에서 진안으로 가는 길은 화심두부로 유명한 완주군 화심면 소재지를 거쳐 모래재를 넘어야 했다. 모래재는 해발 300여 미터 되는 고개지만 도로 가 S자 형태로 꼬불꼬불하여 자동차를 타고 가다 보면 앞 차가 내 머리 위로 지나가는 것처럼 보였다. 부임 후 2주일쯤 후에 아내와 두 딸이 현지로 이사했다. 그때 아내와 두 딸을 태우고 살림살이를 싣고 진안에 도착한 박희전 장로님(당시 집사)는 화물차가 낭떠러지에 떨어질까 봐 심장이 떨려 혼이 났다는 고백을 했다. 이렇게 이사한 진안 읍내의 우리 집은 80년대 시골집 그대로였다. 가장 불편한 것이 대문도 없는 함석집에 재래식 화장실과 부엌이었다. 한편 읍내에는 목욕탕이 없어 토요일 오후는 온 식구가 전주시내로 목욕하러 나가야 했다.

생전 처음 온 곳이니 이웃이 없는 것은 당연한 것이고 사무실 직원들 모두가 진안 본토박이 아니면 전주에서 출퇴근하는 분들이었다. 외부에서 온 직원은 내가 유일했다. 당시는 지역 감정이 심한 편은 아니었지만 경상도 사람인 내가 절해고도에 유배된 사람처럼 느껴졌다. 나는 그나마 사무실에 출근하면 할 일이라도 있었지만 아내는 생면부지 아는 사람이 없어 창살 없는 감옥에 갇힌 듯했다. 당시 우리는 셋째 딸 은혜를 하늘나라로 보내고 얼마 되지 않을 때라 사람들과 교류하는 것이 절실할 때였다. 우리식구들은 곧바로 진안교회에 등록했다. 아내는 등록과 함께 성가대 활동을 시작했다. 객지에서 한 가정이 온전히 옮겨왔다 하여 특별히 담임 목사님과 장로님들의 사랑을 받았다. 이렇게 교회에 등록한 우리는 서울에서처럼 열심히 교회를 섬겼다. 담임 목사님은 우리식구들을 진안 읍내의 유일한 병원인 '구세의원' 원장님의 구역에 편입시켜 빨리 교회에 익숙해지도록 특별히 관심을 기울러 주셨다.

우리식구들의 신앙생활은 곧바로 온 교인들에게 알려졌고 내 사무실에도 소문이 났다. 이렇게 되니 나는 행동을 조심해야 했고 업무에도 더 충실히 해야 하는 부담이 따랐다. 부임 후 반 년이 지났을 무렵 관내 용담농협 여직원이 우리 사무실로 와서 나에게 공손히 인사했다. 이어서 군지부 차장으로 부임한 내가 크리스천이란 얘기를 들었다며 좋아했다. 같은 그리스도인이기에 특별히 나에게 공손히 인사하는 어여쁜 여직원을 인사만 받고 그냥 보낼 수가 없어 옆자리에 앉아 커피를 마셔가며 이런저런 이야기를 하고 있었다. 그 여직원도 열렬한 크리스천이었고 얼마 전 결혼을 했는데 남편은 서울 모 대학의 대학원 재학생으로 서예를 전공한다고 했다. 서예를 전공한다는 이야기를 들으니 대학원에 서예 전공학과도 있나 의심이 들기도 했지만 굳이 따지고 물어볼 처지도 못 되어 그냥 지나쳤다. 그리고 돌아가는 길에 서예솜씨가 어떤가 싶어 남편의 서예 한 점을 부탁했다. 나는 지나가는 인사 정도로 이야기를 했는데 그녀는 군지부 차장이 부탁하는 일이니 진지하게 들었던 모양이다. 어떤 내용의 글씨를 원하는지, 한문인지? 아니면 한글인지? 나는 얼떨결에 대답했다.

"성경에 있는 좋은 말씀."

그러나 그녀는 성경 어느 책 몇 장 몇 절까지 자세히 지적해 달라는 것이었다. 갑자기 성경 구절을 이야기하라니 얼른 생각이 나지 않아 남편이 적당히 골라서 써 달라고 했다. 그녀는 알겠다고 대답하고는 자리를 떠나 용담농협으로 돌아갔다.

회사의 일이라는 것이 매일매일 정신없이 바쁘고 고객들로 인하여 사무실은 시끌벅적한 시장터와 같을 때도 많아 개인적인 일은 잊고 지나가기 마련이다. 용담농협 여직원에게 부탁한 서예 작품의 일은 내 머릿속에서 금방 지워졌다.

그 일 있고 한 달쯤 지났던가. 그 여직원이 사무실에 나타나 불쑥 내가 부탁한 서예 작품이라며 각봉투에 들은 서예 한 점을 내밀었다. 고맙기도 하고 민망스럽기도 했다. 봉투를 받아 속에 든 작품을 꺼냈다. 우선 눈에 띄는 것이 글씨체가 지금까지 내가 보지 못한 글씨체였다. 건넨 여직원도 잘 모르지만 자기 남편이 새로 연구 중에 있는 새로운 글씨체라고 했다. 그리고 작품에 담긴 성경 말씀은 이사야 41장 10절 말씀이었다.

"두려워 말라 내가 너와 함께 함이니라 놀라지 말라 나는 네 하나님이 됨이니라 내가 너를 굳세게 하리라 참으로 너를 도와주리라 참으로 나의 의로운 오른손으로 너를 붙들리라."

을축년 이사야 중에서 가려 적다 추원호

이렇게 쓰고는 낙관을 찍었다. 나는 참으로 나에게 적절한 말씀이라고 인사를 하고 봉투를 내 책상 서랍 속에 고이 넣었다.

진안군지부에서 1년 6개월을 근무하고 1986년 2월 인사이동으로 안성에 소재한 농협지도자 교육원 교수로 자리를 옮겨 서울로 이사했다. 집 안 정리를 대강 끝낸 후 먼저 선물받은 작품을 표구하여 거실에 걸었다. 거실에 걸린 이 말씀은 우리 가족들이 수시로 읽고 암송하는 말씀이 됐다. 특히 나에게 담대한 용기와 힘을 주는 말씀으로 각인됐다.

1994년 내가 암에 걸려 위장의 70%를 절제하고 회복기에 있을 때, 아내가 교통사고를 당하여 6개월 동안 재활치료를 받고 있을 때, 딸들이 시린 손을 호호 불어가며 대학입시 실기시험장에 들어갔을 때, 어렵고 힘든 고비마다 나에게 승리할 수 있는 힘을 주신 말씀이다. 특별히 지금도 잊지 못할 일은 내가 1999년 장로 피택을 받고 다음해 노회에 장로 고시를 보러 갔을 때 성경시험 첫 주관식 문제가 이사야 41장 10절 "두려워하지 말라 내가 너와 함께 함이니라…" 이 말씀이었다. 믿지 않은 자들은 우연이라고 치부할지 몰라도 나의 생각은 그렇지 않다. 하나님은 어느 순간 어떤 사람을 통하여서도 우릴 지키고 보호하고 계신다는 고백하지 않을 수 없다.

오늘(2025. 3. 25.) 담임 목사님으로부터 작년에 피택된 장로님들이 노회 고시를 보러 간다는 메시지가 왔다. 답변을 보냈다. 이사야 41장 10절 말씀은 꼭 암송하고 가시라고.

레퀴엠과 내 영혼 바람되어

2014년 1월 우리 합창단(코리아 싱어즈)은 그해 가을 제 11회 정기연주회를 계획하고 각종 준비에 들어갔다. 먼저 합창이 주는 메시지를 위로와 소망으로 정하고 연주곡 선정 작업에 들어갔는데 최종으로 결정된 곡이 가브리엘 포레(1845~1924)의 〈레퀴엠〉이었다. 레퀴엠이 진혼곡이란 정도의 상식밖에 없는 나에게는 큰 걱정거리로 다가왔다. 레퀴엠이 어떤 음악인가? 낱말의 뜻은 '죽은 이를 위한 미사' '진혼곡' '추도미사' 능 주로 천주교에서 죽은 자를 추모하는 미사곡을 의미하는 용어다. 개신교에 속한 나에게는 생소한 음악일 뿐 아니라 노랫말의 가사가 라틴어로 되어 있어 발음도 힘들고, 뜻은 새롭게 배우지 않으면 전혀 알 수 없는 내용이었다.

악보를 받고 보니 포레의 〈레퀴엠〉은 모두 일곱 곡으로 구성되어 있었다. 독창과 합창이 혼재되어 있고 어떤 부분은 응창도 있다.

〈가브리엘 포레의 레퀴엠〉

1. INTROIT et KYRIE(입당송과 키리에)

2. OFFERTOIRE(봉헌송)

3. SANCTUS(거룩하시다)

4. PIE JESU(자비로우신 예수님)

5. AGNUS DEI(하느님의 어린 양)

6. LIBEA ME (나를 자유롭게 하소서)

7. IN PARADISUM(낙원으로)

주연주곡인 〈레퀴엠〉 외에 우리가곡 〈아름다운 내 사랑〉(한성훈 작곡) 외 4곡, 그리고 외국 노래 〈Sing'in the Rain〉(Nacio herb Brown 작곡) 외 3곡으로 확정하고 본격적인 연습에 들어갔다. 연습 시간은 일요일 오후 6부터 8시까지 2시간 계획되어 있지만 정해진 시간에 끝나는 날은 거의 없었다. 나는 일요일 교회에서 오후까지 예배를 드리고 부리나케 연습장소로 뛰어가야 했다. 그때 연습장소는 강남 남부터미널 근처로 전철로 한 시간 정도 걸리는데 집에 오면 보통 밤 10시가 넘었다. 일요일 아침 9시쯤 집을 나서 교회 예배를 마치고 곧바로 합창 연습실로 가서 2~3시간 연습하고 집에 돌아오면 몸은 파김치가 된 듯 축 늘어졌다. 그래도 하루라도 연습에 빠지면 진도를 따라갈 수 없어 몸이 피곤한 정도는 참고 견뎌야 했다. 이렇게 전 단원들이 열정적으로 연습하고 있던 중 그해 4월 16일 상상할 수도 없던 세월호 사건이 터지고 말았다.

안산 단원고 학생 325명을 포함해 476명의 승객을 태우고 인천을 출발해 제주도로 향하던 세월호가 전남 진도군 앞바다에서 침몰했다. 구조를 위해 해경이 도착해 보니 '가만히 있으라'는 방송을 했던 선원들은 승객들을 버리고 가장 먼저 탈출해버렸다. 온 국민은 실시간 방영되는 구조상황을 보며 애달프다 못해 분통을 터트리기 시작했다. 어린 학생들이 수장되는 현장을 지켜보던 국민들은 돌아올 수 없는 어린 생명들의 명복을 빌며 가족들의 아픔을 공유하기 시작했다.

우리는 온 국민의 비극적 참사를 가슴에 품고 유가족과 아픔을 공유하는 심정으로 〈레퀴엠〉을 열심히 연습했다. 그러나 처음 불러보는 〈레퀴엠〉은 쉬운 성가곡이 아니었다. 포레는 〈레퀴엠〉 작곡을 1885년에 시작하여 1887년에 완성했다. 포레는 이 한 곡에서 가곡의 감성적인 미와 화성석인 미묘한 표현, 그리고 음악으로서의 맑고 아름다운 점을 표현하고자 했다. 그리고 인간의 죽음을 추모하는 면에서는 다른 레퀴엠에서 나타나는 심판과 저주의 두려움이 아닌 용서와 희망으로 이어지는 구원의 메시지를 담고자 노력했다.

포레 자신도 말했다.

"나의 레퀴엠은 죽음의 두려움이 표현되지 않았다고 지적되어 왔다. 오히려 죽음의 자장가라고 불렸다. 내가 죽음에 대해 느낀 것은 서글픔이 아니라 행복한 구원이며, 영원한 행복에로의 도달인 것이다."

포레는 궁극적으로 죽음은 영원한 행복의 출발점으로 본 것이다.

이런 심오한 메시지가 담긴 〈레퀴엠〉을 쉽게 부를 수는 없었다. 지휘자는 음정 박자는 기본이고 감정까지도 포레의 작곡 의도에 맞춰 나가기를 원했다. 각 파트별로 소리가 통일되지 않고 작은 부분이라도 엉뚱한 소리가 나면 한 사람씩 개인별 테스트에 들어갔다. 이때 나는 도망치고 싶은 심정이었지만 빠져나갈 구멍이 없었다. 지휘자는 몇 번을 지적하고는 그냥 지나갔다. 그것은 내가 나이가 제일 많으니까 봐준 것이다. 이런 창피를 당하지 않으려고 밤새 유튜브를 들어가며 수많은 시간을 홀로 연습을 했다. 이렇게 곡은 완성되어 갔다. 여름 혹서기에 몇 주를 쉰 다음 공연장과 공연 일자 조율에 들어갔다. 세월호 사건으로 국민적 아픔이 있는 2014년도 공연은 특별한 공연장이 필요했다. 보통 예술의전당이나 영산아트홀에서 하던 공연을 과감하게 정동에 위치한 대한성공회 서울주교 대성당으로 변경했다. 주일이나 토요일 공연이 힘들어 수요일 저녁시간으로 잡았다. 그날이 2014년 11월 19일(수) 오후 8시 늦은 시간이었다. 그리고 앵콜곡으로 비장의 무기를 감추어 두었다.

우리는 점심 식사 후 바로 리허설에 들어갔다. 설교강단에 준비된 공연 무대에서 순서를 맞춰보고는 공연 시간을 기다리고 있었다. 이날은 예상 외로 날씨가 추웠다. 공연장 준비가 제대로 되지 않았다. 관객들이 들어올 때까지도 난방이 안 돼 모두가 손을 호호불고 있었다.

그래도 시간에 맞춰 무대에 섰다. 전문 공연장과는 달리 관객들이 바로 무대 앞에 앉아 있었다. 1,2부 우리가곡과 외국곡이 지나고, 3부 오늘의 메인곡인 〈레퀴엠〉이 시작됐다.

Re-qui-em ae-ter-nam, do-na e-is Do-mi-ne

(영원한 안식을 그들에게 주소서, 주여)

 et lus per-pe-tu-a lu-ce-at eis….

(그리고 영원한 빛을 그들에게 비추어 주소서)

공연장은 숨을 죽이고 고요하다. 관객들의 눈빛이 반짝거린다. 음악은 점점 속도를 내고 어느 곳에서는 아주 여리게 또 어떤 곳에서는 힘차게, 지휘자의 손끝을 따라 고양이가 살금살금 발을 옮기듯, 또 한편으로는 독수리 날개 치듯 요란하게, 음악은 셈여림을 반복해갔다. 일곱 번째 곡 "낙원으로" 솔로곡이 흘러나오자 우리 모두는 천국에서 안식하는 양, 솔리스트의 아름다운 목소리에 취해 있었다.

모든 공연이 끝난 후 관객들은 코끝이 찡한 듯 얼굴을 문지르며 앵콜을 외쳐댔다. 드디어 이 시간을 위하여 감추어 두었던 비장의 무기가 나왔다. 〈내 영혼 바람 되어〉 첫 소절을 부르는 순간 내 눈에 눈물이 고이기 시작했다. 노래가 막바지로 이르자 단원들과 관객들이 주체할 수 없는 듯 눈물을 펑펑 쏟아냈다. 2014년 슬픈 한 해는 이렇게 저물어 갔다.

"그곳에서 울지 마오, 나 그곳에 잠들지 않았다오. 그곳에서 슬퍼마오, 나 거기 없소. 나 그곳에 잠든 게 아니라오. 나는 천의 바람이 되어 찬란히 빛나는 눈 빛되어, 곡식 영그는 햇빛되어, 하늘한 바람이 되어, 그대 아침 고요히 깨나면, 새가 되어 날아올라, 밤이 되면 저 하늘 별빛되어 부드럽게 빛난다오. 그곳에서 울지 마오, 나 거기 없소. 그 자리에 잠들지 않았다오. 그곳에서 슬퍼 마오, 나 거기 없소, 이 세상을 떠난 게 아니라오…"
　　―김효근 곡, 노랫말은 아메리칸 인디언의 구전 시 A Thousand Wind를 번역 각색

사랑한다고 말할 걸 그랬지

내가 J를 만난 때는 1967년, 대학교 3학년 이른 봄이었다. 겨울방학이 끝나고 청파동 고모네 집에 상경하니 건넛방에 여학생 두 명이 입주해 있었다. 그들은 전주에서 고등학교를 마치고 서울에 있는 대학으로 유학 온 학생들이었다. 당시 내가 머물던 고모네 집은 고종사촌들과 내가 기거하는 안채가 있고 마당에 있던 온실자리에 불법으로 건축한 건넛방이 있었다. 건넛방에는 쪽부엌이 딸려 있어 학생들의 자취방으로 세를 주고 있었다.

건넛방은 안채와는 출입문이 따로 있어 특별한 일이 없으면 서로 만날 일이 거의 없었다. 처음에는 별 생각 없이 그저 학생들이 유학왔나 보다 하고 서로들 왕래가 없었다. 우연히 마주칠 기회가 있어도 인사 정도 건네면 그걸로 끝이었다. 학기가 시작되고 몇 달이 흘러 중간고사기간이 다가오고 있었다. 당시는 어느 대학이던 학사 일정이 비슷한 듯했다. 어느 날 여학생 둘이 함께 안채로 건너와서 화학공부를 가르쳐 달라는 요청을 했다. 여학생들이 전공하는 학과가 식품영양학과, 가정학과인데 모두 일반화학을 배우고 있는 중이었다. 일반화학은 화학 중에서 가장 기초적인 학문이다. 내가 다니고 있는 농화학과도 일학년 두 학기 동안 일반화학을 공부했다. 처음에는 나도 중간고사를 치러야 한다는 핑계로 거절했다. 그러나 몇 번씩 부탁을 하니 자꾸 거절할 명분도 없고 여학생들에게 호기심도 생겨 두 명이 함께 하는 경우만 시간을 내겠다고 약속했다. 처음에는 세 사람이 함께 공부를 시작했는데 시간이 갈수록 함께 모이기는 힘들어졌다. 다니는 학교가 다르고 수업시간도 다르고 각자의 스케줄이 다르니 어쩔 수 없이 두 사람이 따로따로 공부하게 됐다. 건장한 남녀 대학생 두 사람이 공부한다는 구실로 마주앉았지만 처음부터 끝까지 책만 볼 수는 없었다. 이런저런 이야기가 오가는 중에 가정형편도 알게 되고 성격도 어느 정도 알게 됐다. J는 친구 H 보다 적극적이었다. 일반화학 공부로 마주앉은 우리는 중간고사가 끝난 후에는 허물없는 사이가 됐다. J가 나에게 관심이 많았다. 나도 J 가 좋아지기 시작했다. 공부하러 간다는 구실로 남산도서관을 오가며 데이트도 하고 강의가 없는 날은 광화문 금란다방에서 자주 만났다. 다방에 앉아 커피 한 잔씩을 시켜 놓고는 팔각성냥갑에 성냥개비를 몽땅 쏟아 우물 쌓기를 하고, 어쩌다 비틀즈의 음악이 나오면 가사도 모르면서 같이 흥얼거리며 따라 부르기도 했다. 이때는 나도 J도 건장한 남녀의 사랑이 시작되는 시기였다. 그러나 알량한 자존심 때문이었는지, 아니면 가슴이 덜 뜨거웠던지 내 입으로 사랑이란 말은 못하고 애먼

윌리엄 워즈워드의 시만 읊어댔다.

여기 적힌 먹빛이 희미해질수록

그대를 사랑하는 마음 희미해진다면

이 먹빛이 마름하는 날

나는 그대를 잊을 수 있겠습니다

초원의 빛이여!

꽃의 영광이여!

다시는 돌아오지 않는다 해도 서러워말지어다

-W 위즈워드의 「초원의 빛」

시간은 빠르게 흘러갔다. 캠퍼스에 낙엽이 떨어져 바람에 나부끼던 늦가을에 들어섰다. 방바닥을 데우기 위하여 연탄불을 피우고 자던 어느 날 아침, 고종사촌누이가 외마디 소리를 질러댔다.

"재원아~ 건넛방 학생들이 연탄가스에 중독됐다."

단걸음에 건넛방으로 갔다. 두 학생은 잠옷 바람으로 방바닥에 나뒹굴어져 있었다. 상태가 심한 H를 먼저 업고 병원으로 내달렸다. 집에 돌아와 다시 J를 업으려는데 다행인지 불행(?)인지 J는 의식이 돌아와 깨어 있었다. J의 손을 잡고 병원으로 향했다. 그리고 나는 아무 일도 없는 듯 학교에 갔다. 그해 겨울을 보내고 새 학기가 시작되자 그들은 다른 곳에 자취방을 구해 나갔다. 그들이 이사가기 전 J와 만나 영화 한 편을 보았다. 장소는 옛날 대한극장, 영화는 기억하건대 아마도 《피크닉》인 것 같다. 윌리엄 홀든과 킴 노박이 주연이고 둘이서 춤추는 장면이 많았던 영화다. 영화는 밤늦게 끝났다. 집으로 가는 버스를 타려고 하는데 J가 "아저씨 우리 걸어가요" 하며 내 팔짱을 끼었다. 그들은 나를 놀려먹는다고 늘 아저씨라 불렀다. 내가 "우리 손잡고 가자"고 했지만 팔짱은 끼어도 손잡는 것은 안된다고 거절했다.

"J~ , 너희들 연탄가스 중독됐을 때 이미 너의 손 잡았잖아."

"아저씨, 그때는 그때고 지금은 안돼요."

우린 거의 한 시간을 걸으며 많은 대화를 했다. 그러나 J도 나도 끝내 '사랑한다'는 말은 하지 않았다. 고의로 하지 않았는지, 가슴이 떨려 못했는지? 지금도 아리송하다.

다시는 그것이 안 돌려진다 해도 서러워 말지어다

차라리 그 속 깊이 간직한 오묘한 힘을 찾으소서

초원의 빛이여!

그 빛 빛날 때 그대 영광의 빛을 얻으소서

한때 그렇게도 찬란한 빛이었건만

이젠 영원히 눈앞에서 사라져 버리고,

초원의 빛이여!

꽃의 영광이여!

　사랑도 시간과 환경에 따라 변하는 것인가? 찬란한 빛이 사라지고 새로운 것들에서 힘을 얻은 탓일까? 많은 세월이 흘러 나는 한 가정의 가장을 거쳐 세 손주의 할아버지가 됐다. 백수가 된 지도 십 수년이 되어 산천경계나 즐기며 한가로이 살고 있다. 등산도 자주 가고 친구들 만나러 다니고 교회도 열심히 나간다. 가끔 집 안에 있을 때는 영화도 보고 음악도 듣고 별로 지루하지 않게 살고 있다.

　어느 날 TV에서 《님은 먼곳에》라는 영화를 방영하고 있었다. 내용은 사람들 앞에서 노래 부르는 것이 유일한 소일거리인 순이는 외아들 상길이와 결혼한다. 사랑 없이 결혼한 상길이 홧김에 군에 입대해 버린다. 순이는 시어머니의 성화로 매일 상길에게 면회를 간다. 상길이는 순이의 마음을 확인하기 위하여 "니~ 나를 사랑하나?"하고 질문을 던진다. 갑작스런 질문에 어리둥절하던 순이는 답을 하지 못한다. 순이의 답을 듣지 못한 상길은 홧김에 월남전에 지원한다. 혼자 남은 순이는 남편을 만나기 위하여 사설 위문공연단을 따라 월남으로 간다. 순이는 총성이 울리는 전쟁터를 이리저리 헤매고 다니다가 천재일우의 기회로 상길이를 만난다. 영화는 가수 김추자가 부른 〈님은 먼 곳에〉라는 노래를 바탕으로 시나리오를 쓰고 그 노래를 배경음악으로 깔았다. 순이는 가는 곳마다 이 노래를 부른다.

사랑한다고 말할 걸 그랬지, 님이 아니면 못산다 할 것을, 사랑한다고 말할 걸 그랬지, 망설이다가 가버린 사랑….

이 영화를 보며 노래를 들으니 아득한 옛날 함께 했던 J가 문득 떠올랐다. 그때 J는 봄날에 피어나는 꽃과 같은 아름다운 여대생이었다. 인생의 가장 발랄한 때에 한 남자를 만났고 한때나마 행복한 시간을 보냈을 것이다. 그날 우리가 팔짱을 끼고 걸어가는 시간, 내 머릿속에는 결혼이란 문제가 똬리를 틀고 있었다. 육남매의 맏이인 내가 두 딸만 있는 가정의 맏딸을 감당할 수 있을까? 졸업하면 3년간 군에 가 있을 동안에 J가 나를 기다려 줄까? 교육자의 집 안에서 자란 대학생이 농사일을 알기나 할까? 잡다한 생각이 머리를 어지럽게 했다. 남녀가 손만 잡아도 당연히 결혼하는 줄 알았던 시절. 사랑 앞에 결혼이란 문제를 대입시키니 나의 입으로는 도저히 '사랑한다, 기다려라' 라는 말을 할 수가 없었다.

그러나 지금 영화를 보며 생각해 보니 그때 나는 J에게 '사랑한다' 는 말을 했어야 옳았다. 사랑에 눈을 뜬 여인이 처음으로 다가온 남자로부터 사랑한다는 말을 듣지 못했으니 얼마나 자존심이 상했을까? 나비가 꽃을 찾아왔다 맥없이 날라 가버린 꼴이 아닌가.

이제 와 새삼 이 나이에 사랑의 미련이야 있겠냐마는 왠지 그때의 아름다운 추억이 떠올라 황량한 내 가슴을 설레게 한다. 그때는 미처 몰랐다. 내가 J를 사랑했든, 사랑하지 않았든 '사랑한다'는 말만은 했어야 옳았다는 생각이 든다.

여호와는 나의 목자시니

"여호와는 나의 목자시니 내가 부족함이 없으리로다"로 시작되는 성경 시편 23편은 이스라엘의 2대 국왕이며 이스라엘을 통일시킨 다윗 왕이 여호와를 찬양하는 시(詩)다. 시편 23편은 시편 150편 중에서 가장 아름다운 언어로 여호와를 찬양하는 시로 꼽힌다. 그래서 많은 작곡가들이 시편 23편을 기초로 하여 성가곡을 작곡했다. 우리나라에서도 연세대 음대 교수를 지냈던 나운영(1922~1993) 선생이 작곡한 〈여호와는 나의 목자시니〉가 널리 알려져 많은 크리스천들이 즐겨 부르고 있다.

나운영 선생이 작곡한 시편 23편의 합창버전은 시작부분인 "여호와는 나의 목자시니 내게 부족함이 없으리로다. 그가 나를 푸른 초장에 누이시며 잔잔한 물가 잔잔한 물가로 인도하시도다"까지 소프라노 솔리스트가 부르고 다음으로 이어지는

"진실로 선함과 인자하심이 나의 사는 날까지 나를 따르리니 내가 내가 여호와 집에 영원토록 영원토록 거하리로다."

부분은 사성부(소프라노, 앨토, 테너, 베이스) 합창을 하고 '아멘'으로 끝난다.

내가 1981년 교회를 나가기 시작하여 그해 추수감사절에 세례를 받고 1982년 새해를 맞았다. 교회에서는 연초의 그해 일할 사람들을 임명했다. 목사님은 나에게 성가대(지금은 '찬양대'라 부른다)와 주일학교 반사(당시는 주일학교 교사를 '반사'라 불렀다)를 하라고 개인적으로 특별히 당부했다. 교회 일에 대하여 문외한인 나는 극구 사양을 했지만 목사님은 하나님께 순종하는 마음으로 봉사하라는 권면의 말씀을 하셨다. 주일학교 반사는 미리 공부를 해가면 그럭저럭 하겠는데 성가대는 영 자신이 없었다. 그래도 순종하는 마음으로 성가대실로 들어가니 나더러 베이스 파트를 하라고 했다. 유행가를 흥얼거려본 것 외에는 노래를 불러본 일이 없는 내가 악보를 보아야 하고 그것도 낮은음자리표를 보며 따라 불러야 하니 소리도 못 내고 옆 사람이 부르는 소리만 듣고 그저 입만 벙긋거리는 신세가 됐다. 그래도 연습할 때는 그럭저럭 넘어가겠는데 예배시간 성가대석에 올라가면 가슴이 방망이질해 대듯 두근거려 악보가 보이지 않았다.

이런 과정을 거치면서 성가대 자리를 지키고 있는데 몇 달이 지나 지휘자가 선정한 성가곡이 나운영 선생이 작곡한 시편 23편 〈여호와는 나의 목자시니〉였다. 나운영 선생은 그때까지 연세대 음대 교수를 역임하고 계셨다. 우리와 같은 시대를 살고 있는 선생이 작곡한 곡이라 호감이 갔다. 연습 중 전편 솔로 부분을 담당한 여대생이 피아니스트의 반주에 맞춰내는 소리는 천사의 울림과도 같았다. 와~ 이것이 교회음악이 주는 감동인가 싶었다. 감동을 받으니 연습시간이 재미있고 악보도 머리에 훨씬 잘 들어왔다. 예배시간 성가대석에서 연주할 때는 온 교인들의 얼굴에서 하나님의 은혜가 철철 넘치는 모습이 보였다.

그 후에 알게 된 사실이지만 나운영 선생의 〈시편 23편〉은 1953년 5월 부산 피난시절 해군 LSD 함정 안에 있는 해군본부교회에서 초연되었는데 이 자리에는 이승만 대통령이 참석해서 예배를 드렸다고 한다. 나운영 선생은 대통령이 참석하는 예배를 위하여 새로운 성가곡을 작곡할 것을 결심하고 며칠을 기도한 후 불과 3분만에 곡을 완성하였다고 전해지고 있다. 천재적인 머리에 영감이 더해져 순식간에 아름다운 곡이 탄생한 것이라 여겨진다.

그렇게 시작된 성가대의 생활은 우리 가정에도 많은 음악적 변화를 주었다. 성가대 반주자와 〈시편 23편〉 연주 때 솔리스트로 활약했던 여대생의 모습을 보며 우리 딸들에게도 음악적인 소양을 심어주고 싶었다. 어떻게 하면 딸들이 음악과 가까워질까? 곰곰이 생각해 보니 피아노를 곁에 두는 것이 가장 좋은 방법이라 생각되어 피아노를 구입했다. 아내가 구입한 피아노는 영창 피아노였는데 가격이

만만찮았다. 당시 90만 원이었으니까 봉급을 모아서는 턱없이 모자라 회사 신용협동조합에 대출을 받아 충당했다. 회사 같은 부서에서 근무하는 H차장은 당신 집에도 없는 피아노를 김 대리가 샀다며 대단한 능력이라고 한 컷 추켜세웠다. 그리고는 피아노를 구입한 기념으로 직원들에게 커피 한 잔씩 사라고 부추겼다. 피아노 값에 커피 값까지 보태져 출혈은 컸지만 기쁨은 두 배가 됐다.

시간은 흘러 그해 추수감사절이 지나자 성가대 지휘자는 크리스마스 칸타타를 준비한다며 음악책 한 권씩을 나누어줬다. 칸타타라는 용어도 생소한 주제에 책 한 권을 어떻게 숙지하여 발표를 할지 앞이 깜깜했다. 지휘자가 대원들에게 나눠준 칸타타 곡은 〈사랑의 왕(King of love)〉이었다. Roger strader 작곡으로 서곡(序曲)부터 종곡(終曲)까지 모두 11개 곡이었다.

〈사랑의 왕〉

1. 서곡 2.평안할지라

3. 놀라우신 그 이름

4. 죄인들의 구세주

5. 쉴 방 없네

6. 잘자라 아기 예수

7. 하나님께 영광

8. 할렐루야 찬양

9. 온 세상 모두 찬양

10. 사랑의 왕

11. 종곡

총 11개 곡 중 솔로곡도 있고 이중창도 있지만 대부분 합창곡으로 구성되어 있는 전통적인 칸타타곡이다. 칸타타 연습은 주일 날은 물론 수요예배 후, 토요일 저녁에도 계속했다. 음악을 전공한 대원이 없으니 지휘자와 반주자가 일일이 각 파트를 연습시켜야 했다. 시간이 많이 걸려도 진도가 나가지 않았다. 효과적인 연습을 위하여 대원들을 남녀로 나누어서 지휘자가 남자 파트를 맡고 반주자가 여자 파트를 맡아 연습하는 방법도 실행해 보았다. 세상에 신의 목소리를 가진 자는 있어도 완전한 음치는 없는 것일까? 연습에 연습을 거듭하니 나 같은 문외한도 따라갈 수 있었다. 드디어 크리스마스 날 밤, 무대에 섰다. 모든 대원이 지휘자의 손끝을 주시하고 있을 때 피아노의 첫음이 아름답게 울리기 시작했다.

"사랑의 왕, 성탄의 구주, 옛날 거룩한 밤에 오시었네,

사랑의 왕, 오 놀라운 소식, 높은 하늘에서 이 땅 위에, 하나님의 사랑으로…."

합창이 시작됐다. 이제는 두렵고 떨리는 마음이 없다. 오직 지휘자의 손끝만 바라볼 뿐이다. 합창은 강약을 조정해가며 느렸다 빨랐다를 반복하는 사이 막바지를 치닫고 있었다. 겨울밤 교회당이 떠나갈 듯 박수소리와 함께 칸타타는 끝났다. 내가 이런 칸타타를 연주했다는 자부심에 가슴이 뿌듯했다. 성탄의 거룩한 밤은 이렇게 깊어져 가고 우리는 감격에 못 이겨 촛불을 들고 교회 주변을 한 바퀴 돌았다.

많은 세월이 흘렀다. 〈시편 23편〉 솔로 파트를 담당했던 여대생은 목사 사모가 되어 충성스런 하나님의 일꾼이 되었고 그때 피아노 반주를 담당했던 선생님은 수많은 제자들을 길러내고 지금은 은퇴하여 우리와 함께 열심히 교회를 섬기고 있다. 당시 고사리 같은 손으로 피아노를 띵똥 거리던 우리 두 딸은 음악대학을 나와 교회반주자로 쓰임 받고 있다.

어쭙잖게 성가대를 시작한 나는 꾸준한 연습을 통해 지금도 찬양대에서 봉사할 수 있도록 훈련이 됐고 전문 합창단(코리아 싱어즈)에서도 10여 년 동안 무대에 서는 계기가 됐다.

친구의 아내를 보내던 날

　여름이 마지막 기승을 부리던 날, 너는 하얀 무명천에 꽁꽁 묶이어 알루미늄 받침대 위에 눕혀져 있었다. 너의 곁에는 너의 두 아들과 내가 서 있었고 너의 두 아들은 장의사의 권유에도 불구하고 너에게 아무 말도 못하고 천장만 쳐다보고 있었다. 두 달 사이에 엄마 아빠를 잃은 네 아들들의 입에서 무슨 말이 나오기를 바라는 것은 애초부터 잘못된 생각인지도 몰랐다.

　아무래도 내가 비통하고 어색한 침묵을 깨트려야만 한다는 생각이 들었다. 내 양손으로 너의 얼굴을 감싸쥐었다. 너의 몸에서 전해오는 사늘한 냉기가 내 몸에 전류처럼 흘러들었다. 교인들의 장례식에서 수많은 기도를 한 나 자신도 너의 시신을 앞에 두고는 제대로 기도할 수가 없었다. 너의 영혼을 천국으로 인도하신 하나님께 감사하다는 말씀과 이 땅에 남겨진 네 두 아들을 돌봐달라고 간구하는 것이 전부였다. 너는 관속으로 들어갔고 우리는 안치실 밖으로 나왔다.

　다음날 너를 운구차에 싣고 화장장으로 갔다. 순서에 따라 화로로 들어가는 모습을 보며 사람이 한 줌의 재로 변하는 과정을 지켜보아야만 했다. 아무리 살을 비비고 산 가족이라도 장례식까지는 함께 갈 수 있지만 무덤까지 따라갈 수 없다는 탈무드 이야기가 생각났다. 네가 한 줌의 재로 변하는 동안 나는 홀로 앉아 두 달 전 네 아내의 장례를 회상했다.

네 아내가 세상을 떠나기 3개월 전 네 아내의 와병소식을 들었다. 몇 년 동안 네 병수발을 하던 네 아내가 대장암 말기 판정을 받았다는 기막힌 소식이었다. 소식을 들은 우리는 하나님에게 원망스런 넋두리를 해댔다.

"하나님, 이건 당신의 자비가 아니지 않습니까?"

"세상에 이런 일은 없습니다. 저들이 불쌍치도 않습니까?"

그때 네 아내는 제 몸을 제대로 움직이지 못하는 너에게 발병 사실을 숨기고 있었다. 병원에서 혼자 판단으로 수술을 받고 몇 번의 항암치료를 받던 중 체력이 급격히 떨어져 호스피스 병동으로 들어가게 됐다. 결혼도 안한 네 아들들은 너를 혼자 집 안에 둘 수 없어 그날 너를 요양병원으로 옮겼다. \

같은 날 어머니는 호스피스병동에, 아버지는 요양병원으로 보낸 너의 두 아들의 마음이 얼마나 아팠을까? 그 소식을 들은 나도 마음이 먹먹했다. 호스피스 병동으로 들어간 네 아내는 이미 죽음을 각오하고 있었다. 수시로 나와 우리 교회 목사님과 통화하면서 기독교를 영접하고 장례도 기독교식으로 치러 달라고 부탁했다. 두 아들에게도 유언을 했노라고 힘주어 말했다.

그리고 며칠 후 네 아내는 세상을 떠났고 네 두 아들과 나는 우리 교회 목사님을 모시고 장례를 치르기 시작했다. 하룻밤이 지나고 네 아내의 시신을 입관하는 날에는 네 큰아들이 요양병원에 있던 너를 장례식장으로 모셔왔다. 너와 나는 네 아내의 영정사진이 놓인 빈소 앞에서 많은 이야기를 했다. 우리가 1964년 12월 대학입학시험장에서 처음 만나 60여 년을 형제같이, 애인같이 지내온 아름다운 이야기로 꽃을 피웠다. 그리고 나는 너에게 기독교에 귀의하도록 권유했다. 너는 아직도 죽음이 네 앞에 다다르지 않은 듯 선뜻 대답이 없었다. 너 역시도 오래토록 살고 싶은 욕심에 죽음을 외면하고 싶었겠지? 너에게 직접 말은 못하고 내 마음 속으로 짐작만 했다.

입관할 시간이 되어 너에게 아내의 얼굴을 보러 안치실로 내려가자고 했다. 그러나 뜻밖에도 너의 대답은 단호하게 NO였다. 죽은 사람 얼굴을 본들 무슨 유익이 있겠느냐는 반문을 했다. 순간 나는 해머로 머리를 한 대 맞은 기분이었다. 그리고 네가 내 친구 이재영이가 맞나 싶어 얼굴을 빤히 쳐다봤다. 내 아내는 네가 이 세상에서 가장 자기 부인을 사랑한다고 믿고 있는 사람이다. 그런 사람이 마지막 가는 제 아내의 얼굴을 보지 않겠다고 하니 아내도 기가 막힌 모양이었다.

할 수 없이 입관실에는 네 두 아들과, 나와 내 아내, 네 사람이 내려갔다. 시신에 옷을 입히는 절차를 끝내고 얼굴만 드러내 놓고 있었다. 장의사의 권고에 따라 각자 시신의 몇 부분을 쓰다듬고는 내가 몇 마디의 기도를 올리고 관 뚜껑을 덮었다. 맏상제가 관 모서리에 네 아내의 이름을 쓰고 시신은 다시 냉동실로 들어갔고 우리는 빈소로 올라왔다.

다음날 발인하여 서울추모공원 화장장으로 향했다. 발인예배 시에는 우리 교회 담임목사님과 함께 몇 사람의 교인들이 함께하여 유족들과 아픔을 함께했다. 화장은 1시간 조금 넘게 걸렸다. 유리창을 통하여 타고 남은 뼛조각을 유족들에게 보여주었다. 타지 않고 남은 금이빨이나 쇠붙이 등을 갖고 갈 것인지를 물었다. 어느 누구도 가져가겠다는 유족이 없는 듯싶었다. 수습한 뼛조각을 분쇄기에 몇 번 갈아 창호지로 포장하여 건네주었다. 네 아내는 완전히 한 줌의 재로 변해 네 아들 손에 넘겨졌다. 분골을 수습하여 포장하는 솜씨가 재빠르고 능수능란했다. 내 생각에는 분골분쇄기 작업은 나이 많은 남자들이 담당할 줄 알았는데 앳띤 여직원이 담당하고 있었다. 세상은 많이 변했다. 여자이기 때문에 못할 일은 없는 시대를 맞았다.

창호지에 곱게 싼 유골을 안고 수목장터로 향했다. 수목 장지는 나무의 크기, 면적, 경사면, 전망 등에 따라 가격의 차이가 컸다. 아들들이 정해 놓은 장소에 구덩이를 파고 유골봉지를 넣고 취토하는 과정을 거쳐 장례는 끝났다. 이렇게 네 아내의 장례를 마친 후 두 달

후에 다시 너의 장례를 맞았다.

나는 네 아내의 장례를 치르며 많은 생각을 했다. 네가 왜 마지막 가는 길의 네 아내 얼굴을 보지 않겠다고 했을까? 평생을 오순도순 아름답게 살다 먼저 간 아내의 얼굴을 보지 않겠다는 것이 사람으로서의 도리인가? 와병 중에 있는 네가 죽음이 두려워서 먼저 간 아내의 얼굴이 보기 싫었을까? 나는 죽음에 이르는 고통이 두려울 따름이지 죽음 자체가 두렵다는 생각은 하지 않고 살아왔다. 이런 생각을 가진 나로서는 너의 행동을 도저히 이해할 수가 없었다. 내 아내는 네가 지금까지 네 아내를 끔찍이 사랑한 것이 위선이라고 폄하했다. 나는 내 아내의 생각을 반박할 논리를 찾지 못했다.

그러나 이제 생각해 보니 네 머릿속에는 죽은 아내 모습보다는 천국에서 온전한 모습의 아내를 볼 수 있다는 계시가 있었던 것이 아니었을까? 비록 그 계시를 너는 몰랐다고 하더라도….

하나님은 사람이 알지 못하는 다양한 방법으로 계시할 수 있으니 나는 그렇게 믿고 싶다. 왜? 너는 죽었어도 내 친구니까. 그러나 나의 주장은 너의 아내 사랑 행위가 위선처럼 보인다는 내 아내의 생각을 바꾸기에는 역부족이었다.

오수(獒樹) 개와 유기견

　오수(獒樹) 개는 불이 난 것도 모르고 잠든 주인을 구했다는 개다. 고려시대 문인 최자(崔滋)가 1230년에 쓴 『보한집(補閑集)』에 그 이야기가 전해진다. 고려시대 거령 현(오늘날 전라북도 임실군 지사면 영천리)에 살던 김개인(金蓋仁)은 충직하고 총명한 개를 기르고 있었다. 어느 날 동네잔치를 다녀오던 김개인이 술에 취해 지금의 상리(上里) 부근의 풀밭에서 잠이 들었는데 때마침 들불이 일어나 김개인이 누워 있는 곳까지 불이 번졌다. 불이 계속 번져오는데도 김개인이 알아차리지 못하고 잠에서 깨어나지 않자, 그가 기르던 개가 근처 개울에 뛰어들어 몸을 적신 다음 들풀 위를 뒹굴어 불을 끄려 했다. 들불이 주인에게 닿지 않도록 여러 차례 이런 짓을 반복한 끝에 개는 죽고 말았으나 김개인은 살았다고 한다. 김개인은 잠에서 깨어나 개가 자신을 구하기 위해 목숨을 바쳤음을 알고 몹시 슬퍼하며 개의 주검을 묻어주고 자신의 지팡이를 꽂았다. 나중에 이 지팡이가 실제 나무로 자랐다고 한다. 훗날 개 오(獒)자와 나무 수(樹)를 합하여 이 고장 이름을 오수(

獒樹)라고 부르게 되었다. 그리고 이를 기념하기 위하여 오수 휴게소와 전북 임실군 오수면 시장마을에 오수개 동상이 생겼다.

개는 11,000~16,000년 전 인간이 수렵채집생활을 하던 시절부터 인간과 가까이 지내왔다. 개의 의사소통은 대부분 몸의 움직임으로 의사를 표시한다. 눈을 깜박이거나 코를 핥는 것, 눈동자의 위치 등의 사소한 행동부터 꼬리 흔들기, 짖는 소리, 영역표시 행동, 배를 보이고 눕기 등으로 감정과 의사를 표시한다. 이러한 행동으로 개는 인간과 가장 가까운 동물이 되었다고 할 수 있다.

내가 초등학교 3학년 때쯤 일이다. 여름방학 어느 날 아버지, 어머니가 포항 시내 큰고모(나에게는 고모가 두 분 계셨다. 큰고모, 작은고모 두 분 다 포항 시내에 살고 계셨다)에게 볼일이 있다며 나를 데리고 갔다. 나는 무슨 영문인지도 모르고 포항 시내 구경하는 재미로 따라 나섰다. 고모 집에 도착하니 고모부님이 안방에 자리를 깔고 누워계셨는데 어디가 많이 편찮으신 듯했다. 아버지, 어머니는 고모부 옆에서 고모부를 내려다보며 몹시 걱정스런 표정을 짓고 있었고 나더러는 밖에 나가 고종사촌들과 놀고 있으라 했다. 마당을 이리저리 빙빙 돌며 놀고 있는데 고모부가 누워계신 방에서 개 짖는 소리가 들려왔다. 그냥 평범한 개소리가 아니고 아주 애처롭게 울어대는 소리가 났다. 무슨 소린가 해서 방 안을 들여다보려고 했으나 아버지는 손짓으로 멀리

가라는 신호를 보냈다. 점심을 먹고 거의 한나절을 보낸 우리는 오후 늦게 집으로 돌아왔다.

고모부는 포항 시내에서 화물트럭 운송사업을 하고 계셨다. 대형 트럭으로 영덕, 영해, 울진지방에서 벌목한 나무들을 포항 시내 제재소로 운송하는 일이었다. 아침 일찍 포항을 출발하여 벌목현장에 도착하면 인부들이 상차작업을 하여 밤늦게 제재소에 도착했다. 물론 트럭 운전수와 조수가 있었지만 부지런한 고모부는 늘 동행하며 운전수와 교대로 운전대를 잡기도 했다.

어느 날 영덕에서 벌목한 나무를 싣고 깜깜한 밤길을 달리던 트럭 앞에 강아지 한 마리가 발길을 멈추고 웅크리고 앉아 있었다. 트럭 헤드라이트의 빛을 받은 강아지는 도망도 못 가고 차 앞을 가로막고 있었다. 강아지를 그냥 지나칠 수 없던 고모부는 차를 세우고 버려진 강아지를 안고 다시 차를 타고 포항 시내로 향했다. 운전수 옆에서 강아지를 품고 졸던 고모부는 강아지가 손등을 깨무는 바람에 잠이 깼다. 어린 강아지에게 물린 상처에서 피가 조금 비쳤지만 휴지로 간단히 지혈을 하고 대수롭지 않게 지나갔다. 그런 후 고모부는 여느 때와 마찬가지로 하던 일을 계속했다.

이런 일이 있은 후 두어 달이 흘렀다. 고모부가 이상한 행동을 하기 시작했다. 강아지에게 물린 자리에 상처가 깊어지고 가끔 강아지 울음소리를 흉내냈다. 당시 고모네 옆집은 포항 시내에서 가장 큰 D

병원이 자리하고 있었다. 원장은 광견병이라고 진단했다. 며칠 병원에 입원했지만 고모부의 강아지 울음소리는 그치지 않았다. 집으로 돌아온 고모부는 급기야 자리에 눕게 됐고 고모는 친척들에게 이 사실을 알렸다. 당시는 시골에 유기견이 많았다. 동네를 벗어나 들판으로 배회하는 개는 대부분 미친개였다. 그리고 또 미친개에게 물리면 3일, 3개월, 아니면 3년 만에 죽는다는 이야기가 파다했다. 우리는 이런 사실을 알기에 등하굣길에 개만 만나면 모두가 돌멩이를 들고 개를 두들겨 팼다. 고모부가 이런 사실을 몰랐을 리가 없는데 밤중에 만난 유기견을 왜 집 안으로 들였을까? 혹시 밤중에 길을 잃은 강아지가 불쌍한 마음에 안고 오지 않았을까 하는 생각이 든다.

이렇게 해서 고모부는 3개월 만에 세상을 하직하고 말았다. 40대 중반 한창 일할 나이에 고모에게 7남매를 남겨두고 먼저 하늘나라로 가셨다. 나는 지금도 의문이 남는다. 당시 고모네 바로 옆집이 포항 시내에서 가장 큰 병원인데 왜 빨리 병원 진찰을 받지 않았을까? 그리고 그때 1950년대 말 우리나라 의료수준이 광견병도 고치지 못할 수준이었을까?

지금 우리나라는 줄잡아 1500만 명이상이 반려동물과 함께 살아가고 있다. 이를 위해 다양한 마케팅 전략이 펼쳐지고 있다. 반려동물 전용 공간인 펫 하우스나 펫 빌라까지 성업 중이라고 하니 가히 반려동물

전성시대가 도래했다고 해도 과언이 아닌 듯싶다. 그러나 아파트를 비롯한 공동주택에서는 반려견으로 인한 갈등도 만만치 않게 발생하고 있다. 특히 많이 발생하는 민원 중 하나는 늦은 밤에 개 우는 소리가 난다는 것이다. 개가 우는 것은 무언가 불만사항이 있다는 증거다. 옆집에서 개 우는 소리가 들릴 때마다 광견병에 걸린 고모부가 뱉어냈던 개소리가 생각난다.

오수의 개에서 본 것 같이 개는 영리한 동물이다. 영리한 친구도 되고 영악한 동물도 되고 살인 무기도 된다. '미친개에게는 몽둥이가 약이다'라는 문구가 떠오른다.

개에 관한 사자성어 중에 걸구폐요(桀狗吠堯)란 말이 있다. "걸(桀)의 개가 요(堯)를 보고 짖는다." 즉 옛 중국의 걸 왕 같은 포악한 사람이 기르는 개는 그 주인을 닮아 요(堯)임금 같은 성인에게도 덤벼들며 짖는다는 뜻이다.

월계 정초부의 문학세계

천불생무녹지인(天不生無祿之人)하고, 지불장무명지초(地不長無名之草)니라.

하늘은 녹 없는 사람을 내지 않고, 땅은 이름 없는 풀을 기르지 않느니라.

『명심보감(明心寶鑑)』「성심편(省心篇)」에 나오는 말씀이다.

하늘은 사람마다 제 복을 타고 난다고 했고, 땅에서 자라는 하찮은 풀 한 포기라도 저마다 이름을 갖고 있다는 것이다. 그러나 우리의 역사를 되돌아보면 사람으로 태어났어도 이름도 없이 일생을 살다간 천민들이 무수히 많다.

따뜻한 봄날을 맞이하여 노비의 신분으로 살면서 뛰어난 문학적 업적을 남긴 정초부(鄭樵夫)의 문학세계를 탐방하기 위하여 양수리 신원역으로 향했다. 양평군 양서면 신원리 일대는 함양 여씨(呂氏)들이 대대로 살아온 곳이다. 먼저 이곳에는 몽양 여운형(呂運亨) 선생의 생가가 있고 선생의 일대기를 볼 수 있는 기념관이 있다. 그리고 양수역 쪽으로 왕복 5km의 "월계 정초부 지겟길"이 조성되어 있다.

정초부(鄭樵夫, 1714~1789)는 조선 정조시대 함양 여씨 여춘영(呂春永) 집 안의 노비로 태어나 낮에는 나무를 하고 밤에는 어깨너머로 양반집 자제의 글공부를 익혀 시를 지어 읊었다. 초부는 이름이 아니고 나무꾼이란 뜻이다. 그는 학문을 익힌 후에 이재(彝載)라는 이름을 얻었으나 평생을 정초부로 불리며 살았다. 정초부의 재능을 알아차린 여춘영은 신분을 초월해 교우 관계를 맺고 20살 위인 정초부를 스승처럼 배려했다. 정초부의 시가 사대부 사회에 알려지며 극찬을 받게 되자 양반들 시회(詩會)에 초대되어 함께 시를 짓기도 했다.

2011년 고려대학교 도서관에서 발견된 『초부유고』에는 그의 한시 90수가 실려 있으며 당대 유명한 문인이나 최고의 지식인들과 교류했다는 기록이 있다. 또한 18세기 유명한 문인이자 실학자인 정약용, 박제가 이학규 등의 시가 수록된 『다산시령(茶山詩零)』에도 정초부의 시가 실렸다. 그의 시는 단원 김홍도의 산수화 〈동호범주(東湖泛舟)〉의 화제(畵題)로 실릴 정도로 양반사회에 널리 알려졌다. 〈동호범주〉는 지금 동호대교가 건설되어 있는 옥수동 일대의 한강에 떠 있는 일엽편주를 그린 그림이다.

東湖春水碧於藍(동호춘수벽어남)-동호의 봄 물결은 쪽빛보다 더 푸르고

白鳥分明見兩三(백조분명견양삼)-또렷하게 보이는 건 두세 마리 해오라기

柔櫓一聲飛去盡(유노일성비거진)-노 젓는 소리에 새들은 날아가고

夕陽山色滿空潭(석양산색만공담)-노을 진 산빛만이 강물에 가득하다.

이렇게 유명한 시를 쓰는 문인이 되었음에도 정초부의 생활은 변함이 없었다. 신원리 일대에서 땔감을 해다가 물길로 한양까지 운반해 동대문 일대에서 파는 걸 생업으로 삼았다. 피곤하고 지친 삶이 이어졌다. 평생 나무를 팔아 끼니를 잇던 그는 늙어서 굶주림을 해결하려고 관아에 가서 쌀을 꾸려고 했으나 호적대장에 이름이 없었다. 쌀을 꾸지 못하고 빈손으로 돌아와 저녁밥 짓는 연기가 피어오르는 모습을 보며 시를 썼다. '지불장무명지초' 하물며 들에 핀 잡초도 이름이 있다고 했는데 사람으로 태어났어도 사람 취급을 받지 못하는 서러움이 구구절절 담긴 내용이다. 음풍농월하던 선비들의 시에서는 결코 찾아볼 수 없는 현실의 가난과 고통을 토해내는 애절함이 배어 있다.

山禽舊識山人面(산금구식산인면)-산새들 오래 살아 산 사람 얼굴을 아는데

郡藉今無野老名(군자금무야로명)-관청 호적에 나무꾼 노비인 내 이름은 없네

一粒難分太倉粟(일립난분태창속)-큰 창고에 쌀 한 톨도 나눠주지 않으니

江樓獨倚暮煙生(강루독의모연생)-강루에 홀로 기대 저녁밥 짓는 연기만 바라보네

정초부를 스승처럼 한편으로는 형제처럼 지내던 여춘영은 중년에 정초부를 면천했다. 여춘영은 면천을 하면서 노비문서를 불태워 자신의

이름을 떳떳하게 밝히지 못했던 초라한 시인의 앞날을 열어 주었다. 면천된 정초부는 이곳 월계마을에 초당을 짓고 혼자 살았다. 그 후부터 그가 살던 월계마을의 이름을 따서 "월계 정초부"란 이름을 얻었다. 인품과 덕망이 높았던 여춘영은 집 안의 노비를 하찮은 하인으로 취급하지 않고 신분에 구애받지 않는 우정을 나눔으로 미천한 초부를 한 시대의 문인의 반열에 올려놓았다.

　정초부가 76세에 세상을 떠났다. 여춘영은 정초부의 묘소를 찾아 그를 추억하며 만시(輓詩)를 지어 그의 죽음을 애도했다.

黃壚亦樵否(황로역초부)-저승에서도 나무하는가

霜葉雨空汀(상엽우공정)-낙엽은 빈 물가에 쏟아진다

三韓多氏族(삼한다시족)-삼한 땅에 명문 가문 많으니

來世托寧馨(내세탁영형)-다음 세상에서는 그런 집에서 나시오

　이런 삶을 살다간 정초부를 기리는 "월계 정초부 지겟길"은 경의중앙선 신원역을 나와 오른쪽으로 옛 기찻길을 따라 가면 맨 먼저 '월계주막'이 나온다. 월계주막은 관동대로와 물길을 통해 한양으로 오가며 쉬어가던 주막이 있던 곳으로 지금은 현대식 카페가 들어서 있다. 두 번째는 광해군 폭정 때 명사들이 은거하여 풍류를 즐기던 '강한정'이다. 이곳에는 한강이 내려다보이는 육각정이 세워져 있다.

그다음이 월계초부가 살았던 '초막'이다. 초막은 작은 방에 초라한 부엌이 딸린 조그만 초가집이고 초막 마당에는 「동호범주」, 「판초」, 「제여점」 등 여러 점의 정초부 시비가 설치되어 있다. 다음은 산언덕을 한참 올라가서 '구름전망대'에 이른다. 구름전망대는 남한강을 무대로 건너편의 산과 하늘이 병풍처럼 펼쳐지는 아름다운 풍경을 볼 수 있다. 구름전망대를 내려오면 마지막으로 '힐링치유의 숲'에 이른다.

힐링치유의 숲에는 1500여 그루의 메타세콰이어 나무가 빽빽이 하늘을 찌르고 들어서 있다. 메타세콰이어 숲속에 설치된 벤치에 누워서 피톤치드 향을 마시며 흘러가는 구름을 보면 평화로운 시간여행을 경험할 수 있다. 힐링치유의 숲에서 피톤치드를 마음껏 마신 후 400m 떨어진 부용사로 발길을 돌려 산사의 고즈넉함을 즐기고 오면 더 할 나위 없는 좋은 하루가 될 것이다.

망할 놈의 객기 때문에

1968년 11월 늦가을, 날씨는 바야흐로 겨울의 나락으로 떨어져 을씨년스럽던 날, K대 중앙도서관 앞 잔디밭. 재학 중 군입대를 못하고 졸업하면 곧바로 군에 가야 하는 놈 셋이 모여 신세타령을 하고 있었다. A는 ROTC 훈련을 받았으니 어쨌든 장교로 근무할 것이므로 별 걱정이 없었다. B는 졸업 후 공군 장교시험을 거쳐 학사장교로 복무하기로 마음을 정하고 있었다. 두 녀석은 체력이나 실력을 보아서 크게 걱정할 일이 못됐다. 그러나 적록 색맹인 나는 장교로 근무하기는 틀렸고 육군 졸병으로 입대해야 할 형편이었다. 그러고 보면 걱정이나 신세타령은 나 혼자에게만 해당되었다. 말이 신세타령이지 공부하기 싫으니까 농담이나 주고받고 있었을 것이다. 이런 쓰잘데없는 이야기를 늘어놓고 있을 즈음 C가 마지막 휴가를 나왔다고 양복 차림으로 우리 앞에 나타났다. C는 재학 중에 입대하여 재주 좋게 파월 지원하여 PX병으로 근무하다 말년에 귀국하여 휴가를 나왔다. 재주가 비상한 친구다. 어쨌거나 공부하기 싫은데 술 마실 핑계거리가 생겼으니 얼씨구나 좋다

하고 가방을 챙겨 종로로 향했다.

훤한 대낮에 종로3가에 있는 지하 막걸리홀로 들어갔다. 종업원들은 대낮부터 건장한 청년 네 사람이 왔으니 서비스가 좋았다. 당시는 막걸리 홀이 유행할 때였고 막걸리 집에도 도우미 아가씨들이 있었다. 우리는 희미한 불빛 아래 시간 가는 줄도 모르고 마셔댔다. 누가 얼마의 돈이 있는 줄도 모르고, 술값은 어떻게 계산할 것인지 대책도 없이 마셔댔다. 설마 휴가 나온 놈이 주머니에 막걸리 값 정도는 준비하고 왔겠지? 마음 푹 놓고 호사스럽게 마셔댔다. 꽤 많은 시간이 지난 후 어지간히 마셨다고 생각될 쯤에 술값 계산서를 받았다. 네 놈 모두 주머니를 털었으나 술값의 절반도 못됐다. 학생증을 맡기고 외상을 하자고 사정했다. 일면식도 없는 학생들에게 외상이 통할 리 있겠는가. 종로가 어떤 곳인데 잘못하다가는 주먹패들에게 얻어맞게 생겼으니 정신이 바짝 들었다. 할 수 없이 친구들에게 전화를 걸기 시작했다. 마침 D가 걸려들었다. D가 술값을 가지고 올 때까지 테이블에 쭈그리고 앉아 기다리고 있었다. 한 시간쯤 지난 후 D가 와서 술값을 지불했고 우리는 이번에는 광화문 학사주점으로 향했다. 지하실에서 바깥세상으로 올라오니 벌써 깜깜한 밤이었다. 당시 학사주점은 봄날 개울가에 올챙이들이 모이듯 대학생들이 모여드는 막걸리 주점이었다. 우리는 종로에서부터 광화문까지 걸어 광화문 지하도를 지나고 있었다.

종로 술집에서부터 흐느적거리던 우리는 광화문에 이르자 만취

상태가 됐다. 막걸리란 술이 마실 때보다 마신 후 얼마의 시간이 지나면 더 취하는 것 같았다. 광화문 지하도에 들어선 우리는 완전히 이성을 잃었었다. 우리 옆으로 여대생 두 명이 지나갔다. 우리 중 누군가가 곱게 지나가는 학생들에게 시비를 걸었다. 처음에는 점잖게 학사주점에 가서 같이 술을 마시자고 꼬셔댔으나 그들이 거절하니 나중에는 팔을 붙들고 실랑이를 벌렸다.

이때 마침 우리 곁으로 수도경비사령부 헌병 두 명이 지나갔다. 당시 헌병들은 대부분 2인 1조로 순찰을 돌았다. 처음 이들은 우리가 하는 짓을 못 본 체하다가 여학생들이 소리를 지르자 우리를 제지하고 나섰다. 이때 불같은 성격의 사나이 B가 맞받아쳤다.

"헌병들이 군인이나 터치하지 민간인 일에 왜 끼어들어!"

그러고는 헌병들이 차고 있는 방망이를 빼앗아 그들이 쓰고 있던 파이버를 박살내기 시작했다. 하얀 파이버 두 개가 지하도 바닥에 나뒹굴었다. 우리는 축구공을 차듯 파이버를 힘껏 차버렸다. 지나던 사람들이 파이버를 챙겨 헌병들에게 갖다 줬다. 사람들이 우리를 나무라기 시작했다. 엉겁결에 한방 맞은 헌병들은 우리들 숫자에 눌려 방망이와 파이버를 챙겨 도망가다 시피 사라졌다.

우리는 아무 일도 없었던 것처럼, 더욱 의기양양해져서 학사주점으로 가서 막걸리 파티를 벌렸다. 주점 안은 담배연기가 자욱했다. 천장에 달린 전등은 담배연기 때문에 맥없는 반딧불같이 껌뻑거렸다. 학사주점에서 막걸리 몇 잔을 마시기도 전에 헌병 10여 명이 우리를 잡으러 왔다. 정신이 뻔쩍 돌아왔다. 그들은 우리 다섯을 연행하여 광화문 파출소로 데려갔다. 그리고는 처음 우리에게 얻어맞은 두 헌병만 남겨두고 다른 이들은 돌아갔다. 헌병들은 파출소에 우리를 감금하고 조서를 받기 시작했다. 조서를 받은 후에는 수도방위사령부로 이송할 듯 전화를 걸었다. 우리는 휴가 나온 친구와 술 한 잔한 기분에 일어난 일이니 용서해 달라고 사정했다. 그러나 그들은 민간인에게 얻어맞았으니 헌병의 자존심 때문에 끝까지 처벌을 받도록 할 작정이었다. 분위기를 보니 우리가 사정한다고 해결될 일이 아니었다. 파출소 순경이 좀 거들어 주었으면 좋으련만 그들은 강 건너 불구경하듯 꿈쩍도 하지 않았다.

이제는 최후수단을 강구하는 수밖에 없었다. A가 손가락에 낀 반지를 보여주며 육군 소위라고 공갈을 쳤다. 실제로 A가 낀 반지는 ROTC 훈련이 끝난 훈련생도들에게 수여하는 기념 반지였다. 아직 임관도 안 된 학생이 낀 반지를 본 헌병은 A가 진짜 장교인 줄 알고 한 발 뒤로 물러섰다. 이때부터 그들은 A를 육군 장교로 대했다. 이 기회를 이용하여 A는 외출 나온 장교가 친구들과 술 한 잔 마시고 저지른 일이니 이 사건으로 징계를 받으면 되겠느냐며 헌병들에게 사정했다. A의 신분을 확인한 헌병은 수도경비사령부 당직실로 전화를 했다. 당직실과 긴 시간을 통화한 헌병은 현역 장교가 친구들과 함께 저지른 일이니 불문에 붙이겠다고 했다. 내가 생각해도 대단한 아량을 베푼 처사였다.

만약 이것이 사건화되었으면 A는 민간인 폭행죄에 공갈죄까지 추가되어 ROTC 임관도 못하고 졸병으로 3년을 근무했을 터이고, B와 나 그리고 D는 민간인 신분이었으니 경찰로 인계되어 즉결심판을 받아 며칠간 구류 아니면 벌금형을 받았을 것이다. 그리고 휴가를 나온 현역군인 C는 영내감옥에서 얼마간의 감옥살이를 한 후 제대했을 것이다. 다행히도 헌병들이 A의 ROTC 반지에 속아 우리 다섯이 화를 면하게 되었다. 광화문 파출소를 나온 우리는 감옥에서 출소하는 심정이 이런 기분일까 싶었다.

파출소를 나오니 통행금지 시간이 다됐고 우리는 잽싸게 종로로 도망가서 허름한 여인숙을 찾아 꼭꼭 숨어들었다. 망할 놈의 객기 때문에 벌어진 폭행사건은 이렇게 끝이 났다.

술이 취하면 간이 배 밖으로 나온다는 말은 진리(?)다. 현역으로 입대하여 보니 졸병들에게 헌병은 범보다 더 무서운 존재였다.

5부

지지골 논 일곱 마지기
키다리 목사님의 삐에로
금혼 기념 여행
막내손자와 함께한 산행
이 남자가 사는 법
다시스에서 머물렀던 일 년
이덕형 선생의 행적을 찾아서
은혜에 감사하는 마음

지지골 논 일곱 마지기

'지지골', '새들', '사답', '궁답', '개안' 이 이름들은 아버지가 농사지을 때 우리 논들이 있던 흥해읍 흥안리 들판 이름이다. 이런 이름이 어떻게 붙여졌는지, 어떤 뜻을 내포하고 있는지는 아버지도 모르고 동네 어른들도 몰랐다. 그저 구전으로 전해 내려온 이름이지만 농촌 냄새가 물씬 나는 것을 보면 우리 조상들의 작명 수준이 꽤 높았던 것 같다. 내 생각은 '지지골'은 논물이 마르지 않고 오래도록 머물러 있는 땅, '새들'은 새롭게 개발된 들판, '사답'은 모랫논, '궁답'은 배수가 잘 되지 않는 논, '개안'은 물이 많이 흐르는 개울 안쪽이란 뜻일 것이라 추측할 따름이다.

아버지는 내가 군에서 제대하기 일 년 전인 1971년도에 고향의 모든 농토를 팔고 포항 시내로 이사했다. 농사일로는 여섯 자식들을 키워 출가시키기가 어렵다고 판단되어 과감하게 일을 저질렀던 것으로 추측된다. 평생 농사일 외에는 다른 일을 해본 경험이 없는 아버지가 과감하게 이농을 결정하기까지 얼마나 많은 생각과 고민을 했을 것인가.

평생 짓던 농토를 처분할 때는 아마도 당신의 몸뚱어리를 잘라내는 아픔이 있었을 것이다. 그 중에서도 '지지골' 논 일곱 마지기(당시 우리 지역에 한 마지기는 150평)는 위치도 가깝고 땅이 비옥할 뿐만 아니라 큰 도로변에 위치하고 있어 아버지의 마음이 더 아팠을 것이다.

내가 대학에 들어가던 1965년도는 한일회담 반대 데모가 격렬하게 일어났다. 3월초 입학식을 마치고 공부할 틈도 없이 5월부터 서울 시내 모든 대학에서 데모가 심해졌다. 우리 학교 데모는 주로 일 학년들이 앞장을 섰다. 일 학년 교양학부 캠퍼스가 시내로 진입하기 쉬운 안암동 로터리에 위치하고 있어 먼저 일 학년들이 앞장서서 나가면 뒤따라 선배들이 어깨동무를 하고 뒤따르는 형태였다. 당국에서는 학생들 데모가 격해지자 경찰력으로 저지하는 데 한계를 느낀 나머지 6월 초순에 모든 대학에 조기방학 명령을 하달하고 교문을 닫아걸었다.

방학이 시작되자 할 일 없이 서울에 머물 필요가 없어 책 몇 권 챙겨 들고 고향으로 향했다. 서울역에서 야간열차를 타고 대구를 거쳐 포항에 와서 삼촌 집에서 아침 식사를 하고 허겁지겁 시내버스를 타고 흥해읍까지 가서 다음은 걸어서 고향 마을인 흥안리로 향했다. 흥해읍에서 흥안리까지는 빠른 걸음으로 30분 정도 거리다. 고향 마을로 들어서기 전에 거쳐 가는 논이 '새들'과 '지지골'이다. 그해는 봄 가뭄이 심해 6월 초에도 모내기를 못한 논이 많았다. 고향 마을로 들어가기 전에 '지지골' 들판을 보니 우리 논에 모내기를 하고 있었다.

책가방을 도로 가에 벗어두고 청바지를 둥둥 걷어붙이고 무논으로 들어갔다. 모내기를 하던 동네 아주머니들이 내 인사는 받는 둥 마는 둥, 그저 장골의 일군이 한 사람 늘었다고 좋아했다. 처음에는 못줄잡이를 하다가 동생에게 넘기고 직접 모심기 줄에 섰다. 모심기는 대략 30cm 정도의 간격으로 된 모눈에 3~4포기의 모를 단단히 심어야 한다. 그리고 자기 앞에 배당된 양을 다른 사람과 같은 시간 안에 마쳐야 한다. 그래야 못줄이 넘어가기 때문에 손이 느리면 한 사람으로 인하여 전체가 할 일 없이 쉬어야 하니 그만큼 시간이 지체된다. 내 옆에서 모를 심던 아주머니는 내가 공부하던 손으로 보조를 맞추지 못할까 걱정이 많았다. 그러나 매년 하던 솜씨가 어디 갈까? 못줄이 넘어갈 때마다 내가 먼저 내 분량을 끝내고 좌우의 분들을 도와주었다.

모내기할 때는 거머리 방지를 위하여 보통 헌 양말이나 스타킹을 신고 논에 들어선다. 일 년 내내 한 번도 햇빛을 보지 못한 내 다리는 거머리의 좋은 먹잇감이었다. 못줄 넘기는 소리에 맞춰 모 심으랴 다리에 붙은 거머리 떼어내랴 정신없이 서두르는 사이 한나절 모내기가 끝났다. 모처럼의 농사일이라 허리는 몹시 아팠지만 모내기는 일찍 끝이 났다.

모내기는 보통 한나절씩 품앗이를 한다. 품앗이 할 형편이 못 되어 놉을 사더라도 한나절만 산다. 모내기는 시간을 다투는 작업이고 모내는 날짜에 따라 수확량이 크게 좌우되기 때문에 서로 공평을 유지하기 위함이다. 모내기를 끝낸 아주머니들은 오후 일을 위하여 모두 집으로 돌아가고 우리 식구들만 남았다.

어머니가 지어 온 보리밥으로 점심 한 끼니를 때운 아버지와 나는 내일 모내기 할 '새들' 논으로 가서 써레질과 논물 고르기를 한 뒤 해가 서산으로 넘어간 후에야 집으로 돌아왔다. 아버지는 들에 나갈 때는 언제나 소달구지를 끌고 나가셨다. 그러나 소달구지를 타지 않고 소와 함께 걸어서 다니셨다. 힘이 들기는 사람이나 소나 똑같다는 것이 아버지의 지론이었다. 따라서 우리 형제들도 아주 어릴 때를 제외하고는 빈 달구지도 타지 않고 그 뒤를 따라 걸어다녔다. 이날도 아버지는 소달구지를 끌고 나는 뒤를 따라갔다. 소고삐를 잡고 가는 아버지의 모습이 너무 초라하고 불쌍해 보이기 시작했다. 친구들 아버지의 모습이 떠오르면서 내 눈에서 눈물이 솟구쳤다. 하염없이 쏟아지는 눈물을 어찌할 수 없어 넋 빠진 아이처럼 펑펑 울었다. 자식이 목 놓아 우는 것을 보신 아버지. "이 놈아 애비 안 죽었다" 하시며 당신도 훌쩍거리기 시작했다. 이것이 내가 지지골 논의 마지막 모내기를 한 날의 모습이다. 트랙터나 이앙기가 없던 시절, 모든 농사일을 사람과 일소에 의지하여 농사를 짓던 옛날 얘기다.

세월이 흘러 내가 희수(喜壽)의 나이에 접어들었다. 봄날 한식날을 전후하여 아버지를 뵈러 고향에 내려간다. '지지골' 논길을 지나갈 때마다 아버지가 그렇게 아끼던 그 논을 어떻게 팔았을까? 당신의 팔다리 하나쯤 떼어내는 심정이 아니었을까? 이런 생각을 하며 아버지를 회상한다. 이때마다 눈물이 난다. 아버지 때문에 흘리는 눈물샘은 마르지도 않는다. 그러나 세월과 함께 '지지골' 논도 많이 변했다. 내가 '지지골' 논의 마지막 모내기를 한 지 60여 년이 지났다. 지금 '지지골' 논에는 동해중부선 철길이 놓였고 하루에 수십 차례 기차가 지나다닌다. 원래 동해중부선 기찻길은 일제 때 홍해읍내를 관통하여 곧장 청하면 쪽으로 선로를 만들 계획이었다. 철로를 놓기 위한 제방을 만들어 둔 채 해방이 되어 칠십 년이 지나는 동안 선로는 다 허물어졌다. 포항에 제철공장이 세워지고 해변을 따라 각종 공단이 형성되어 동해중부선 철로도 설계가 변경되어 우리 동네 앞 '지지골' 을 지나게 되었다. 동해중부선은 포항에서 삼척까지 연결되는 철도다. 우선 2018년에 포항에서 영덕까지 개통되어 매일 수십 번씩 기차 소리를 듣게 됐다. 상전벽해는 뽕나무밭에서만 일어나는 일이 아니다. '지지골' 논 일곱 마지기 위로 기차가 지나갈 줄은 아버지도 나도 몰랐다. 세상은 빠르게 변해간다.

키다리 목사님의 삐에로

1981년 초봄에 교회에 발을 들여놓았는데 늦봄에 동료들이 부흥회 구경(?)을 가자며 나를 데리고 장안동으로 갔다. 그때 장안동은 도시개발이 되기 전이라 넓은 공터가 있었는데 그곳에서 미국의 한 목사님이 장기간 집회를 하고 있었다. 집회 현장에 들어가 보니 옛날 동대문야구장만 한 넓은 공간에 수많은 사람들이 인산인해를 이루고 있었다. 모두들 춤을 추며 박수를 치고 양팔을 하늘 높이 쳐들고 소리를 지르고 야난법석이었다. 박수치고 소리를 지르는 것은 봐줄 만한데 강단에 올라간 사람들이 강사가 이마에 손을 대면 뒤로 발라당 넘어지는 모습은 도저히 이해할 수가 없었다. 이게 무슨 분위기인가? 강단에는 미국 사람이 영어로 뭐라고 떠들어대고 옆자리에선 한국인이 동시통역을 하는데 영어는 물론 한국말조차 한마디도 알아들을 수가 없었다.

나는 한동안 넋 나간 사람처럼 구경만 하고 있었다. 집회 중간 헌금 시간에는 군대에서 사용하는 더블백을 들고 다니면서 돈을 쓸어 담고 있었다. 아~ 미국에서 돈 벌러 왔나보다. 이런 생각이 내 머릿속을 맴돌자 도저히 오래 견디지 못하고 혼자 슬그머니 빠져나오고 말았다. 뒷날 알고 보니 이 집회의 강사는 데니스 굳델(Dennis L Goodell) 목사님이었고 통역자는 감리교 목사인 전가화 목사님이었다. 이날 나의 첫 부흥회 참석은 부흥회의 부정적인 생각과 함께 기독교의 다른 모습을 보는 기회가 됐다.

그 후 시간이 흘러 1982년 10월 10일 교회창립 12주년을 맞아 담임목사의 이·취임식이 있었다. 이 예식에서 담임목사로 취임한 황장옥 목사님은 곧바로 10월 28일부터 10월 30일까지 3일간 부흥회를 개최했다. 요일로는 목, 금, 토요일이라 비교적 참석하기가 쉬운 저녁시간이었다. 한때 장안동 부흥집회의 부정적인 생각은 잊은 지 오래됐고 우리 교회 부흥집회니까 열심히 참석해서 은혜를 받아야겠다는 각오로 마음을 다잡았다.

부흥강사는 수유제일교회 윤덕수 목사님으로 알려졌다. 황장옥 목사님은 평소에도 윤덕수 목사님에 관한 말씀을 많이 하셨다. 나 역시도 대강은 알고 있었다. 키가 보통사람보다 한 자나 크고 설교말씀은 속사포처럼 빠르고 설교 내용이 은혜롭다고 소문이 퍼져 있었다. 거기다 황 목사님이 동서울교회에서 우리 교회 부목사로 옮겨 오실쯤에 윤 목사님은 영락교회에서 수유제일교회로 부임하여서 교회를 맡은 시기도 비슷해 선의의 경쟁관계에 있었다. 이런 목사님이 부흥강사로 오신다고 하니 그분의 실제 모습이 궁금하기도 할뿐 아니라 설교말씀도 기대가 됐다. 나는 부흥회가 시작되는 첫날 일찌감치 퇴근하여 아내와 함께 맨 앞자리에 앉았다. 평소에는 예배가 없던 목요일 밤이었지만 좁은 예배당은 입추의 여지가 없었다. 힘차게 박수를 쳐가며 준비 찬송을 하고 있는데 황 목사님이 윤 목사님을 모시고 예배당으로 들어오셨다. 처음 딱 보는 인상이 꺼꾸리와 장다리가 함께 걸어오는 모습이었다. 두 목사님은 외모가 달라도 너무 달랐다. 윤 목사님은 하늘 높이 솟아올랐고 황 목사님은 땅 넓게 퍼지셨다.

외모가 다른 것은 금방 알 수 있었지만 두 분이 목사가 된 과정은 잘 알려지지 않았다. 부흥집회가 끝나고 황 목사님으로부터 들은 내용이지만 윤 목사님은 장로교신학대학을 졸업하고 예수교장로회 소속 목사로 목회활동을 시작했고, 황 목사님은 한국신학대학을 졸업하고 기독교장로회에서 안수를 받아 기독교장로회 목사로 시작하여 예수교장로회로 이적한 목사였다.

예배시작과 함께 찬송과 기도가 끝나고 윤 목사님이 강단에 서자 앞자리에 앉은 나는 하늘을 쳐다보듯 고개를 젖히고 목사님을 주목했다. 목사님의 설교 말씀이 시작되고 얼마의 시간이 흐른 후 나와 목사님이 눈이 마주쳤다. 나를 빤히 내려다본 목사님은 느닷없이 나를 강대상 위로 불러냈다. 나는 분명히 싫은 표정을 지었지만 목사님은 억지로 끌어올렸다. 왜 목사님이 나를 불러 올렸을까? 생각할 겨를도 없이 목사님은 나를 목사님의 삐에로처럼 춤추게 했다. 예를 들면 예수님이 베드로에게 "내가 너를 사람을 낚는 어부가 되게 하리라." 하면 낚싯대로 고기 낚는 어부처럼 흉내를 냈고 다음은 뱃사공이 되어 한참동안 노젓는 시늉을 하다가 다음은 어떤 연기를 해야 할지 몰라 목사님을 쳐다보았더니 목사님은 그때서야 그만 내려가라는 눈짓을 했다. 이렇게 몇 가지 짧은 무언극을 하고 자리에 돌아오자 겸연쩍어 설교 말씀을 제대로 들을 수가 없었다.

첫날 부흥회가 끝나고 집으로 돌아와 강대상에서 일어났던 삐에로 필름을 곰곰이 돌려 보며 생각했다. 목사님이 왜 나를 강대상으로 올라오게 했을까? 젊은 부부가 맨 앞자리에서 열심히 듣는 모습이 이뻐서 그랬을까? 말씀이 속사포같이 빠르니까 잠시 숨을 돌리기 위함이었을까? 아니다. 목사님은 시청각교육을 통해 당신의 말씀을 오래토록 기억되게 하려고 그랬을 거야. 내 나름대로 좋은 방향으로 결론을 지었지만 목사님의 깊은 속마음은 알 수가 없었다.

말씀에 은혜를 받은 나는 밤늦게 옛날 중학생 시절 물상 공부 시간을 회상했다. 물상담당 선생님은 수업시작과 함께 "마이 조수 앞으로 나와" 하고는 반장을 불러내어 그 시간 수업할 내용을 칠판에 쓰게 했다. 그리고 칠판에 적힌 교과목 설명은 대강대강 하고 시답잖은 소설 이야기나 하고 수업을 끝냈다.

그렇다고 윤 목사님이 나를 조수처럼 이용한 것은 아니지 않는가? 우리는 다음날도 그다음날도 맨 앞자리에 앉아 열심히 말씀을 들었다. 그리고 나는 3일 계속 강대상에 불려 올라갔다. 하나님은 사람이 알지 못하는 다양한 방법으로 역사하신다. 당시 나는 집사 임명도 못 받은 새내기 평신도였지만 앞자리에 앉은 덕분에 3일 연속 강대상에 올라갔었다. 엊그제 교회에 나온 평신도가 강대상에 올라간 사건은 누가 뭐래도 축복이라 아니할 수 없다. 그 후 우리 부부는 은혜를 입어 장로로 권사로 한 교회를 열심히 섬기다 아무 탈 없이 은퇴했다.

한편 서로 선의의 경쟁을 벌이며 성장하던 흰돌교회와 수유제일교회는 날로 부흥 발전해 왔다. 흰돌교회가 건물을 새로 짓고 교인들도 급속히 늘어나고 있던 중 1989년 황장옥 목사님이 교통사고로 먼저 천국으로 가신 관계로 두 목사님의 상호교환 부흥회는 중단됐다. 수유제일교회도 계속 번창하여 신일고등학교 앞 넓은 대지에 교회를 신축 이전하여 강북제일교회로 교회 명을 바꾸고 부흥을 거듭해왔다.

들리는 소식에 의하면 윤덕수 목사님은 교회 건축 후 목회를 계속하던 중 불의의 뇌출혈로 오랫동안 병마와 싸우다 천국으로 가셨다고 한다. 지금은 두 분이 천국에서 우리 주님이 주신 생명의 면류관을 쓰고 서로 동무되어 영원한 안식을 누리고 있지 싶다.

금혼 기념 여행

2024년은 우리 부부에겐 아주 특별한 해다. 아내가 고희(古稀)를 맞는 해이고 또 우리 부부가 결혼한 지 50년이 되는 금혼의 해다. 아내는 4남매의 고명딸로 태어나 꽃다운 21살의 나이에 나와 결혼하여 6남매의 맏며느리로 살아왔다. 결혼 초부터 부모님을 모시고 산 건 아니지만 어머님이 치매를 앓으면서부터 지방에 혼자 계시던 어머니를 서울 우리 집으로 모셔와 4년을 함께 살았다. 이런 와중에도 두 딸을 피아니스트로 키우고 손자 손녀 셋을 키워냈다. 이렇게 50년을 보낸 아내는 꽃다운 처녀에서 주름살이 째글째글한 할머니가 됐다. 한 송이 백합화 같았던 몸매가 늙고 시들어져 할미꽃처럼 변했다. 아내의 얼굴을 처다볼 때마다 마음이 짠하고 애처롭다. 아내의 칠순과 금혼이 겹치는 금년에는 무언가 아내가 깜짝 놀랄 이벤트를 해주고 싶었다.

금혼식은 결혼한 지 50주년이 되는 날을 기념하는 특별한 행사다. 옛날 로마시대 때 아내에게 금으로 만든 화관을 씌워 주거나 금화를 선물하는 풍습에서 유래됐다. 그러나 요즘 젊은이들은 금혼식뿐만 아니라 매년 결혼기념일마다 선물을 주고받는 것이 사회적 관행이 됐다. 나는 50년이 되도록 아내에게 변변한 결혼선물 한 번 해줘 본 적이 없다. 스스로 반성하면서 아내에게 다음 이벤트 중에서 가장 하고 싶은 것 하나를 선택하도록 했다.

첫째, 근사한 레스토랑에서 일가친척이 모여 식사를 한다.

둘째, 교회 목사님 주례로 리마인드 웨딩을 한다.

셋째, 가까운 곳으로 해외여행을 간다.

며칠을 생각하던 아내는 본인이 좋아하는 해외여행을 선택했다. 그것도 알래스카 크루즈 여행을 제안했다. 나는 장시간 비행기를 타는 데 트라우마가 있었지만 아내의 선택을 반대할 수가 없었다.

알래스카 크루즈 여행은 9월 21일 인천공항에서 시애틀행 비행기 타는 것으로 시작됐다. 오후 4시에 인천공항을 출발하여 10시간 후 시애틀 공항에 도착할 계획이었다. 비행기에 탑승하자마자 2018년 미국 서부 여행을 마치고 돌아오던 비행기 안에서 오른쪽 팔이 마비된 사건이 나를 불안하게 했다. 그때 곧바로 병원에 가서 뇌 CT를 찍고 판독 결과 이상 없다는 판정을 받았지만, 다시 비행기를 타고 보니 혹시나 싶어 가만히 앉아 있을 수가 없었다. 깜깜한 기내 복도를 한 시간마다 한 번씩 돌아다니며 팔다리 운동을 하면서 혹시나 또다시 마비가 오지 않나 조마조마했다. 기내식을 하면 졸려서 눈이 스르르

감겼지만 억지로 참고 견디어야 했다. 평소 잘 마시지 않던 커피를 마구 마셔도 오는 잠을 막을 수가 없었다. 억지로 뜬 눈으로 밤을 새다시피 한 후에 시애틀 공항에 내려 선착장 가는 버스를 탔다. 뜬 눈으로 밤을 샌 후유증으로 눈이 따가워 견딜 수가 없었다.

선착장에 도착했다. 선착장에는 5~6대의 크루즈선이 정박하고 있었다. 우리가 승선할 배는 프린세스 디스커버리(Discovery Princess) 호로 14만 톤급이라 했다. 길이는 얼핏 보아도 100m가 넘는 것 같고 높이는 최고 17층짜리 큰 배였다. 승선장에는 이미 많은 사람들이 줄을 서서 대기하고 있었다. 탐승 인원은 여행객이 3500명, 승무원이 1500명 합계 5000명이다. 승선 사다리를 몇 번 올라가 우리 부부가 사용할 선실을 찾아갔다. 바다가 보이는 베란다 방이었다. 어찌 이렇게 운 좋게 바다가 훤히 보이는 방이 돌아왔나 싶었다. 그러나 아내의 대답은 옵션으로 안쪽 방보다 훨씬 비싼 값으로 예약을 했단다. 방에는 더블 침대가 놓여 있었다. 비행기 안에서 10시간 이상 에어컨 바람을 쐰 나는 감기가 옴팍 들었다. 집 안에서도 선풍기 바람 외는 쐬지 못하는 내 체질은 10시간 에어컨 바람에 견뎌낼 재간이 없었다. 눈은 따갑고 몸은 춥고 이마에는 열이 나고 견딜 수 없는 삼중고를 만났다. 비상약으로 갖고 간 감기약을 먹은 후 곧장 침대 위에 골아떨어졌다. 신혼여행 가서 세상 모르고 잠에 떨어졌던 50년 전과 같은 일이 반복됐다.

흔들거리는 배 안에서 감기약에 취한 나는 옆자리에 아내가 누웠는지도 모르고 잠에 취했다. 잠시 화장실에 가려고 잠이 깨었다가는 또다시 침대에 쓰러졌다. 지구는 돌고 배는 흔들거리고 내 머리는 어지럽고 세 우주가 삼위일체가 되어 점점 나를 미궁으로 빠져들게 했다. 아내가 그만 일어나라고 채근했다.

9월 22일 둘째 날이다. 아침 식사를 위해 16층 뷔페 식당으로 갔다. 많은 사람들이 북적거렸다. 여행객은 중국 사람이 많고 종업원은 대부분 동남아인들이다. 입에 맞는 음식이 없다. 입안은 깔깔하고 기침은 아직도 멈추지 않고 몸은 으슬으슬하고 엎친 데 덮친 격이 됐다. 식빵에 커피 한 잔과 삶은 계란 하나로 식사를 끝냈다. 음료수는 레몬에이드 아니면 얼음물이다. 9월말 차가운 날씬데 얼음냉수를 벌떡벌떡 마시는 외국인들의 체력이 부러웠다. 특별히 뜨거운 물을 주문하려고 서툰 영어로 "익스큐즈 미"하고 종업원을 불렀다. 바쁘게 돌아다니는 종업원이 들은 체도 하지 않았다. 큰 소리로 불러 뜨거운 물을 주문하니 이상한 눈빛으로 바라보았다. 복잡한 뷔페 식당에 오래 머물기도 힘들어 선실로 돌아와 감기약을 먹고 다시 잠에 취했다. 한심스런 생각이 들었다. 여행을 온 것인지? 잠자러 온 것인지?

저녁 6시 정찬(正餐) 미팅에 참여할 시간이 됐다. 처음으로 한국에서 같이 온 팀이 만나 고급식당에서 뷔페음식이 아닌 주문음식에 포도주를 한 잔씩 하는 시간이다. 국내에서 H관광을 통해서 우리와 함께 온 사람은 모두 19명이었다. 부부 9쌍에 여자분 1명이 끼었다. 서로 인사를 했다. 내가 두 번째로 나이가 많았다. 우리는 처음으로 크루즈 여행을 왔지만 대부분은 크루즈 여행만 전문으로 다니는 분들이었다. 정찬은 메뉴를 몰라 가이드가 추천하는 스테이크 종류를 먹었다. 국산 쇠고기보다 별로 맛있다는 생각이 들지 않았다. 크루즈 여행 신출내기 표시가 나서 조금은 쑥스럽기도 했다. 이런 정찬은 여행기간 동안 두 번 더 있었다. 정찬 후에는 샴페인 잔을 높이 쌓은 조각 작품인 〈샴페인 waterfall〉 행사에 참여하여 크루즈 여행선 선장과 함께 기념촬영하는 시간이 이어졌다. 여행 준비물로 정장 한 벌씩을 챙기라는 것은 이때 가장 아름다운 모습을 사진에 남기기 위한 조치였다. 저녁 식사 후에는 대부분 쇼핑을 하거나 대극장에서 영화나 쇼를 관람하는 시간이었다. 대극장에서 Rock opera를 관람했으나 영어를 알아들을 수가 없어 시끄러운 노래방에서 시간을 보내는 것처럼 지루하고 따분했다.

배 안에서 이틀 밤을 자고 현지 시간으로 9월 23일이 됐다. 이제는 식욕도 좀 생기고 같이 온 일행들도 알게 되어 식사 때는 같이 식당으로 가서 함께 식사를 하며 이런저런 이야기들을 나누기 시작했다. 송파에서 온 부부는 크루즈 여행 전문가였다. 이번 여행에서 돌아가면 지중해를 거쳐 아프리카로 간다고 했다. 경제적으로 넉넉한 것이 부럽기도 했지만 한 달간 배를 타는 여행은 엄두가 나지 않았다.

오늘은 특별히 육지로 이동하여, 점심 식사를 마치고 알래스카 주도 (州都)인 주노(Juneau)시를 거쳐 멘델홀 빙하(Mendenhall Glacier)를 관광하는 날이다. 배에서 내려 서틀버스를 타는데 가을비가 추적추적 내리기 시작했다. 알래스카는 수시로 비가 내리니 항상 비옷이나 우산을 준비해야 했다. 주노시 도심은 주노산, 로버츠 산, 개스티노 해협으로 둘러싸인 아름다운 도시로 세계 최대인 트레드 웰 금광이 있고 다이아몬드 생산량도 많은 도시다. 한편 주노 북서쪽으로 21km를 가면 너비 2.5km, 길이 19km, 깊이 93m의 멘델홀 빙하지역에 이르는데 알래스카 원주민들은 이곳을 '영혼의 고향'이라 부른다고 한다. 멘델홀 빙하가 녹아 떨어지는 옆 골짜기에는 누겟 폭포가 웅장한 굉음을 토하며 하늘에서 황톳물을 쏟아내고 있었다. 여행객 모두가 삼삼오오 모여 기념촬영을 하는데 많은 시간이 소요됐다. 우리도 50년 전 신혼 때처럼 포즈를 취해봤지만 쑥스럽고 어색했다.

모처럼 배에서 내려 육지 구경을 한 후 저녁 늦게 잠자리에 들었다. 이제야 내 옆자리에 아내가 누워 있다는 느낌이 드는 밤이었다. 집에서는 몇 년째 각방을 쓰고 있으니 서로의 채취를 맡으며 몸을 비빌 일이 없다. 그러나 여행 와서 같은 침대에 누우면 젊었을 때의 기분이 돌아올까 기대했지만 그것은 바람뿐이었다. 우리의 몸은 이미 생각대로 움직이지 않았다. 침대를 떨치고 나와 알래스카 밤바다를 구경하러 베란다로 나갔다. 찬바람에 몸이 움츠려들었다. 알래스카 하늘의 별은 유난히 빛났다. 별빛을 받으며 흘러가는 빙하의 번쩍거림을 보고 있으니 내가 이방의 나라에 있음이 실감났다. 바람은 세차게 불고 배는 더 출렁거렸다.

흔들리는 침대 속에서 한밤을 보내고 9월 24일을 맞았다. 오늘은 캐나다 스케그웨이(Skagway) 항구에 정박하여 기차를 타고 3시간가량 알래스카의 절경을 구경하는 날이다. 기대를 잔뜩하고 아침 식사를 끝내고 기다리고 있는데 바람이 세차게 불어 배가 항구에 정박할 수 없다는 소식이 왔다. 알래스카 여행에는 예기치 못한 기상이변으로 자주 발생하는 일이란다. 이날은 할 일 없이 배안을 구경하러 다녀야 했다. 이 추운 날 차가운 노천목욕탕에서 얼음찜질하는 배불뚝이 백인이 보였다. 우리는 초등학생들이 동물원 원숭이 구경하듯 한동안 물끄러미 쳐다봤다. 카지노에는 중국 사람들로 꽉 찼다. 선상에서 유일하게 담배를 피울 수 있는 곳이니 끽연가들에겐 시간 보내기 가장 좋은 곳이라 빈자리가 없었다. 세계 어딜 가나 중국 사람들이 큰손이란 생각을 지울 수 없었다. 스케그웨이에 정박하지 못하여 하루 종일 배안에서 배회하며 낮잠을 즐긴 탓에 밤을 새우다시피하고 아침을 맞았다.

9월 25일, 오늘은 아침 7시부터 알래스카 최대 빙하지역인 글레이서 베이(Glacier Bay)로 들어가서 여객선 가까이로 흘러가는 빙하를 근거리에서 감상하는 날이다. 1794년 발견된 이 빙하만은 입구에서부터 안쪽으로 30km가 형성되어 있고 빙하만 입구의 폭은 8km라고 한다. 빙하만 좌우에 그림처럼 펼쳐지는 빙하는 알래스카 관광만이 즐길 수 있는 최고의 풍광이었다. 여객선 좌우로 떠내려가는 크고 작은 빙하를 즐기다 보니 배는 어느 듯 머저리(Mergene) 빙하지역에 도착했다. 머저리 빙하지역에서는 배가 360도 회전하여 모든 여행객이 사방의 빙하를 근거리에서 감상할 수 있도록 배려했다. 그리고 두 시간 뒤에 도착한 럼프러그(Lampugh) 빙하에서는 가까운 거리에서 빙하의 흐름을 정밀하게 관찰할 수 있도록 20여 분 머물다 지나왔다. 이런 빙하가 연중 쉬지 않고 흘러내는 얼음이 형성되는 곳은 어딜까? 그곳의 기온은 영하 몇 도나 될까? 얼음이 형성되는 빗물이 내리는 하늘의 모습은 어떻게 생겼을까? 이날은 하나님의 무한한 능력을 상상하며 잠자리에 들었다.

여행도 이제 막바지에 접어들었다. 오늘(현지시간 9월 26일)은 케치칸(Ketchikan) 항구에 정박한 후 하선하여 버스와 소형보트를 타고 〈던전스 크랩〉 서식지로 이동하여 그곳 레스토랑에서 던전스 크랩으로 점심 식사를 하고 돌아오는 일정이다. 오전 10시경 하선 준비를 하고 선착장으로 나갔다. 하선하는 날은 어김없이 비가 왔다. 오늘도 조금씩 내리는 이슬비를 맞으며 버스에 올랐다. 우리 일행만이 타는 전용버스가 아니고 미국인들과 함께 타는 버스였다. 미국인들이 반갑다고 큰 소리로 외쳐댔다. 30분 동안 계속 떠들어댔다. 버스를 내려 던전크랩 레스토랑이 있는 섬으로 들어가는 보트 안에서도 마찬가지였다. 가족, 동료, 친구들과 모여 웃고 떠들며 대화하는 문화가 부럽기도 했지만 한편으로는 짜증스럽기도 했다.

던전크랩 레스토랑에 도착했다. 삼삼오오 자리를 하고 앉았는데 킹크랩이 쟁반 가득히 나왔다. 무한 리필이라며 천천히 양껏 먹으란다. 재미있는 것은 킹크랩 껍질을 가장 높이 쌓는 테이블의 손님에게 특별 선물을 준다고 했다. 식성이 남들만 못한 나는 얼마 먹지 못하고 테이블에서 일어섰다. 이 행사 옵션가격이 1인당 $150 라는 사실을 알고 나니 본전 생각이 났다.

이제 9월 27일 마지막 날을 맞았다. 캐나다 입국을 위한 서류 작성, 선내 쇼핑, 개인적인 물품 구입에 따른 요금 지불 등 하선에 따른 각종 준비를 하며 낮 시간을 보냈다. 딸과 사위들 선물을 사면서 우리 부부가 입을 커플룩으로 파란색 점퍼를 하나씩 샀다. 평생 커플룩을 입어보지도 않았고 입어볼 생각을 하지 못했던 우리가 커플룩을 입고 귀국할 생각을 했으니 이 또한 금혼여행이 주는 행복이겠지 싶었다. 낮 시간을 이렇게 보낸 후 저녁에 마지막 정찬 시간이었다. 여행 중 마시려고 갖고 온 와인 한 병이 그대로 남아 있었기에 가이드에게 부탁하여 이때 마시려고 했으나 식당에서 공급되는 와인이 아니면 마실 수 없다고 거절당했다. 메뉴는 주로 스테이크, 연어구이, 새우와 가리비, 닭고기요리 등 내 입맛과는 동떨어진 요리가 대부분이었다. 정찬을 끝낸 후 갖고 온 와인을 마시기 위하여 일행 중 몇 명이 우리 방에 모였다. 종이컵에 오징어포를 씹어가며 와인 한잔씩을 마셨다. 머리가 핑 돌며 기분이 알딸딸해졌다. 그래도 마지막 밤을 와인파티로 끝낸 것이 기분이 좋았다.

이렇게 우리의 알래스카 쿠르즈 여행은 디스커버리 프린세스 여객선에서 여섯 밤을 보내고 캐나다 밴쿠버에서 하선했다. 먼저 한국식당에서 김치찌개, 해산물 등 한국요리를 먹으니 살 것 같았다. 밴쿠버에서는 스탠리 파크(Stanley park)의 숲속을 돌며 한나절 동안 북미대륙의 아름답고 신비스런 자연을 감상했다. 여객선 안에서 꽉 막혔던 가슴이 뻥 뚫리는 기분이 들었다. 돌아오는 비행기 안에서 지난 50년을 회고해 보았다. 흑백필름처럼 지나가는 장면 모두가 아름다웠다. 모든 것이 아내 덕분이다.

막내손자와 함께한 산행

2019년 5월 말, 인도네시아에 살던 둘째딸네 식구들이 라마단 기간을 맞이하여 잠시 귀국했다. 딸과 함께 귀국한 손자 두 놈은 물 만난 고기들처럼 신나게 놀아댔다. 학교에 갈 일도 없고 단기간 다닐 학원도 없으니 하루 종일 집 안에서 야단법석을 떨었다. 인도네시아 자기 집에서는 금지됐던 TV시청이나 인터넷게임도 마음대로 할 수 있고 먹고 싶었던 자장면도 마음대로 먹을 수 있으니 저들 나름대로는 별천지에 온 듯했다.

이런 날이 보름쯤 지난 후에 저들과 할아버지가 함께 할 추억거리를 만들기 위해 내가 즐겨하는 도봉산 등산을 제안했다. 초등학교 5학년인 큰놈 은찬이는 얼른 따라나섰다. 그러나 둘째놈 은파는 할머니와 노는 것이 좋다며 집 안에 남았다. 그날 은찬이와 나는 도봉산 주요 등산코스인 도봉산장을 거쳐 천축사와 마당바위까지 올라 자연을 즐기며 하루를 보냈다.

시간이 지나 딸네 식구들은 인도네시아 근무를 마치고 2020년 초

귀국하여 성동구 응봉동에 자리 잡고 살았다. 찜통 같은 무더위가 한 달 이상 계속되던 여름을 맞았다. 그해 은찬이는 중학교 3학년이 되었고 은파는 초등학교 5학년이 됐다. 여름방학이 시작되자 은파는 옛날 제 형이 올랐던 마당바위에 가고 싶다고 했다. 아마도 은찬이가 옛날 기억을 살려 등산 갔던 이야기로 은파의 질투심을 자극한 듯했다. 2024년 여름은 역사 이래 가장 긴 폭염이 계속됐다. 사랑스런 막내손자하고 약속을 지키기도 힘들었다. 더위로 하루하루 미룬 시간은 추석연휴까지 왔다. 드디어 추석연휴 첫날 조손(祖孫)이 차비를 하고 도봉산으로 향했다. 은파는 몇 년 전 제 형이 갔던 코스를 그대로 가자고 했다. 나는 은파의 요구를 거절할 수가 없다. 큰딸의 손녀를 포함하여 세 손주 중 가장 나를 닮은 은파다. 우선 성격이 비슷하다. 맡은 일에 빈틈없고, 누가 시키지 않아도 제일은 제가 하고, 고집이 없고 등등…. 요즈음은 성동구 어린이 풍물놀이패의 상쇠를 맡아 10월 12일 철원에서 개최되는 전국대회에 출전준비에 여념이 없다.

　이런 어여쁜 손자와 손잡고 가는 산길만큼 행복한 길이 없을 듯싶었다. 도봉산 입구 '북한산국립공원' 표지석 앞에서니 젊은 여대생이 조손이 함께하는 모습이 너무 좋아 보인다며 카메라 셔터를 몇 번씩이나 눌러줬다. 그때마다 은파의 깍듯한 인사말이 흘러나왔다. 도봉산 입구에 들어서 도봉서원 터 앞에 섰다. 도봉서원 설립과정과 그곳에서 학문을 가르쳤던 남언경(南彦經), 조광조(趙光祖), 송시열(宋

時烈)에 대한 설명을 시작했다. 은파는 역사를 좋아하는 것까지 나와 닮았다. 그래서 특별히 역사에 대한 이야기를 하려고 안내문을 보며 열심히 설명했다. 남언경, 송시열 선생에 대해서는 잘 몰랐지만 조광조 선생에 대해서는 주초위왕(走肖爲王) 사건도 알고 있었다. 그리고 도봉서원 터 앞에 세워진 고산앙지(高山仰止) 바위에 새겨진 말씀이 시경(詩經)에서 인용됐다는 내용이 있어 중국의 사서삼경(四書三經)을 설명하였으나 아직 그 내용을 알아들을 단계는 되지 못했다.

도봉서원 터를 지나 천축사 쪽으로 방향을 잡고 올라가는 길은 가끔 돌계단 길이 있지만 거의 평탄한 길이다. 내 손을 잡고 가던 은파는 깡충깡충 토끼처럼 뛰어가서는 뒤돌아보며 나를 재촉했다. 그때마다 카메라 셔터를 눌러대며 뒤를 따랐다. 선인봉 포토존에 서서 선인봉을 배경으로 사진을 찍는데 마당바위가 저렇게 뾰쪽하게 높은 곳이냐고 겁을 먹은 듯 물었다. 나는 긍정도 부정도 않고 빙그레 웃으며 올라가보면 알 것이라고 말을 돌렸다. 산수(傘壽)의 턱밑에 온 할아버지가 열두 살의 손자를 따라가느라 산천경계는 볼 틈도 없었다.

어제께 비가 온 덕분에 계곡에 물은 조금 불었지만 콸콸 물소리를 내고 흐르기에는 턱없이 모자랐다. 신록은 더욱 파랗고 우거진 숲 사이로 쳐다보는 하늘은 한 점의 티도 없다. 가끔 얼굴을 스치고 지나가는 바람은 젊은 아가씨의 손길처럼 부드럽다. 까치 한 마리가 이 아름다운 자연 속에 나도 여기 있다는 듯 까악~ 소리를 내고 날아갔다.

산속 고양이는 이제 뛰는 법을 잊은 듯 등산객쯤은 우습게 보고 함께 놀자고 다가온다.

계곡의 다리를 건너고 나무 데크길을 올라 도봉산장에 도착했다. 추석 전날도 산장지기 조순옥 여사가 계실까 반신반의 하고 발걸음을 들여놓았다. 산장문은 열려 있고 입구에는 내 두 번째 수필집 『봄날은 간다』가 다소곳이 놓여 있었다. 금년 초 처음 산장을 방문했을 때 커피 한 잔을 마시고 기증한 책이다. 그동안 삼천 원짜리 커피를 일 만원에 사서 마신 배려라는 생각이 들었다. 오늘은 산장지기 조 여사 대신 그의 아들 유근호씨가 산장을 지키고 있었다. 그 이유를 물어보지는 않았지만 추석명절에 산장을 비우면 국립공원공단에서 무슨 초치가 있지 않을까 싶어서 교대로 지키고 있지 않나 하는 생각이 들었다. 그렇게나 말거나 오늘도 35년 된 독일제 핸드드립으로 내린 원두커피 한잔을 하고 은파와 유근호씨가 나란히 앉은 기념사진을 한 장 찍고 산장을 나섰다.

이제는 발걸음을 천축사로 옮기기 시작했다. 도봉산장에서 천축사까지는 300m 거리지만 마당바위까지 오르는 구간 중 가장 험한 코스다. 그래도 은파는 씩씩하게 뛰어가고 있다. 한참을 가다가 내가 보이지 않으면 그늘 속에 앉아서 나를 기다리는 아량도 베풀었다. 등산길에 천축사 일주문이 서 있다. 절이 아닌 곳에 왜 절에 들어가는 문이 있느냐고 묻는다. 아마도 이곳은 천축사의 땅이라 사람들이 많이 지나가는 이곳에 세운 것이라고 대답을 했는데 나도 솔직히 자신

없는 답변이었다. 천축사 경내에 들어간 우리는 대웅전 뒤편 선인봉을 배경으로 하여 기념사진 한 장씩을 찍었다. 그리고는 대웅전 뒤편에 있는 옥천석굴원(玉泉石窟圓)을 찾아들어갔다. 석굴원 안에 무수히 많은 불상이 있는 것을 본 은파는 빨리 그곳을 벗어나고 싶다고 했다. 태어나서 종교시설이라곤 교회 밖에 가본 일이 없는 은파는 신기함보다는 불안한 마음이 들은 듯했다.

천축사를 나와 마당바위로 오르는 길은 서로 교차하기 힘들 정도로 사람이 많았다. 외국인들도 가끔 눈에 띄고 젊은 청년들이 많았다. 쇠줄을 잡고 오른 사람들이 그늘을 찾아 쉬는 모습이 천하를 얻은 듯 만족한 표정이다. 은파와 나는 마당바위에서 우이암을 바라보며 몇 장의 사진을 찍었다. 그늘진 곳에 앉아 송편과 과일을 먹었다. 불편한 바위에 앉아 먹는 음식이 이렇게 맛이 있는 줄 처음 알아단다. 우리가 앉은 주변에 고양이들이 모이기 시작했다. 산고양이들은 고양이의 본성을 잃은 듯했다. 행동이 사납지도 않고 등산객 근처에 몰려들어 먹이를 달라고 추파를 던진다. 어느 등산객도 야박하게 좇아내지 않았다.

우리가 편히 쉬고 있는 곁에 백발의 노인이 고양이처럼 살금살금 기어서 마당바위까지 올라왔다. 졸수(卒壽)도 한참 넘어 보였다. 이건 나에게 완전 쇼크였다. 마음을 고쳐먹었다. 이제부터 앞으로 10년이다.

찜통더위가 아직 가시지 않은 추석연휴에 막내손자와 함께 오른 마당바위등산. 이날은 내 생애 최고의 값진 추억으로 남을 것이다.

이 남자가 사는 법

아내와 각방을 쓴 지 얼마나 됐을까? 정확치는 않지만 10년은 족히 된 듯하다. 특별한 이유가 있는 것도 아닌데 살다 보니 그렇게 됐다. 굳이 이유를 찾자면 아내와 나는 잠드는 시간이 다르고 일어나는 시간도 다르다. 그리고 나는 밤중에 일어나서 두어 번씩 화장실을 가는데 이때문에 아내가 잠을 설치는 경우가 많았다. 그보다 더 중요한 것은 저녁시간에 각자의 하는 일이 다르다. 아내는 주로 TV를 시청하거나 교회 찬양단에서 배운 찬양곡을 연습하는 반면, 나는 저녁뉴스가 끝나면 TV는 보지 않고 책을 읽거나 YouTube로 음악을 시청하다 잠자리에 든다. 이렇게 각자 잠이 들면 다음날 아침에 일어나는 시간도 다르다.

나는 아침 일찍 일어난다. 눈을 뜨면 침대에서 기지개를 켜고 몇 가지 운동을 하고는 세면을 한다. 다음은 내가 먹을 아침 식사를 준비한다. 전날 밤 압력밥솥에 불려 둔 누룽지와 아내가 미리 끓여놓은 된장찌개를 데우고 계란 두 개를 삶아 아침 식사를 한다. 아침 식사가 끝나면 설거지를 깨끗이 하고 조간신문을 읽는다. 이때쯤 되면 아내가 부스스 눈을 비비며 일어난다. 밤사이 별일 없이 자고 난 아내를 격려한다. "잠을 푹 자고나니 이뻐 보이네." 밤새 안녕이란 말이 실감날 나이가 되었으니 칭찬 한마디를 한다. 친구 부부는 따로 자는데 밤새 혹시나 무슨 일이 생길까봐 비상벨을 설치해 두고 잔다는데 아침에 일어나서 제발로 걸어 나오는 것이야말로 성공한 인생이 아닌가? 내가 조간신문을 보는 사이 아내는 세수하고 아침 식사 대용으로 우유 한 잔에 단백질 한 스푼을 타서 마신다. 가끔 내가 삶아놓은 계란도 까서 먹는다. 그리고는 봉지 커피 한 잔을 타서 반반씩 나누어 마신다. 대부분 내가 타서 아내에게 갖다 바치는 때가 많다.

　이상이 하루를 시작하는 아침일과다. 아내와 따로 잠을 자기 시작한 것이 십여 년 전인데 비하여 내 손으로 아침 식사를 해결하기 시작한 때는 얼마 되지 않는다. 퇴직하고도 한참이 지난 후 내 나이 古稀를 넘긴 후부터다. 처음에는 아침에 일어나 아내가 일어나서 식사 준비를 할 때까지 신문이나 보면서 기다리고 있었다. 나는 옛날 농사짓던 시절부터 일찍 아침밥을 먹고 자랐다. 직장에 다닐 때야 당연히 아내도 일찍 서둘러 식사준비를 했다. 그러나 퇴직 후에도 아내에게 일찍 일어나도록 강요하기가 염치 없는 일로 생각됐다. 어느 날 문득 아침에 무료하게 시간을 보내느니 내가 먹을 식사는 내가 해결해 보자는 생각이 들었다. 몇 번의 시행착오도 있었지만 누룽지 끓이고 된장찌개를 데우고 계란을 삶아 간단한 식사를 했다. 그리고는 압력밥솥을 비롯한 각종 식기를 깨끗이 씻어 제자리에 정렬했다. 아내가 일어나 부엌을 둘러보니 깨끗하게 설거지가 되어 있는 것은 보고는 칭찬인지, 농담인지 한마디 던졌다.

"와~ 이제는 혼자 살아도 되겠네."

"응~ 나 이제 쫓겨나도 겁 안나."

아내의 농담에 맞장구를 쳐준다.

이렇게 해서 아침 식사는 나의 중요한 일과가 됐다. 날이 갈수록 아내가 전담하던 일들이 하나씩 내게 넘어온다. 같은 교회의 산수(傘壽)가 넘으신 장로님은 세 끼 밥에 반찬까지 손수 요리하여 아내와 함께 식사를 하신다고 한다. 이런 이야기를 들으면 아침 식사 한 끼를 내 손으로 해결한다고 생색을 내거나 자랑할 일이 못된다. 빨래도 청소도 내게 넘어왔지만 사실은 전자제품이 대신해 준다. 그리고 원래 내가 맡은 일이 있다. 음식물 쓰레기 버리는 일과 쓰레기 분리수거 하는 일이다. 쓰레기 버리는 일은 결혼 초부터 원래 내 담당이었다. 연탄을 때던 시절 아내가 연탄가스 냄새가 나는 지하실에는 들어가지 않도록 한 배려였다.

요즈음 내 일과 중 큰 비중을 차지하는 것이 산을 오르는 것이다. 보통 일주일에 한 두 번은 꾸준히 산길을 걷는다. 어느 산이든지 정상을 정복한 때는 이삼일 정도 아무 일 없이 쉬어야 피로가 풀린다. 6월의 어느 날 양수리에 있는 운길산을 오른 다음날, 집 안에서 쉬고 있는데 아내가 마늘 한 접을 사들고 왔다.

"이거 마늘장아찌 담글 거니까 천천히 까 주세요."

우리 집 마늘 까는 일은 내 몫이 된지 오래다. 나는 해야 할 일이 있으면 참지 못하고 금방 해치워야 속이 풀리는 성격이다. 다음날 베란다에 내놓은 마늘을 까기 시작했다. 우선 마늘줄기를 뽑아내는 것부터가 쉽지 않았다. 왼손으로 마늘을 잡고 오른손으로 마늘줄기를 뱅글뱅글 몇 바퀴 돌려야 마늘줄기가 빠져나왔다. 다음은 마늘을 까야 하는데 맨손으로 깔 수가 없다. 장갑을 끼지 않으면 금방 마늘독이 올라 손이 아려서 깔 수가 없다. 장갑을 끼고 통마늘을 한 톨 한 톨 빠갠 후 과일칼로 마늘 머리를 자르고 두 손으로 껍질을 까기 시작했다. 통마늘 스무 개쯤 까고 나니 손가락이 따가울 뿐만 아니라 온몸이 뒤틀려 더 이상 계속할 수가 없었다. 몸 풀기 운동을 하고 따가운 손을 맹물로 씻고 한참을 쉬었다 다시 시작했다. 한 접의 절반쯤 까고 나니 더 이상 계속할 수가 없었다. 시간은 세 시간 정도 걸린 것 같았다. 하루 밤을 자고난 다음날 오후 다시 작업을 계속했다. 깐 마늘을 깨끗이 씻어 부엌 싱크대 위에 올려놓았다. 외출 후 돌아온 아내가 어찌 이렇게 빨리 마쳤냐며 놀라는 눈치다.

나는 외출한 아내가 얄밉기도 하고 마늘 깐 손이 매우 쓰려 약간

신경질적으로 반응했다.

"둘이 사는 집에 해마다 왜 이렇게 많은 장아찌를 담구나?"

"응 지혜네, 민혜네도 조금씩 줘야지."

딸네도 조금씩 준다는 말에 할 말이 없었다. 장아찌 마늘 한 접을 깐 지 일주일쯤 지났다. 양쪽 엄지와 검지손가락 끝에서 살갗이 벗겨지기 시작했다. 마늘 독이 오른 손가락이 해독되면서 새살이 나오기 시작한 증거다. 이를 본 아내가 연고를 바르고 반창고를 붙이느라 야단법석을 피웠다. 그래도 힘들 때 나를 챙겨줄 아내가 있는 것이 어딘가 싶다.

그리고 난 며칠 후 대장암 치료를 받던 친구 부인이 호스피스 병동으로 옮겼다는 소식이 왔다. 마늘을 까도 좋고 매끼 식사를 준비해도 좋으니 오래토록 내 곁에 있기만 하면 더 바랄 것이 없다. 내 혼자의 독백이다.

다시스에서 머물렀던 일 년

1984년 6월, 내가 직장에서 승진하여 전라북도 진안군지부 차장으로 내려갈 당시 나는 교회에서 성전건축위원회 간사를 맡고 있었다. 당시 우리 교회는 1980년 2월에 부임한 황장옥 목사님(1989.2.9.별세)을 중심으로 지역사회에 성령의 바람을 일으키며 급속히 성장해 갔다. 1970년 장년 38명으로 시작한 교회가 갑자기 300여명으로 늘어나니 좁은 예배당으로는 도저히 감당할 길이 없어 1984년 연초부터 새로운 성전을 건축하기로 하고 성전건축위원회를 조직했다. 건축위원장은 B장로님이 맡으셨고 위원으로는 다른 장로님들과 건축업에 종사하는 교인 몇 분이 위촉되었고 신출내기 집사인 내가 간사로 임명됐다. 건축에 관한 중요한 일들은 대부분 위원회에서 결정하지만 간사는 건축헌금관리를 비롯한 자금의 조달과 지급에 관한 사항을 담당했다. 1984년 3월 5일 기공예배를 드리고 본격적인 건축에 들어갔다. 적립된 자금도 없이 조급하게 시작한 성전건축은 자금이 항상 모자랐다. 주일마다 교인들이 내는 헌금으로는 지출금액을 감당할 길이 없어 근무시간에 외출을

나와 건축위원장 B장로님과 함께 은행을 찾아다니며 대출 상담을
하느라 바빠 돌아다녔다. 당시만 해도 교회의 부지나 건물을 담보로
대출해 주는 제도가 없어 장로님들의 주택을 담보로 대출을 받아
교회가 빌려 쓰는 형식으로 자금을 끌어댔다. 이렇게 해서도 자금이
모자라면 현금을 가진 교인들에게 교회가 차용금증서를 써주고 빌리는
방법까지 동원됐다. 이 와중에 하나님이 우리가정에 보내주신 셋째
딸이 1984년 6월 6일 천국으로 갔다. 슬퍼할 시간도 여유도 없었다.
포크레인이 지하를 파내려가는데 이웃집 담장이 무너지고 벽면에 금이
가서 집주인은 경찰서에 고소하겠다고 난리를 피웠다. 피해를 당한
주택을 교회가 매입키로 합의하고 경찰서 고소를 면했다. 건축공사는
일을 하는 날보다 쉬는 날이 점점 더 많아지기 시작했다.

이런 우여곡절을 겪고 있는데 나는 회사에서 전라북도 진안으로
발령이 났다. 하던 일을 끝내지 못하고 지방으로 내려가는 것이
아쉽기도 했지만 한편으로는 무거운 짐을 벗어 평안하기도 했다.
아마도 하나님이 내 믿음으로는 교회건축을 끝까지 감당하기가 힘들
줄 알아 멀리 피난 보내신 줄 알고 편한 마음으로 현지에 부임했다.
온 가족이 진안으로 이사하여 서울에 올라 올 일은 거의 없었다. 모든
식구가 진안교회에 등록하여 열심히 재미있게 신앙생활을 했다. 가끔
건축위원장 B장로님께서 전화도 주시고 어떤 때는 길게 편지를 보내기도

했다. 추측하기로는 교회건축이 원활하지 못하고 열심히 참여했던 몇몇 집사가 교회를 떠난 듯한 느낌이 들었다. 그러나 구체적으로 알아봐야 속만 상할 것 같아 모른 척했다. 진안에서 1년 6개월 근무를 마치고 경기도 안성에 있는 농협지도자 교육원으로 발령이 났다. 아내가 이사 와서 살 집을 알아보려고 서울로 왔다. 우리가 원하는 반포지역은 전세고 매매고 눈을 닦고 찾아봐도 없었다. 서울에서 하루 밤을 보내고 온 아내는 건축위원회에서 함께 일하던 J, Y, L 집사 가족이 교회건축 과정에서 상처를 받아 교회를 떠났다는 소식을 가져왔다. 서울로 이사도 오기 전에 교회로 돌아오라는 B장로님과 교회를 옮기라는 J 집사의 전화가 수시로 걸려왔다. J집사는 자기네가 살고 있는 동네에 전셋집이 많으니 그쪽으로 이사하라고 권유했다. 적당한 곳을 찾지 못한 아내는 면목동과 멀지않은 곳에 전세 집을 계약하고 돌아왔다. 얼마 후 온 가족이 서울로 이사하고 딸들도 전학을 마쳤다. 이제는 우리가족이 정착할 교회를 찾는 것이 문제였다. 내 마음은 벌써 내가 다니며 건축을 시작한 흰돌교회는 떠난 듯했다. 할 수 없이 집 근처에 있는 같은 교단의 장로교회에 등록했다.

요나는 하나님이 니느웨로 가라는 명령을 어기고 다시스로 가는 배를 탔다. 요나의 시련은 이때부터 시작됐지만 요나는 그것을 알지 못했다. 내가 타 교회에 등록한 것은 하나님의 뜻이 어디에 있는지 몰랐다. 단순히 시끄러운 교회에 돌아가 다시 그 일을 감당하기엔 내 믿음이 너무 부족한 것 같았다. 우리는 타 교회 등록과 함께 성가대에 들어갔고 나는 고등부 교사도 맡았다. 교회에서는 자체 교사교육을 이수한 교인들만 교사로 임명했는데 나는 총회에서 발급한 교사 자격증이 있어 두말없이 고등부 교사로 임명됐다. 이렇게 옮겨간 교회에서도 최선을 다해 봉사했다. 우리식구가 타 교회에 등록했다는 소문은 금방 흰돌교회에 알려지게 됐고 B장로님은 몇 번씩 오셔서 본교회로 돌아오라는 권면을 했다. 장로님은 흰돌교회 창립멤버일 뿐만 아니라 장로님 사무실이 옛날 피어선 빌딩에 있어 내가 농협중앙회에 근무할 때 수시로 만나 교회 생활에 대하여 조언을 해주시던 분이다. 그해 여름쯤 되었을 때까지 교회는 완공되지 못하고 공사가 중단되어 있다는 소문이 들렸다. 마음이 아팠다. 떠나기는 했지만 내가 건축위원회 간사로 일했던 교회가 속히 마무리 되어 모든 교인들이 활짝 웃으며 예배드리는 모습을 보고 싶었다. 공사가 중단되어 또다시 헌금을 해야 한다는 소문을 접하니 더욱 마음이 아팠다. 아내와 손잡고 기도했다. 우리가 중단된 교회 건축에 기폭제가 돼 달라고 기도한 후 주택청약예금을 해약하여 수요예배에 참석했다. 광고시간에 목사님은 헌금봉투를 흔들어 보이며 김재원 집사 내외가 건축헌금을 냈는데 본인들에게는 대단히 미안한 일이지만 얼마인지 확인해 보겠다며 봉투에 든 수표를 꺼내서 금액을 발표했다. 쥐구멍이라도 찾아 들어가고 싶은 심정이지만 그저 눈감고 기도하는 수밖에 없었다. 목사님께 인사를 하는 둥 마는 둥 얼른 집으로 돌아왔다. 이렇게 시간이 흘러 1986년 연말을 맞았다. 목사님이 우리 집을 찾아오셨다. 일 년 동안 타 교회를 봉사했으니 내년에는 본 교회로 돌아오라는 권면을 말씀을 하시며 최후통첩을 하셨다. "만약 집사님이 돌아오지 않는다면 저는 평생 실패한 목회자로 남게 될 것입니다." 이 말씀이 내 마음을 찌르기 시작했다. 예배자리에만 앉으면 가슴을 후비고 파고들었다. 거의 3개월간의 시름 끝에 흰돌교회 새 성전 입당예배가 계획된 1987년 3월 29일 하루 전 토요일, 물걸레를 빨아들고 교회 청소 팀에 끼어들었다. 내가 앞길이 양양한 목회자 한 분을 실패자로 만든다면 나야말로 지옥불에 떨어질 죄인이 될 것이란 생각이 들었다.

하나님은 말씀하신다, "교만은 패망의 선봉이요 거만한 마음은 넘어짐의 앞장이니라(잠언 16장 18절)." 평생 낮은 자세로 교회를 섬기라고 주신 교훈으로 알고 하루하루 낮아지려고 노력하고 있다.

이덕형 선생의 행적을 찾아서

1592년에 일어난 조선의 임진왜란을 치러낸 공로자로는 서애 유성룡(西厓 柳成龍)과 이순신(李舜臣)을 꼽는다. 그다음은 3리(李)라 하여 이원익(李元翼), 이항복(李恒福), 이덕형(李德馨)을 꼽는다. 이원익(1547~1634)은 체구는 작으면서 굽힐 줄 모르는 의지와 솔직 대담성, 소탈한 성격을 지니고 있었다. 이항복(1556~1634)은 기지와 해학, 재기발랄함과 영민함을 지니고 있으면서 남을 사랑하고 인정이 넘치는 인간적인 인물이었다. 한편 이덕형(1561~1613)은 위풍이 당당하고 언변이 뛰어났으며 언제나 상대에게 호감을 주면서 상대를 압도하는 사람이었다. 이 세 사람은 남다른 교분을 지녔고 영의정을 번갈아 역임하면서 숱한 일화를 남겼다.

이원익은 오리(梧里)정승으로 통했고 이항복은 오성(鰲城)대감으로 불렸다. 한음(漢陰) 이덕형은 이항복과 한 스승 밑에서 함께 학문을 닦은 벗이었다. 이덕형은 세 사람 중 나이가 제일 적으면서도 먼저 높은 벼슬을 얻었고 제일 먼저 세상을 떠났다. 이항복은 인목대비 폐비 논의

때 이를 반대하다가 북청으로 유배되어 그곳에서 죽었다. 이원익도 폐비 논의에 반대하다가 삭탈관직 되어 홍천에 유배되었으나 인조반정 때 영의정에 추대되었다. 그리고 이괄(李适)의 난과 정묘호란을 겪고 난 뒤 세상을 하직했다.

이덕형은 젊어서부터 그의 지혜와 유머로도 잘 알려져 있다. 특히 이항복과의 일화는 많은 사람에게 널리 알려져 있다. 두 사람은 절친한 친구 사이로 많은 에피소드를 남겼다. 유명한 일화 중 하나는 두 사람이 서로 장난을 치며 웃음을 주고받은 이야기다. 이항복이 이덕형의 집을 방문했을 때 이덕형이 음식대신 백지를 차려놓고 "당신은 글을 잘 쓰니 이걸로 배를 채우게." 라고 말하자 이항복은 즉석에서 시를 지어 이 상황을 재치 있게 넘겼다고 한다. 그들의 친밀한 관계와 뛰어난 언변을 보여주는 재미있는 일화이다.

이덕형은 임진왜란이 발발했을 때 조정의 안정을 위해 중요한 역할을 맡았다. 그는 특히 일본군과의 협상과정에서 뛰어난 외교적 수완을 발휘하여 조선의 입장을 잘 대변했고 한편으로는 명나라 구원병 요청을 강력히 주장하여 윤허를 얻어 본인이 직접 청원사가 되어 명나라로 건너갔다. 당시 명나라는 국내사정으로 구원병 보내기를 주저하고 있었으나 이덕형의 온갖 설득 끝에 친조파(親朝派)인 병부상서 석성(石星)을 움직여 끝내 구원병 파병을 성공시켰다. 이렇게 해서 이여송(李如松)이 총대장이 되어 압록강에 당도하자 이덕형이 직접 접반관이 되어 접대를 맡았다. 이때는 일본군 고니시 유키나가(小西行長) 부대가 평양을 점령하고 있었다. 이여송이 평양탈환작전을 벌릴 때, 이덕형은 막연한 친구요 선배인 평양관찰사 이원익과 긴밀히 연락하여 작전이 성공하도록 만반의 조치를 취했다. 평양탈환의 성공은 전란 중 처음 기록한 조명(朝明)연합군의 승리였다. 이덕형은 1593년 병조판서가 되어 전쟁을 지휘했고 전쟁이 끝날 무렵인 1598년에는 우의정을 역임했고 곧이어 좌의정에 올랐다. 1601년에는 경상·전라·충청· 강원 사도도체찰사(四道都體察使)가 되어 민심수습에 나섰다. 1602년 이덕형은 정치가로서나 벼슬가로서 최고의 자리인 영의정에 올랐다. 4 년 동안 영의정 자리에 있으면서 피폐된 나라를 바로잡기에 힘썼다. 그 후 광해군의 인목대비 폐비사건을 반대하다 모든 관직이 삭탈되는 아픔을 안고 경기도 양근(楊根) 땅에 살다 세상을 떠났다.

한음 이덕형 선생이 관직에서 물러나 살던 곳은 지금 양수리 근처다. 선생의 묘지와 신도비는 양서면 목왕리 부용산 아랫자락에 자리하고 있고 별서(別墅)는 조안면 송촌리에 위치하고 있다. 송촌리 별서에 머물던 선생은 나라사정이 궁금하고 말동무가 필요할 때면 운길산 (雲吉山) 수종사(水鐘寺)에 올라 주지스님과 담소도 나누고 시국을 이야기하며 시간을 보냈다. 나는 2025년 1월20일 이덕형 선생의 행적을 좇아 친구와 함께 운길산 등산에 나섰다. 경의중앙선 전철을 타고 운길산역에 내려 진중리 마을길을 따라 운길산 입구에 들어섰다. 산자락

입구에 2011년 제17차 세계유기농대회 개최를 기념하는 '2011世界有機農大會記念亭' 간판이 달린 팔각정이 높이 솟아 있었다. 조안면 일대가 우리나라 유기농 시범지역이란 생각이 들었다. 운길산을 오르는 길은 계곡 길도 있고 능선 길도 있다. 능선 길을 걷다보면 수종사로 오르는 시멘트 포장길과도 만난다. 수종사까지 오르는 산언덕에는 눈에 쓰러진 소나무가 엄청 많았다. 아마도 한강에서 불어오는 강바람의 영향이 큰 듯했다. 지상에 잔뜩 낀 미세먼지와 강물에서 피어난 물안개가 뒤섞이어 정상에 올라가도 산과 강물을 제대로 보기는 힘들 것 같았다. 이날따라 수종사로 올라가는 차량이 연이어 지나갔다. 미세먼지와 차량 배기가스를 맡아가며 마스크를 쓴 체 수종사 입구에 닿았다.

수종사는 운길산 중턱에 위치한 고찰이다. 수종사의 위치가 얼마나 명당인지 서거정 선생은 "동방 사찰 중 제일의 전망."이라고 극찬했다. 수종사 경내를 들어가려면 3개의 문을 통과해야 했다. 일주문(一柱門), 불이문(不二門), 해탈문(解脫門)이다. 일반적으로 사찰이 갖추어야 할 4개문 중 사천왕문(四天王門)을 빼고는 다 갖추고 있었다. 경내에 걸린 사적기에는 수종사 창업에 대한 연혁이 간단하게 설명되어 있었다. "수종사는 멀리 신라시대부터 내려오던 옛 가람이다. 고려 태조 왕건이 이곳에서 구리종을 얻음으로써 부처님의 혜광을 통해 고려를 건국했다는 전설이 전해지는 곳이기도 하다. 그 후 1458년(세조 4년)

세조가 두물머리에 머물다 새벽에 들려오는 종소리를 따라와 보니 그 종소리는 다름 아닌 바위 굴 속에서 물이 떨어지는 소리였다. 세조는 굴속에서 18나한을 발견하고 5층 돌계단을 쌓았으며 팔도방백들에게 중창을 명하였다. 도량은 이러한 연유로 수종사란 이름을 얻게 되었고 이때 은행나무 두 그루를 심었다." 이때 심은 은행나무 두 그루는 대웅전 왼쪽 아래 범종각 옆에 높이 솟아 있다. 남양주시 보호수로 지정된 은행나무 수령은 500년, 수고 35m, 25m에 이르고 있다. 한편 은행나무 반대편 산자락에는 한음 이덕형 선생과 수종사에 얽힌 역사와 시비가 있다. 시비에는 이덕형 선생의 약력과 한시 두 편이 실려 있다. 그 중 한 편은 봄날이 가는 어느 초여름 이곳 수종사에 올라 자신의 우국충정을 담은 시를 지어 주지스님에게 건넨 시문이다.

風輕雲淡雨晴時(풍경운담우청시)

起向紫門步更遲(기향자문보갱지)

九十日春愁裏過(구십일춘수리과)

又孤西崦賞花期(우고서엄상화기)

산들바람 일고 옅은 구름비는 개었건만

사립문 향하는 걸음걸이 다시금 더디네

구십일의 봄날을 시름 속에 보내며

운길산 꽃구경은 시기를 또 놓쳤구나

한음 선생의 시를 음미하며 수종사 평상에 앉아 두물머리를 내려다본다. 자욱한 안개의 영향으로 강물은커녕 양수리 시가지도 보이지 않았다. 이런 와중에 힘 빠진 다리를 이끌고 운길산 정상까지 올라야 하나? 내년을 기약할 수 없는 나이가 됐으니 오늘 수종사에서 되돌아가면 다시는 운길산 정상에 오르기는 힘들 것 같았다. 마음을 다잡고 발걸음을 옮겨놓기 시작했다. 수종사에서 오래 동안 휴식을 취한 덕분에 죽을 만큼 힘들지는 않았다. 정상에 올라 반대편 골짜기를 내려다보니 온 산이 흰 눈으로 덮여 있었다. 아직도 봄은 멀리 있는 것처럼 보였다. 운길산 정상에는 옛날에 없던 전망대를 설치해 두었다. 전망대에서 사방을 둘러보았지만 온통 안개만 자욱했다. 하지만 해발 610m 정상에 세워둔 「운길산 설명서」 글씨는 또렷하게 보였다.

"구름이 가다가 산에 걸려서 멈춘다고 하여 '운길산'이라 불린다, 강원도 금강산에서 발원하여 화천·춘천을 거쳐 약 371km를 흘러내려온 북한강물과 대덕산에서 발원하여 영월· 충주를 거쳐 흘러내려온 남한강물이 서로 만나는 지점에 위치하고 있어 산수(山水)가 수려하게 조화를 이루고 있다."

아직도 내 몸은 쓸 만하다고 자위하며 산을 내려오기 시작했다. 이날따라 까막까치의 울음소리가 요란했다. 한해의 정국은 시끄러울 것이 분명해 보였다.

은혜에 감사하는 마음

아래의 글은 제가 1981년 2월 교회에 등록한 후 아동부 교사 2년차인 1983년 5월15일 주일 날, 당시 아동부 전도사님과 아동부 부장 정영기 장로님에게 떠밀려 생애 처음으로 아동부 어린이들에게 설교한 내용입니다.

*성경 말씀---------<누가복음 17:17~19>

예수께서 대답하여 가라사대 열 사람이 다 깨끗함을 받지 아니하였느냐 그 아홉은 어디 있느냐 이 이방인 외에는 하나님께 영광을 돌리려 돌아온 자가 없느냐 하시고 그에게 이르시되 일어나 가라 네 믿음이 너를 구원하였느니라 하시더라

*설교제목---------<은혜에 감사하는 마음>

어린이 여러분, 여러분들은 지금까지 살아오면서 몸이 아파서 누워있거나 병원에 입원해본 적이 있을 줄 압니다. 또는 아픈 가족이나 친구들을

위문하러 가본 적이 있을 것입니다. 여기 선생님도 어릴 때 아파서 집 안에 누워있었던 때가 있었는데 바깥에서 뛰어놀고 있는 친구들의 소리를 들으면 나도 바깥에 나가서 놀고 싶어 미칠 지경이었습니다. 이와 같이 몸이 아파 누워있는 사람의 소원은 그 병을 고쳐주는 것이 가장 큰 소원입니다. 이렇게 우리가 몸이 아플 때 고쳐주는 사람은 수술이나 약으로 고쳐주는 의사 선생님, 간호와 정성으로 고쳐주는 부모님, 기도와 말씀으로 고쳐주는 교회학교 선생님 등을 말씀드릴 수가 있습니다.

옛날 미국에 웹스터 교회에 자비스라는 교회학교 선생님이 계셨어요. 자비스 선생님은 20년을 한 주일도 빠지지 않고 열심히 교회에 나와서 어린이들을 가르쳤습니다, 그런데 하루는 병이 나서 꼼짝 못하시고 교회에도 못 가게 되었어요. 자비스 선생님에게는 예쁜 안나라는 딸이 있었습니다. 안나는 아픈 엄마에게 "엄마 어디가 아프세요, 의사 선생님을 불러 올까요?" 하고 엄마를 위로하였지만 엄마의 병은 더해만 갔습니다. 자비스 엄마는 안나를 불러놓고 "안나야, 너 엄마 없어도 혼자 살 수 있지?" 이렇게 물으셨어요. "엄마 안 돼, 나 혼자 못살아 엄마가 있어야 돼." 안나는 흐느껴 울었습니다. 자비스는 몇 마디 말씀하지 못하고 돌아가셨습니다. "엄마 나는 어떻게?" 안나는 엄마의 말을 잘 듣지 않고 순종하지 않았던 생각이 났어요. 심부름도 안하고 공부도 잘 안했던 것이 후회가 되었어요. 안나는 엄마가 좀 더 살아계셨으면 엄마 말씀을 잘 들었을 텐데 하고 한탄했어요. 그런 일이 있은 후 교회에서 자비스 선생님의 추도예배가 있었습니다. 안나는 돌아가신 엄마를 어떻게 하면 기쁘게 하여 줄 수 있을까 하고 생각하였습니다. 그래서 안나는 엄마가 제일 좋아하던 카네이션 꽃을 달고 가기로 했습니다. 안나는 자기뿐만 아니라 추도식에 참석한 모든 사람에게 카네이션을 달아 주었습니다. 이것이 유래되어 어버이날에 카네이션을 달아드리고 있습니다. 오늘은 스승께 감사하는 날이니 모든 선생님께 카네이션을 달아드리는 감사한 마음을 갖는 어린이가 됩시다.

오늘 본문 누가복음 17장 11절부터 19절 말씀을 보면 예수님께서 문둥병자를 고쳐주신 이야기가 있습니다. 무서운 문둥병에 걸린 사람은 옛날이나 오늘이나 사람들이 살지 않는 산이나 들에서 따로 살아야 해요. 문둥병자들이 간혹 동네에 내려오면 돌멩이로 때려서 쫓아냈지요, 하루는 예수님께서 어떤 동네를 지나가시는데 불쌍한 문둥병자 열 명이 멀리서서 예수님을 불렀어요. '예수님, 예수님 문둥병에 걸려서 죽게 된 우리들을 고쳐주세요.' 열 명의 문둥병자들은 안타깝게 손을 흔들면서 애원했어요. '어서 제사장에게 가서 너희 몸을 보여주어라.' 예수님의 말씀을 들은 열 명은 제사장이 있는 성전으로 달려갔어요. 그때 뛰어가던 문둥병자 한 사람이 갑자기 걸음을 멈추었어요. '야! 내 몸 좀 봐, 깨끗하게 됐어.' '어, 내 몸도 깨끗하게 나았어.' '여보게 이러고 있을 것이 아니라 빨리 제사장에게 보이고 집으로 갑시다.' '그러세 어서어서

가보세.' 문둥병이 나은 사람들은 좋아하며 달려갔어요. 그런데 그 중 한 사람은 '아니 이럴 것이 아니라 더러운 내 문둥병을 고쳐준 예수님께 가서 먼저 감사를 드려야겠군.' '예수님, 예수님 감사합니다.' '제 병을 깨끗하게 고쳐주서서 정말 고맙습니다.' 그 사람은 땅에 엎드려서 예수님께 감사드리고 하나님을 찬양했어요. 예수님께서는 '문둥병을 고침 받은 사람은 열 사람인데 당신 한 사람만 와서 감사를 하는군요.' 예수님은 엎드려 감사하는 사람을 보시고는 '당신의 믿음이 당신을 구원하였소.' 은혜에 감사하는 마음을 가진 한 사람은 아홉 사람이 얻지 못한 우리 영혼의 구원까지 받게 되었습니다.

어린이 여러분!

우리 어린이들도 감사할 줄 모르는 아홉 명의 문둥병자처럼 되지 말고 받은 은혜에 감사하는 사마리아 문둥이처럼 되어야겠습니다. 우리들이 어려운 처지에 당했을 때 이를 해결해준 사람, 즉 지금까지 나를 낳아서 길러주신 부모님, 나에게 지식을 가르쳐 주시는 학교 선생님, 영혼의 구원을 알게 하신 교회 선생님, 우리에게 영생을 주신 예수님, 모두에게 항상 감사하는 어린이가 되도록 합시다.

특히 오늘은 스승의 날입니다. 나에게 지식을 가르쳐 주시고, 나의 갈 길을 인도하여 주시는 선생님, 항상 훌륭한 사람이 되도록 기도하여 주시는 선생님께 감사하는 어린이가 되기를 축원합니다.

6부

순종이 제사보다 낫다

1992년 2월 직장(농협중앙회)에서 승진되어 대구시내 조그만 지점의 지점장을 맡아 현지에 부임했다. 큰딸이 대학입시 준비를 하고 있던 시기라 소형 아파트를 빌려 홀아비 생활에 들어갔다. 한편 교회에서는 교인들의 헌금을 관리하는 재정집사의 직책을 맡았다. 전년도연말 정책당회가 시작되기 전에 내년에는 지방으로 내려갈 것이 확실시 되니 재정을 관리하는 직책은 빼달라는 부탁을 했지만 마땅한 사람이 없다는 핑계로 기어이 나를 재정집사로 임명했다. 재정집사의 직책은 아주 특별한 사정이 없는 한 주일은 하루 종일 교회에 붙어 있어야 하는 자리다. 아무리 생각해도 대구를 왕복하면서 재정을 담당하는 것은 무리였다. 재정담당 장로님께 건의를 해 보았지만 이미 교인들에게 발표된 일이니 능력껏 감당하라는 답변만 되돌아왔다. 물은 이미 엎질러졌고 남은 것은 나의 마음의 결단이었다. 며칠을 기도하며 생각했다. "그래 순종이 제사보다 낫다."고 했으니 힘닿는 데까지 해 보자. 말씀에 의지하여 마음을 고쳐먹으니 못할 것도 없다는 생각이 들었다.

　부임하던 날 아내가 함께 대구에 내려와서 부엌살림을 몇 가지 준비해 놓고 상경했다. 곧바로 토요일이 다가왔다. 세탁해야 하는 Y셔츠 몇 벌과 읽던 책 한 권을 가방에 주섬주섬 담아 동대구역으로 향했다. 먼저 한 달치 왕복 새마을호 기차표를 예매했다. 동대구역에서 토요일 13시30분 출발, 다음날(주일) 밤 11시 20분 서울역 출발. 기차표만 확보하면 일단은 안심이 됐다.

　토요일이 되면 서울로 올라갈 마음에 일손이 잡히지 않았다. 점심밥은 배가 터지게 많이 먹었다. 그리고는 사무실 업무는 차장에게 맡기고 부리나케 승용차를 타고 동대구역으로 향했다. 이때쯤 동대구역은 언제나 북새통이었다. 나를 태워준 승용차는 사무실로 돌아가고 나는 긴 줄 뒤에 서서 개찰을 기다리다 해당 열차가 도착하면 재빨리 탑승했다. 정해진 좌석을 찾아 의자를 최대한 뒤로 젖히고 곧바로 낮잠을 청했다. 점심밥을 많이 먹은 덕분에 금방 잠이 들었다. 그러나 낮잠은 오래 가지 못했다. 구미나 김천쯤에 가면 잠이 깼다. 지나간 시간은 1시간도 안됐다. 동대구에서 서울까지 3시간10분이 걸리는데 남은 시간은 무척이나 지루했다. 할 수 없이 가방 속에 넣어둔 책을 꺼냈다. 서울역에 도착하면 책장의 마지막 페이지가 넘어갔다. 전철을 타고 또 버스를 갈아타고 집에 도착하면 빨라야 저녁 7시였다.

다음날은 휴일이지만 늦잠을 잘 수가 없었다. 교회에 가는 주일이다. 아내는 성가대, 딸들은 주일학교, 나는 헌금관리, 네 식구가 뿔뿔이 흩어져 주어진 일을 마치고 저녁 식사 때나 모두 만났다. 재정집사인 나는 예배시간이 끝나자마자 헌금주머니를 재정부실로 옮겨갔다. 재정부장 장로님이 기도 후 헌금주머니에서 헌금을 꺼내 종류별(십일조, 감사헌금, 선교헌금 등)로 분류하여 그날 총 헌금액이 얼마인가를 확인하고 현금 계수에 들어간다. 현금은 손 빠른 여자집사님들의 도움을 받아 지폐와 동전을 구분하여 집계했다. 당시는 교회에 지폐계수기도 없고 동전 세는 도구(일명 짤짤이)도 없어 많은 시간이 걸렸다. 이렇게 수금된 헌금금액이 확정되면 각 부서에서 필요한 금액을 지출하고 난 후, 수입· 지출·잔액이 일치하면 그 내역을 장부(총계정원장)에 계정과목별로 기록하고 잔액은 현금을 관리하는 재정집사가 다음날 거래은행에 입금시킨다. 이렇게 하면 한 주일의 회계업무가 끝난다.

재정집사는 현금담당자와 기록담당자를 구분해서 임명하였으나 주일 날 헌금을 계수하고 지출하는 업무는 두 사람이 함께 처리하였고 다만 한 달에 한 번씩 교인들에게 보고 하는 재정보고는 기록회계인 내가 보고했다. 그래서 내 업무는 주일 날 모든 것을 완벽하게 마쳐야 했다. 만약 주일 날 끝내지 못하면 교회 장부를 싸들고 대구로 내려가서 사무실에서 교회 일을 해야 했다. 내 성격에 교회 일을 사무실에 갖고 가서 하기에는 내 자존심이 허락하지 않았다.

이렇게 교회 일을 끝내고 저녁 식사를 마치면 돌아서서 서울역으로 향했다. 저녁 7시에 시작하는 저녁예배는 갈 엄두도 내지 못했다. 서울역에서 11시20분 기차를 타려면 늦어도 10시에는 집에서 나서야 했다. 떨어지지 않는 발걸음을 억지로 옮겨 놓기 시작하면 잡다한 생각들이 마음을 어지럽게 했다. 새벽 3시 동대구역에 도착할 때까지 무슨 방법으로 시간을 보낼 것인가? 새벽 3시에 빈 아파트에 도착하면 출근시간까지 잠이 올까? 아침 식사는 당연히 건너뛰겠지, 그러면 점심때까지 배는 얼마나 고플까? 이런저런 생각들을 하는 사이 기차는 동대구역에 도착했고 심야택시를 집어타고 아파트 앞에 내렸다. 텅 빈 아파트 현관문을 열고 들어가기가 섬뜩하다. 그래도 들어가야지 방법이 없잖아? 새벽잠은 사무실 기사가 벨을 울릴 때까지 비몽사몽이다. 사무실에 도착하여 시설장실 내 자리에 앉으면 다시 일주일이 시작된다.

이런 일이 2년간 반복됐다. 나는 한 번도 교회를 빠진 날이 없었다. 2년 동안 서울 대구 간을 100회 이상 왕복하는 것은 결코 쉬운 일이 아니었다. 내가 중학생 시절(1959~1961) 시골길 왕복 20리를 3년간 개근하는 것보다 훨씬 힘든 일이었다. 서울과 대구를 2년 동안 왕복하는 사이 어려운 일도 많았지만 얻은 것도 많았다. 가장 난처한 경우는 1993년 봄 나와 함께 근무하는 여직원 결혼식에 참석하지 못한 것이다. 미리 본인에게 양해를 구하고 사무실 모든 직원에게도 나의 사정을 이야기했지만 내 마음은 편치 못했다. 그리고 예기치 못한 기쁜 일은 1992년 초여름 어느 토요일 당시 우리 교회 중등부 전도사로 사역하던 박영근 전도사(현 염천교회 위임목사) 결혼식이 대구에서 거행되어 많은 교우들이 대형버스를 타고 축하하러 온 때가 있었다. 이날 나는 미리 예식장에 도착하여 신랑신부에게 축하인사를 하고 버스에서 내리는 교우들과 일일이 악수하며 반가이 맞았다. 주일 날 교회에 출석하여 교우들을 만나는 기쁨보다 객지에서 만나는 기쁨은 비교가 안될 만큼 컸다. 그날 나는 모처럼 기차를 타지 않고 버스를 타고 서울로 왔다. 내 옆자리에는 1974년 11월2일 이화예식장에서 결혼식을 올렸던 최계식 권사가 앉아 있었다. 기차를 탈 때처럼 억지로 낮잠을 자려고 애쓰지 않았지만 내 머리는 자연스럽게 최 권사의 어깨 쪽으로 기우려졌다.

그리고 2년을 왕복하면서 얻은 가장 큰 수확은 수많은 책을 읽은 것이다. 당시 유행처럼 출판했던 기업총수들의 자서전은 거의 빠짐없이 다 읽었다. 이건희 회장의 『마누라 자식 빼고 다 바꿔라』, 정주영 회장의 『시련은 있어도 실패는 없다』를 비롯하여 대우그룹 김우중 회장. LG그룹 구자경 회장 등, 그분들의 기업경영에 대한 노하우를 읽고 지점장으로서 자질을 갖추는데 많은 도움을 얻었다.

돌이켜보면 참으로 희한한 일이다. 당시는 가끔 휴일 날이나 토요일 오후에 지점장회의도 하고 윗분이 지점장을 찾기도 했다. 내가 토요일만 되면 영업시간이 끝나기도 전에 서울로 올라간다는 사실은 내 윗분도 알고 계셨다. 그러나 그분은 한 번도 이일을 거론하거나 질책하지 않았다. 내 등 뒤에는 보이지 않는 손이 나를 지키고 있었기 때문이었으리라. "맡은 자에게 구할 것은 충성이요, 순종이 제사보다 낫다."는 말씀이 다시 내 가슴을 달군다.

어여쁜 여인과 함께 걷는 꽃길

너의 행복 하나

고이 지켜 주겠다고

새끼손가락 걸어

굳게 맹세했었는데

나에게 시집와서

고생만 시킨 것 같아

…

여보, 정말 미안해

너를 위해서라면 저 하늘의 달과 별이라도

성큼 달려가 따오겠다고 호언장담했었는데

들꽃 한 묶음도 정성껏 안겨주지 않아

여보, 너무 미안해

-정연복의 「여보, 미안해」

해방이 되고 서구의 물결이 밀려들어 연애라는 과정을 거쳐 결혼한 남자들의 다짐이 고스란히 담긴 시다. 아마도 이런 거짓말(?)로 여자의 마음을 녹여 결혼한 남자들이 부지기수로 많을 것이다. 나 역시도 이런 부류에 속하는 허풍쟁이 남자다. 우리 부부는 지금으로부터 50년 전 1974년도에 결혼했다. 긴 세월 동안 어디 행복하고 기쁜 일만 있었겠는가? 아마도 힘들고 어려운 일이 훨씬 더 많았겠지. 그런 가운데서도 자식을 낳고 그들이 출가하여 내년이면 손녀가 대학생이 될 정도로 장성했다.

아내는 아들 셋인 집 안의 고명딸로 태어나 21살의 꽃다운 나이에 나와 결혼했다. 철없던 시절 육남매의 맏며느리가 되었으니 그 고충을 누가 알았을까? 평생 변변찮은 월급으로 두 딸을 피아니스트로 키우느라 경제적으로는 얼마나 힘들었을까? 이런 생각들이 주마등처럼 머릿속을 스치고 지나간다.

금혼식 때는 금화나 금으로 만든 화관을 선물로 준다는데 그럴 위인이 못되는 것이 미안하고 안타깝다. 달과 별이라도 따주겠다고 호언장담 했지만 생일 꽃 한 다발도 제대로 안겨주지 못한 사람이 아닌가? 금혼식에는 어떤 이벤트를 할까? 혼자서 여러 가지 생각을 해본다.

가족들이 함께 모여 맛난 식사나 하고 간단히 끝낼까?

교회 목사님 주례로 리마인드 웨딩을 해볼까?

함께 해외여행을 다녀올까?

머리가 복잡했다. 몇 달 뒤의 일보다 당장 지금이 즐겁고 행복해야 되겠다는 생각에 1박2일 나들이를 떠났다. 가평 설악에 펜션을 예약하고 아내가 운전하는 차를 타고 먼저 호명호수로 향했다. 나는 직장에서부터 다른 사람이 운전하는 차만 탔기 때문에 운전에는 영 자신이 없다. 따라서 나는 3보 이상 구보, 아내는 3보 이상 승차다. 군대로 치면 나는 보병이요 아내는 포병이다. 그러거나 말거나 아내가 운전하는 차를 타고 가는 기분은 더할 나위 없이 즐겁고 행복하다. 호명호수에 올라 신혼시절을 회상하며 2인용 자전거를 타고 호수 둘레길을 한 바퀴 돌았다. 2km 쯤 되는 둘레길을 30여분 동안 느릿느릿 돌았다. 연애시절 둘이서 자전거를 타고 시골길을 달리던 생각이 났다. 그때는 왜 그렇게 시간이 빨리 가던지? 둘레길 꽃나무 앞에선 얼굴을 마주보며 사진도 찍고 하늘을 찌르는 전나무 숲에 앉아선 신혼여행 간 날들을 떠올려 보기도 했다. 몇 번을 생각해도 재미있는 일은 신혼여행 첫날 나는 피곤해서 침대에서 골아 떨어져 자고 아내는 화장실에서 울며 훌쩍거린 사건이다. 연애할 때는 아무런 느낌이 없던 6남매의 맏며느리란 위치가 결혼이란 문턱을 넘고 보니 어린 송아지가 멍에를 맨 기분이었단다. 이 또한 지나간 일이니 이제는 웃을 수 있다.

해가 뉘엿뉘엿 서산으로 넘어 갈 때쯤 설악 읍내로 이동하여 닭갈비와

막국수로 허기진 배를 빵빵하게 채우고 예약한 펜션을 찾아갔다. 꾸불꾸불 산길을 돌아 찾아간 펜션은 북한강이 내려다보이는 산 아래 하얀 화이트 하우스였다. 펜션 내부는 고급호텔 못지않았다. 펜션은 젊은 남녀들로 꽉 찼다. 올드커플이라고는 우리가 유일했다. 강변에 설치된 휴게실에 앉아 유유히 흐르는 강물을 바라본다. 끊임없이 흘러가는 강물처럼 우리들의 시간도 저렇게 흘러갔다. 조용한 강물도 밑바닥에는 수많은 소용돌이가 있을 것이다. 우리가 살아온 길도 많은 시련이 있었지만 남이 보기에는 평탄한 삶처럼 보였을 것이란 생각이 들었다.

어둠이 깔리자 펜션 안 소파에 둘이 마주 앉았다. 희미한 전등불 아래에서 아내의 얼굴을 바라본다. 얼굴은 주름이 지고 머리칼은 희끗희끗 서리가 내리고 손등에는 반점이 생긴 완전 할머니로 변했다. 가는 세월을 어느 누가 막으랴 마는 모든 것이 내 탓이란 생각에 마음이 숙연해졌다. 지난 이야기는 해도 해도 끝이 없다. 집 안에 같이 있을 때에는 대화 몇 마디로 하루를 보냈는데 펜션에서는 밤새도록 이야기가 이어졌다. 금혼식 이벤트는 알래스카 크루즈 여행으로 결론이 났다. 웃고 울다 밤 열두시가 넘어서 잠자리에 들었다.

다음날 아침 늦게 일어났다. 간단한 아침 식사를 하고 가평 자라 섬 꽃 축제장으로 향했다. 5. 25.~6. 16.까지 축제기간이라 사람들이 무척 많았다. 가평군민이 아닌 외부인들에게는 7000원의 입장료를 받았다. 기분이 조금 찝찝했지만 일부는 지역상품권으로 되돌려줬다. 꽃밭은 매우 넓고 종류도 다양했다. 꽃양귀비, 유채꽃, 메리골드, 블루에로우, 수국 등 종류별 꽃밭을 따로 조성하여 보는 즐거움을 더했다. 꽃양귀비 밭에 지나가는 여인들은 모두 양귀비처럼 예뻐 보였다. 아내도 얼굴은 할머니로 변했지만 내 눈엔 여전히 양귀비처럼 예쁘다. 팔불출 소리를 들어도 어쩔 수 없다. 한편 호수가 바라보이는 포토존에는 기념사진을 찍으려는 사람들이 줄을 서서 기다리고 있었다. 아내도 잔뜩 폼을 잡고 꽃양귀비를 비롯한 몇 종류의 꽃밭에서 기념사진을 찍었다. 몇 년 전 시니어모델 교육받았던 실력을 십분 발휘했다. 이날 한나절은 세상에서 가장 어여쁜 여인과 함께 아름다운 꽃길을 걷는 행복한 시간이었다. 집으로 돌아오는 길, 아내가 운전하는 차 안에서 당나라 시인 백거이(白居易)의 장한가(長恨歌) 한 구절을 떠올리며 우리들의 앞날에 천년의 시간이 주어지길 기도했다.

在天願作比翼鳥(재천원작비익조)

在地願爲連理枝(재지원위연리지)

天長地久有時盡(천장지구유시진)

次恨綿綿無絶期(차한면면무절기)

하늘에서는 비익조가 되기 원하고

땅에서는 연리지가 되기를 원하네

높은 하늘 넓은 땅 다할 때가 있건만

마음속에 품은 이 한이야 면면히 끊일 날이 없으리

주) 비익조-암컷과 수컷이 각각 눈과 날개를 하나씩만 갖고 있어서 짝을 지어야만 날

수 있다는 중국 전설 속의 새

연리지-뿌리가 다른 나뭇가지들이 서로 엉켜 마치 한 나무처럼 자라는 것

어머니 생각

사랑에 눈 먼 한 젊은이가 있었습니다. 그는 연인에게 변하지 않을 사랑을 고백했고 연인은 자신을 진정으로 사랑한다면 어머니의 심장을 가져오라고 했습니다. 당장 집으로 달려간 그는 어머니의 심장을 빼앗아 연인이 있는 곳으로 향했는데 너무 서두른 탓에 그만 돌부리에 걸려 넘어지면서 어머니의 심장도 길가에 내동댕이치고 말았습니다. 그러자 어머니의 붉은 심장이 말했습니다. "얘야! 어디 다친 데는 없냐?"

영국문화협회가 세계 102개 영어권 국가의 국민 4만 명을 대상으로 '가장 아름다운 영어 단어'를 묻는 설문조사를 했습니다. 그 결과 가장 아름다운 단어로 선정된 말은 Mother(어머니)였습니다. 어디 영어권에서만 어머니란 단어가 아름다운 것이겠습니까? 아마도 세계 모든 사람들이 가장 아름답게 느끼는 단어가 어머니일 것입니다.

사람은 누구나 따뜻한 것을 좋아합니다. 차가운 겨울날 따뜻한 아랫목이 좋고 따뜻한 목욕물에 몸을 담글 때 기분이 좋아집니다.

겨울날의 따뜻한 커피 한 잔은 온몸을 훈훈하게 합니다. 다른 사람의 손을 잡을 때 따뜻한 온기가 느껴지면 마음마저도 훈훈해집니다. 이 모든 따뜻함을 가지고 계시는 분이 어머니입니다. 아마 이런 연유로 어머니란 단어가 가장 아름다운 단어로 뽑히지 않았나 생각됩니다.

설문조사에서 나타난 가장 아름다운 단어 2위는 Passion(열정), 3위 Smile(미소), 4위 Love(사랑) 5위 Eternity(영원) 이런 순서로 선정되었습니다. 삶의 의욕을 불태우는 열정도, 어린아이의 천진스런 미소도 그리고 남녀 간의 달콤한 사랑도 어머니의 따뜻한 손길만 못하다는 것이죠.

내 어머니는 한 평생을 고향시골에 사시다 연세가 80이 되어 우리 집으로 오셨다. 고향에 동생들이 많지만 인생의 마지막은 맏아들인 우리 집에서 보낼 것을 소원하셨다. 시골에만 사시던 어머님이 서울 아파트로 오시니 우리 부부는 걱정이 많았다. 당시 아내와 나는 둘 다 직장 생활을 하고 있어 하루 종일 빈 집에 어머니 혼자 남겨두고 출근하는 발걸음이 가볍지 못했다. 어떻게 하면 어머니에게 소일거리를 찾아드릴까 곰곰이 생각하기 시작했다.

궁하면 통한다 했던가? 그동안 내 눈에 띄지 않던 아파트 관리 동 2층에 경로당이 있음을 알게 됐다. 경로당 관계자의 허락도 없이 어머니를 모시고 경로당으로 갔다. 경로당 총무 할머니는 내 예상과는 달리 반갑게 어머니를 맞이했다. 이렇게 경로당에 발을 들여놓은 어머니는 4년 동안 친구들과 재미있는 생활을 하셨다. 경로당에서는 매일 따뜻한 점심을 지어 주셨고 정기적으로 동네 목욕탕에 모시고 가서 목욕을 시켜드리고 미용사들을 불러 파머까지 해 드렸다. 한편 매년 5월 어버이날을 전후해서는 부녀회에서 삼계탕을 끓여 건강까지 챙겨드렸다. 우리 부부는 이 모든 일이 고맙고 감사하여 가끔 과일을 사들고 경로당을 찾아가면 할머니들은 박수를 치며 환영했다. 평생 농사짓고 살던 어머니는 아파트 경로당에서 즐거운 시간을 보내고 계셨다.

이렇게 시간을 보내고 있던 중 어머니의 연세가 84세가 되던 2007년 5월 아버지의 기일을 맞아 어머니를 모시고 아버지 산소에 성묘를 갔다. 아무래도 더 정신이 혼미해지기 전에 한 번 다녀오는 것이 좋을 듯하여 무리한 일정을 감행했다. 포항에 살고 있는 동생들이 모두 모여 아버지 산소에서 성묘를 하신 어머니는 산 중턱 높은 곳에 있는 할머니 산소를 보고 싶어 하셨다. 아들 모두가 말렸지만 이번 기회가 아니면 또다시 기회가 없을 것이라는 말씀에 말리지도 못하고 우리 형제들이 부축해서 다녀왔다. 숨을 헐떡거리며 내려오신 어머니는 이제야 마음이 편안하다는 말씀을 하셨다. 성묘를 다녀온 후 우리 부부는 동생에게 어머니를 맡기고 동해안에서 이틀 밤을 보냈다. 청하 보경사를 비롯하여 울진 석류굴, 백암온천에서 마지막 밤을 보내고 어머니가 계시는 동생 집으로 돌아왔다. 당시 어머니는 약간의 치매기가 있어 아침에 일어나시면 가끔 옷 보따리를 싸들고 현관 앞에 앉아계셨다. 그리고 우리가 일어나면 포항으로 데려다 달라고 때를 부리셨다. 그런데 동생 집에 와서는 보따리를 싸서 서울로 데리고 가달라고 때를 부리셨다. 치매라는 병이 사람의 정신을 무척 혼란스럽게 했다. 동생들은 얼마 남지 않은 어머니와 오랜 시간을 보내기를 원했지만 아무도 어머니의 고집을 꺾을 수가 없었다. 아내가 운전하는 승용차를 타고 다섯 시간 만에 서울 집에 도착한 어머니는 곧바로 잠이 들었다. 다음날 아침 늦게 일어나 거실에 나오니 어머니가 화장실 앞에 앉아 계셨다. 어머니가 앉은 자리에는 물이 흥건하게 고여 있었다. 그러나 자세히 보니 그것은 물이 아니라 어머니가 쏟아낸 오줌이었다. 소변을 보러 화장실에 가시던 어머님은 화장실 앞에서 넘어져 고관절이 골절됐다. 이 일로 응급실로 들어가신 어머니는 수술을 받으시고 재활요양병원으로 이송됐다. 요양병원에서는 각종 기구를 활용하여 재활운동을 해야 한다. 그러나 어머니는 침대에 누워있는 것이 편하니 하루 종일 침대 곁을 떠나지 않았다. 아내와 내가 일주일에 두 번씩 찾아가서 억지로라도 재활운동을 시도했으나 아들 말도 듣지 않았다. 이렇게 6개월 동안 요양병원에 계시던 어머니는 2007년 9월 84세의 일기로 세상을 마감했다.

해마다 5월은 다가온다. 교회에서는 5월 둘째 주를 어김없이 어머니

주일로 지킨다. 찬양대에서는 〈어머니의 넓은 사랑〉 찬송가가 울려 퍼진다. 내 나이 이제 어머니의 연세에 가까이 왔다. 치아도 자주 아프고 안구건조증이 심하여 눈이 매우 불편하다. 남들이 나보고 건강하다고 하나 수시로 병원을 들락거린다. 그러나 어머니는 돌아가실 때까지 어디가 아프다고 병원에 데리고 가달라고 보챈 적이 없었다. 아마도 아들, 며느리 눈치 보느라 아프다는 말씀을 못하고 지내신 게 아닌가 모르겠다. 내가 어머니의 나이가 되어보니 평생 불효자로 살아온 내가 죄송스럽기 한이 없다. 어머니의 따뜻한 손길이 그리워지는 푸른 오월이다.

어머니의 넓은 사랑 귀하고도 귀하다

그 사랑이 언제든지 나를 감싸줍니다

내가 울 때 어머니는 주께 기도드리고

내가 기뻐 웃을 때에 찬송 부르십니다

『한시외전(韓詩外傳)』에도 "나무는 고요하고자 하나 바람이 그치지 않고, 자식은 효도하고자 하나 부모는 기다려 주지 않는다"는 말씀이 있다.

樹欲靜而風不止(수욕정이풍부지)

子欲養而親不待(자욕양이친부대)

어머니 생각 255

"나실 제 괴로움 다 잊으시고 기르실 때 밤낮으로 애쓰는 마음…."
소리 내어 어머니 노래를 불러보자.

은혜의 강물 속에서

1981년 2월 둘째 주일 교회에 등록한 나는 곧바로 6주 동안 새신자 교육을 받고 추수감사절에 세례를 받았다. 그리고 연말이 다가오자 각종 자치회마다 총회를 개최했다. 당시 우리 교회 남자 성도들은 두 개의 선교회로 나누어져 있었다. 36세 이상은 베드로선교회, 35세 이하는 바울선교회라는 명칭으로 활동하고 있었다. 나는 그때까지도 남선교회, 여전도회가 무슨 일을 하는지 알지도 못하고 목사님이 남선교회 활동을 하라니까 내 나이가 속한 바울선교회에 들어가서 매월 개최하는 월례회에 참석하여 회비를 내고 함께 어울려 다녔다. 추수감사절이 지나고 찬바람이 불어오는 늦은 가을 주일예배가 끝나고 남선교회 총회에 함께 참석하자는 권유를 받았다. 그날 총회는 교회에서 하는 것이 아니고 신내동에 소재한 박희전 장로(당시는 서리집사였음) 댁에서 저녁 식사를 곁들어 회의를 개최했다. 당시 박희전 장로는 신내동에서 가정용 밥상을 비롯한 각종 상(床)을 만드는 공장을 운영하고 있어 마당이 넓은 집이었다. 회원 10여명이 모여서

회의를 한다는 것이 새로운 회장과 총무를 선출하는 것이 전부였다. 새로운 회장 선출에 들어가자 모두가 나를 회장으로 밀어붙였다. 참석한 회원들이 미리 입맞춤을 하고 온 듯했다. 이렇게 해서 서리집사 임명도 못 받은 내가 1983년도 흰돌교회 바울선교회를 이끌어가는 제2대 회장이 됐다.

회장을 맡았지만 평소에는 별로 할 일이 없었다. 한 달에 한번 월례회를 주관하는 일을 빼고는 자체 행사는 많지 않았고 대부분 장로들이 소속된 베드로선교회와 함께 하는 행사에 부지런히 참석하기만 하면 됐다. 그러나 교회의 시간은 빨리 갔다. 따뜻한 봄날이 지나고 많은 직장인들이 휴가를 즐기는 여름철이 다가왔다. 여름휴가는 가족들이 함께 즐기는 것이 대부분, 교회 성도들이 함께 휴가를 가는 일은 극히 드문 시절이었다. 내가 남선교회 회장을 맞고 보니 여름철 뜨거운 날에 우리 회원들이 함께 야외에서 교제하며 즐기다 보면 더욱 친밀한 사이가 될 것이란 생각이 들었다. 이런 생각을 머리에 넣고 함께 야외에서 즐길 수 있는 날짜와 장소 물색에 들어갔다. 날짜는 7월 17일(토요일)로 잡았다. 당시는 제헌절이 공휴일로 지정되어 있어 금요일 저녁에 출발하여 토요일 하루를 즐기고 그날 돌아와 주일예배에 참석하면 아무런 차질이 없을 듯했다. 다음은 장소가 문제였다. 서울 근교에 유원지에 대하여 문외한인 내가 아무리 생각해도 어디가

물놀이 장소로 적합한지 종잡을 수가 없었다. 이 방면에 대해서는
일찍부터 서울서 공장을 운영하며 영업을 하고 있던 박희전 장로가 잘
알 것 같았다. 아니나 다를까 박희전 장로는 곧바로 경기도 현리 조종천
물가에 넓은 모래사장이 있다며 그곳을 추천했다. 우리는 대강 이러한
계획을 가지고 당시 부목사로 계시던 황장옥(黃章玉) 목사님과 의논에
들어갔다. 목사님은 쌍수를 들어 환영한다며 기꺼이 함께 가시겠다고
약속했다.

1982년 7월 16일 (금요일) 나는 점심 식사 후 곧바로 퇴근했다.
회사에는 집 안에 일이 있어 시골에 내려가야 한다는 핑계를 댔다. 퇴근
후 박 장로와 만난 우리는 내일 하루 종일 먹을 회원들 먹거리 준비에
들어갔다. 아내가 시장을 봐주겠다고 따라나섰다. 박 장로의 타이탄
트럭을 몰고 주변시장을 돌아 한 트럭 가득히 실었다. 우선 제일 먼저
불고기용 돼지고기와 이에 따른 채소, 쌈장, 번개탄, 건축용 철망을
샀다. 밥과 돼지고기는 미리 양념을 해서 대형 플라스틱 통에 담고, 집
안에 담가 두었던 김치도 몽땅 싣고, 수박 참외 복숭아 등 과일도 잔뜩
샀다. 먹거리 뿐만 아니라 밤에 잠자리에 필요한 담요, 이불, 모기장에
모기향까지 준비하니 한 트럭은 족히 되는 듯했다. 이렇게 준비한 후 박
장로와 나는 선발대로 출발하여 현리 조종천 넓은 모래사장에 자리를
잡았다. 남은 회원들은 또 다른 회원의 트럭을 타고 해가 저물 때쯤에

도착했다.

한바탕 물놀이를 시작했다. 옛날 시골에서 물장구치며 놀던 때가 떠올랐다. 서울서 자란 친구들은 헤엄을 칠 줄 모르는 친구도 있었다. 친구들 몇 명이 모의하여 목사님 팔다리를 잡고 물속 깊이 들어가 물을 잔뜩 마시게 했다. 목사님은 연세가 우리보다 7~8세가 많으셨지만 친구처럼 대해주셨다. 우리는 목사님 물 먹이는 것이 재미있어 계속 목사님만 공격했다. 물속에서 지친 우리들은 허기진 배를 채워야 했다. 고추장 양념으로 무친 돼지고기를 굽기 시작했다. 번개탄 위의 철망에서 흰 연기를 뿜으며 익어가는 돼지고기를 상추쌈에 싸서 먹기 시작했다. 식은 밥 한덩어리와 고추장에 버물린 돼지고기는 천하의 어떤 요리보다 맛있고 기름졌다. 나는 이때보다 더 맛있는 돼지고기 구이를 먹어본 적이 없다.

후식으로 수박 몇 쪽과 커피 한 잔씩을 마신 우리는 성경공부에 들어갔다. 나는 목사님에게 성경 중에서도 가장 신학적 사상이 깊숙이 간직된 로마서 8장(이건 내 생각임) 강해를 부탁했다. 모래사장에서 촛불 몇 개를 켜고 앉은 우리는 한 두 시간 강해를 듣고 끝날 계획이었다. 그러나 목사님의 생각은 달랐다. 밤을 새더라도 로마서 전체(1장~16장)를 강해할 계획이었다. 당시 목사님은 말씀에 은혜를 받으셔서 시도 때도 없이 은혜의 말씀을 쏟아내실 때였다. 나 역시도 교회에 발을 들여놓고 한창 성경에 빠져 있을 때라 밤을 새며 성경을 읽어도 지루하지 않을 때였다. 로마서 1장1절 "예수 그리스도의 종 바울은 사도로부터 부르심을 받아 하나님의 복음을 위하여 택정함을 입었나니." 이렇게 시작된 로마서 강해는 새벽 2시쯤 1차로 끝이 났다. 우리는 각자 흩어져 혹자는 천막에서 혹자는 트럭 짐칸에서 대강 밤을 새고 다음날 아침 5시부터 다시 로마서 강해가 이어졌다. 우리는 부스스 눈을 비비고 목사님 주위에 둘러앉았다. 어제 밤 중단했던 강해가 시작됐다. 어느 누구도 피곤하거나 지친 기색이 없었다. 로마서 8장에 이르렀다. 갈수록 성경 말씀은 이해하기 힘들어 졌다. "육신을 따르는 자는 육신의 일을, 영을 따르는 자는 영의 일을 생각하나니(롬8:5), 육신의 생각은 사망이요 영의 생각은 생명과 평안이니라(롬8:6)." 육신을 따르는 자는 누구며, 영을 따르는 자는 누구인가? 당시 목사님이 어떻게 설명했는지는 전혀 기억이 없다. 그 후 40여년을 교회에 다니면서 성경을 읽고 설교를 들어본 후에야 이 세상에는 영적으로 세 종류의 사람이 있다는 것을 알았다. 육에 속한 사람, 육신에 속한 사람, 영에 속한 사람. 그날 성경공부는 로마서 8장까지 마치고 마무리 했다. 그래도 이틀 동안 공부를 했으나 머릿속에 한 구절은 새겨야겠다고 다짐을 했다. 성경 말씀을 쉽게 기억하는 법은 내 마음에 쏙 꽂히는 말씀을 암기하는 것이다. "우리가 알거니와 하나님을 사랑하는 자 곧 그의 뜻대로 부르심은 입은 자들에게는 모든 것이 합력하여 선을 이루느니라(롬8:28)." 이때 내 머리에 담은 말씀이다. 이 말씀을 가슴에 담고 다시 조종천 물속으로 들어갔다. 이때 흐르는 조종천의 강물은 그냥 냇물이 아니었다. 하나님의 은혜의 강물이 흐르고 있었다.

이렇게 시작된 바울선교회 여름 야유회는 우리 교회 남선교회 여름수련회 효시가 되어 지금까지 이어져 오고 있다. 다만 날짜는 제헌절이 공휴일에서 제외됨에 따라 8월14일부터 8월15일까지 진행되고 있다.

할아버지 장례 날

내 할아버지 (相自述자)는 1892년 이 세상에 오셔서 1958년 세상을 떠나셨다. 할아버지가 돌아가시던 해, 나는 초등학교 6학년이었다. 할아버지는 성질이 괴팍스럽다고 온 동네에 소문이 난 분이셨다. 불의에 대한 정의심이 강할 뿐 아니라 당신이 억울한 일에 처할 시는 여지없이 싸움을 걸고넘어지는 성격이었다. 그렇다고 당신의 행동거지가 올바른 사람도 아니었다. 농사가 끝난 겨울철이 되면 동네 젊은 사람들과 어울려 놀음으로 날밤을 세우며 송아지 한 마리 값 정도 날리는 것은 예사로 알았다. 한 번 놀음에 손대기 시작하면 누가 말려도 듣지 않았다. 쥐고기를 구워 먹일 정도로 귀여워하던 맏손자인 내가 사정해도 통하지 않았다. 할머니가 돌아가신 후에는 놀음뿐 아니라 외도에 정신이 팔려 손자보다 어린 아들을 낳기까지 했다. 그런 연고로 잠시 아버지와 헤어져 따로 사신 때도 있었다.

그렇다고 할아버지가 전혀 의리가 없는 분은 아니었다. 1945년 일제로부터 해방되던 때는 우리 뒷집에 살던 면장을 우리 집 다락방에 피신시켜 화를 면하게 한 일도 있었다. 해방 후 6.25 전쟁을 겪으면서 면장은 돌아가시고 우리 할머니도 돌아가셨다. 그 후 우리 뒷집에 살던 면장 댁은 부산으로 이사 갔고 우리 집은 고향에 머물러 계속 농사를 짓고 살고 있었다. 1958년 이른 봄 그 동안 왕래가 없던 부산 면장 댁에서 소식이 왔다. 면장 댁 할머니의 회갑잔치에 우리 식구들을 초청했다. 아버지 어머니는 농사일로 집 안을 비울 수 없어 할아버지만 닷세동안 부산을 다녀오셨다.

부산을 다녀오신 할아버지는 얼마 후 중풍이 걸리셨다. 노인들은 환경이 바뀌면 병이 난다는 속설이 맞은 것일까? 중풍에 걸린 할아버지는 곧바로 자리에 눕게 됐고 전혀 활동을 못하셨다. 할아버지가 자리에 누우셔도 어머니 아버지는 당신을 돌볼 여유가 없었다. 논밭에 할 일이 태산같이 밀려 있으니 할아버지 병 수발은 뒷전이었다. 자리에 누우신 할아버지는 얼마 후 온몸에 커다란 물집이 생기기 시작했다. 의사가 없는 동네에는 군에서 위생병으로 근무했던 집 안 아저씨가 의사 노릇을 했다. 아저씨는 소독도 제대로 안된 메스와 가위로 할아버지의 살갗을 잘라냈다. 할아버지는 아픈 기색도 없으셨다. 이렇게 몇 달을 버티던 할아버지는 그 해 가을 벼 베기가 시작될 무렵인 음력 9월9일 세상을 떠나셨다.

할아버지가 돌아가시자 들에서 돌아온 아버지는 제일 먼저 할아버지의 무명옷 윗도리를 지붕 위에 던져 올렸다. 집 안에 초상이 났다는 신호를 띄운 것이다. 그리고 삼촌을 읍내로 보내 미리 준비된 통나무를 잘라 널(시신을 넣는 관)을 만들도록 지시했다. 할아버지의 임종소식은 동네 고지기를 통하여 온 동네에 알려졌다. 먼저 집 안 어른들이 몰려와 사랑채에 빈소를 차리고 아주머니들은 상주들이 입을 굴건제복을 만들기 시작했다. 이웃집들은 장례기간 문상객들이 마실 농주와 식혜를 한 동이씩 이고 왔다. 부엌에서는 하루 종일 먹고 마실 음식 준비에 바빴고 마당에는 곡소리가 끊이지 않았다. 문상객들은 집 안에 들어서면서부터 "어이~ 어이~." 소리를 내며 문상 왔다는 신호를 보냈다. 상주들은 이에 맞춰 "에이고~에이고~." 하고 크게 곡소리를 냈다. 손님들은 대부분 한나절씩 먹고 마시며 초상집에 머물렀다. 우리 형제들은 문상객들 접대에 바쁜 하루를 보냈다. 관내 흩어져 있던 거지들은 결혼식이나 초상집은 귀신같이 알고 찾아왔다. 잔치집이나 상갓집은 이들을 박대하지 않았다. 이때야말로 어려운 이들에게 밥이라도 한 그릇 따뜻하게 먹일 수 있는 기회이기 때문이다. 이런 것이 당시 농촌의 인심이었다.

이렇게 이틀을 보내고 발인 날 아침을 맞았다. 동네 청년들이 상여 집에서 상여를 지고 왔다. 상여 집은 동네에서 한참 떨어진 뒷산 아래 있었다. 우리는 평소 상여 집 근처에는 발걸음도 하지 않았다. 죽은 귀신이 수시로 상여 집 근처에 나타난다는 소문이 있었고 특히 밤에는 귀신불이 굴러다니다 사람 혼을 빼간다고 해서 감히 근접할 수가 없었다. 청년들은 겁도 없이 그곳에 보관된 상여를 갖고 와서 짝을 맞추고 굵은 새끼로 엮어 그 위에 널을 얹었다. 상여가 집 안을 나설 때는 울긋불긋한 종이로 만든 꽃도 입히고 만장도 펄럭거렸다. 상여 앞자리엔 요령을 쥔 선소리꾼이 밧줄을 잡고 상여꾼들을 지휘했다. 선소리꾼은 요령을 흔들어대며 집 안을 한 바퀴 돌았다. 아버지를 비롯한 상주들은 삼배로 만든 굴건제복에 대나무 막대를 짚고 상여를 따라가며 서글픈 소리를 높여 "에이고~에이고~."하고 곡을 해댔다. 나는 꽃상여에 만장이 펄럭이는 상여 뒤를 따라가며 어른들이 곡하는 흉내를 냈다. 그때 고모님이 나더러 애는 맏손자인데 상복도 입히지 않았다며 삼베 요대와 대나무 막대 하나를 쥐어줬다. 요대를 허리에 차고 대나무 막대를 짚으니 진짜 상주가 된 기분이었다. 상여는 동네로 나와 어린이들 놀이터인 술페를 돌아 곤륜산 장지로 향했다.

상여가 동네를 벗어나자 상여놀이가 시작됐다. 선소리꾼이 요령을 흔들며 소리쳤다.

"인제 가면 언제 오나? 다시 올 길 막연하다." 상여꾼들이 받았다.

"너홍~너홍~, 여기 넘자 너홍~." 다시 선소리꾼의 타령이 이어졌다.

"지지골 논 아까봐서 황천길 어이가노?" 다시 상여꾼이 받았다.

"너홍~너홍~, 여기 넘자 너홍~." 이런 상여놀이를 해가며 상여는 부태골 고개에 닿았다. 선소리꾼이 요령을 계속 흔들어 대니 상여가 앞으로 나가지 않고 버티고 섰다. 상주들이 노자 돈을 내놓으라는 행위였다. 고모부가 돈 봉투를 들고 상여 앞으로 갔다. 선소리꾼은 고모부가 준 봉투를 흔들며 "너홍~너홍~여기 넘자, 너홍~." 소리를 지르자 상여가 앞으로 나가기 시작했다. 나는 상여놀이가 재미있어 대막대기를 버리고 만장을 흔들며 "너홍~너홍~여기 넘자, 너홍~." 하며 상여 뒤를 따라갔다. 이번에는 작은 도랑물 앞에서 상여가 멈췄다. 고모부가 다시 흰 봉투를 내밀었다. 상여꾼들은 이렇게 노자 돈을 몇 번 더 받아내고 매장지 산에 도착했다. 산 아래 도착하니 정작 상여를 내려놓지 않고 좌우사방을 왔다갔다 상여를 밀고 당겼다. 상주들이 " 에이고~에이고~." 곡소리를 높여도 소용이 없었다. 마지막 노자 돈을 내놓으라는 행위였다. 다시 고모부가 두툼한 돈 봉투를 내 놓은 후에야 상여가 땅에 내려졌다. 상여가 내려진 산 아래에서 돗자리를 깔고 노제를 지낸 후 시신을 넣은 널은 몇 사람의 어깨에 매어 매장지로 올라갔다. 매장지에 하관하는 절차는 매우 까다롭게 보였다. 풍수가 묏자리 머리맡에 앉아 좌우방향을 맞춰가며 "좌로~,우로~." 몇 번을 지시한 후에야 하관했다. 하관하고 취토를 하는 중 고모 두 분이 대성통곡을 했다. 상여꾼들은 흙을 넣고 힘껏 밟았다. 여기서도 상여놀이는 계속됐다. 흙을 채우고 큰 돌을 담은 가마니를 이용하여 봉분을 다졌다. 봉분을 다질 때마다 "너홍~ 너홍~ 여기 넘자 너홍~."

소리는 계속됐다. 봉분둘레에 잔디를 심고 묏자리 앞에 상석을 놓았다.

마지막으로 다시 한 번 제사를 지내고 발걸음을 돌렸다. 가을날 해는

서산으로 넘어가고 할아버지는 이렇게 한 생을 마감하셨다.

복지는 나눔으로부터

나는 교회에 등록한 지 20년만인 2000년 10월 22일 장로의 직분을 받았다. 장로가 되면 교회행정업무와 함께 순서에 따라 매주 대예배(교인들이 가장 많이 출석하는 예배, 보통 11시 예배) 기도를 담당하게 된다. 대예배 기도는 장로의 임직순서에 따라 정해진 날에 복장을 단정히 하고 강대상으로 올라간다. 그리고는 거룩한 마음으로 기도내용이 이 땅에 이루어지도록 최선을 다하여 간절히 부르짖는다. 말은 쉽지만 막상 기도차례가 돌아오면 어떤 내용을 어떻게 기도할까 걱정되어 대부분 기도내용을 메모하여 정성껏 읽는 것이 대부분이다. 그러나 기도 보다 훨씬 더 고민스러운 것이 설교다. 장로가 설교할 기회가 자주 주어지는 일은 아니지만 모든 교역자들이 멀리 수련회를 떠난 날의 새벽기도 설교는 할 수 없이 장로들이 담당해야 한다. 내가 17년 동안 장로의 직분을 수행하면서 새벽기도 설교를 담당한 시간이 세 번 있었다. 할 수만 있다면 피하고 싶었지만 다른 장로들도 나와 같은 처지라 떠넘길 수가 없었다. 세 번의 새벽기도 설교 중 2012년 1월

26일(목요일) 설교내용 한편을 요약하여 옮겨 싣는다.

  * 성경-시편 126:5~6
  '눈물을 흘리며 씨를 뿌리는 자는 기쁨으로 거두리로다 울며 씨를
뿌리러 나가는 자는 정녕 기쁨으로 그 곡식 단을 가지고 돌아오리로다'
  *설교 제목- 복지는 나눔으로부터

  농부가 수확의 부푼 꿈을 안고 희망의 씨앗을 파종하는데 왜 울어야
할까요?
  일이 힘들어서가 아닙니다. 주린 배를 움켜잡고 고달프게 보릿고개를
넘길지언정 종자 볍씨마저 몽땅 떨어 밥을 지어먹는 농부는 없습니다.
굶주려 우는 어린 것들을 뒤로한 채 눈물을 흘리며 볍씨를 논바닥에
흩뿌릴 수밖에 없습니다. 비록 오늘은 굶더라도 내일의 배를 채우기
위해 오늘의 배고픔을 참는 것입니다.
  요즘 우리나라는 무상급식, 반값 등록금 등으로 온 나라가 시끄럽습니다.
부잣집 아이 든, 가난한 집 아이든 똑같이 먹이고 똑같이 학비를 대줘야
한다는 보편적 복지와 대학 문턱에도 가지 못하는 불우 청소년들의 고등학교
학비도 도와주지 못하는 터에 부잣집 자제의 밥값과 대학등록금까지
국민의 혈세로 충당할 수 없다는 선택적 복지의 싸움입니다. 아이들 밥
한 끼, 젊은이들 학비를 놓고 다투는 모습이 민망스럽습니다.

지금의 우리나라 형편으로 볼 때 극심한 소득불균형과 그로인한 사회갈등을 해소하기 위해서는 배분적 선택복지가 무엇보다 시급하고 절실한 과제입니다. 특히 교육의 혜택을 제대로 받지 못하고 열악한 환경 속에서 자라나는 청소년들의 좌절감은 그 영혼에 평생토록 지워지지 않는 상처를 남깁니다. 내일을 위해 그리고 후손들을 위해 볍씨처럼 아껴야 할 나라의 종자돈까지 까먹지 않은 한 국가재정에 의한 공공복지만으로는 양극화의 아픔을 다 치유하지 못합니다. 그러므로 민간복지가 확대되어야 하는 이유가 여기 있습니다.

국가보다 지역사회가 먼저 성장한 미국은 민간복지의 선진국입니다. 전체 민간복지 비용의 80%가 개인들의 자발적 기부에서 나올 뿐 아니라 수많은 자원봉사자와 비영리기구들이 국가의 손길이 미치지 못하는 복지의 사각지대를 찾아 나눔을 실천하고 있습니다. 부잣집 자녀를 돌보는 것은 사회복지의 몫이 아닙니다.

우리나라의 사회복지체계는 대체로 공공부담 75%, 법적 민간부담 5%, 자발적 민간부담 20%로 구성되어 있는데 자발적 민간부담의 80% 이상이 기업에서 나오고 개인들의 부담은 극히 미미합니다. 미국의 경우는 정반대입니다. 워렌 버핏이 멀쩡한 자기재단을 제쳐두고 빌 게이츠 재단에 기부한 15억 달러는 회사 돈이 아니라 순수한 개인 주식이었습니다.

우리는 여기에 종교계 특히 기독교의 사명이 있다고 믿습니다.

성도들에게 십일조를 강조하는 것 이상으로 교회 스스로가 먼저 나눔의 모범이 되지 않으면 교회의 설 자리가 없어질지도 모릅니다. 이익추구를 목적으로 하는 자산가들에게 나눔의 이타 애를 기대하는 것은 산에서 물고기를 찾는 어리석은 일인지 모르겠으나 기독교야말로 나눔과 섬김의 바탕자리가 아니었던가요? 예수님은 내 소유를 팔아 성전에 바치라고 가르치지 않았습니다. 마가복음 10장21절을 보면 "네 있는 것을 다 팔아 가난한 자에게 주라."는 것이 주님의 명령입니다. 이 명령은 교회당 건축보다 훨씬 앞서는 실천적인 신앙윤리입니다. 수천억을 들여 호화스런 예배당을 건축하는 것은 신명기 27장6절에서 "다듬지 않은 돌로 제단을 쌓으라."는 하나님의 명령에 어긋난다고 할 수 있습니다. 제 지갑은 꼭꼭 닫아둔 채 나랏돈만 쏟아 부어 무상급식, 무상의료, 무상교육을 시리즈로 외쳐대는 것은 위선이라고 밖에 볼 수 없습니다. 먼저 우리 기독교재단의 사학들로부터 재단적립금을 풀어 어려운 학생들의 등록금 지원에 나서고 부유한 대형교회들의 헌금 곳간을 헐어 민간복지의 길에 앞장서야 될 것입니다.

끝으로 성남시 단대동에 위치한 샬롬교회 김정하 목사님의 나눔 애기를 하고 마칠까 합니다. 목사님은 어려운 개척교회를 하면서 부르키나파소, 에콰도르 등의 저개발국가 아이들 7명을 후원하기 위한 한달 비용 31만5천원을 마련하기 위해 2010년 초까지 3년간 구두 통을 매고 주변을 돌아다니면서 한 켤레에 2천원을 받고 구두를 닦았습니다. 그러든 목사님은 2010년 초 루게릭병을 진단받았습니다. 루게릭병은 근육에 신경을 보내는 기능이 정지되고 신체기능이 멈추면서 호흡이 끊겨 죽음에 이르는 병입니다. 이 루게릭병은 길어야 5년을 넘기지 못합니다. 그래서 목사님은 더 이상 구두를 닦을 수 없는 처지가 됐고 이를 전해 들은 교인들과 단골로 구두를 닦던 손님들이 병원비와 약값에 쓰라고 후원금을 보내기 시작했습니다. 그래서 작년에 목사님에게 2500만 원의 후원금이 들어왔는데, 목사님은 루게릭병은 치료약도 없고 병원을 가도 소용없으니 나보다 더 필요한 사람에게 이 돈이 쓰여져야 한다며 저개발국가 아동후원금으로 보냈다고 합니다. 상가 3층에서 아들 딸 네 식구가 옥탑 방에 잠자며 교인 10여명으로 목회하시는 시한부 생명의 목사님의 나눔 실천이야말로 이 시대의 기독교인들이 진정 본받아야 할 삶의 가치가 아닌가 생각됩니다.

　그늘진 소외계층을 찾아 눈물을 흘리며 씨를 뿌리는 나눔의 손길은 사회통합이라는 소중한 수확의 기쁨을 거두는 일일뿐 만아니라 진정한 기독교의 살길임을 명심해야 할 것입니다. 우리 흰돌교회가 이런 소중한 사명을 앞장서서 실천하는 아름다운 공동체가 되기를 간절히 소망합니다. 기도하겠습니다.

두 가지 당부와 두 번의 질책

내 아버지(斗자 煥자)는 1919년 태어나셔서 1987년 69세로 세상을 떠나셨다. 아버지가 태어나시던 해가 3.1독립만세운동이 일어났던 기미년(己未年)이다. 양띠로 태어나셨기에 그런지 몰라도 자식들이 보기에는 양과 같이 순한 분이셨다. 아버지는 둘째 아들로 태어나셨지만 위의 형님께서 만주로 돈 벌러 간 후 돌아오지 않아서 평생 장남으로 살다 세상을 하직하셨다. 아버지 슬하에는 나를 비롯하여 여섯 명의 자식들이 태어났다. 아들이 다섯 명이고 딸이 하나 있다. 어릴 때 우리 눈에 비친 아버지는 그저 평생 소달구지를 몰고 농사일만 하는 사람으로 비쳐졌다. 자식들에 대한 관심이라곤 딸자식 하나를 각별히 사랑한다는 것밖에는 별 관심이 없었다. 우리 형제 누구에게도 공부를 하라든가 행동을 바르게 하라든가 간섭하는 것을 보지 못했다. 내면에는 어떤 생각을 가지셨는지 모르지만 최소한 겉으로는 표현이 없으신 분이었다. 돌이켜보면 내 아버지뿐 만아니라 그 시대 아버지들의 전형적인 모습이 아니었을까 싶다. 이런 아버지도 내가 대학생이 되니까 그때부터 수시로 나에게 두 가지 당부말씀을 하셨다.

"얘 큰애야, 너는 맏아들이다. 너 밑에는 동생 다섯이 있다."

"평생을 살면서 다리 뻗고 누울 집은 있어야 한다."

아버지는 수시로 이 말씀을 하셨지만 나는 특별히 신경 쓰지 않았다. 그러나 시간이 흘러가며 내가 성숙해 가니 이 말씀은 허투루 들을 말씀이 아니었다. 곰곰이 생각해 보니 아버지의 유산이 있다면 동생들 몫이니 대학을 다닌 나에게는 나누어 줄 것이 없다는 뜻이 내포되어 있었고, 가정을 꾸리면 식구들 고생하지 않게 내 힘으로 오막살이 집이라도 마련해서 살라는 당부였다. 그리고 동생들이 많으니 행동거지를 똑바로 하여 동생들의 모범이 되라는 뜻도 담겨져 있었다. 대학에 들어가면서 아버지에게 손 벌리지 않고 살기로 결심을 했지만 당신께서 직접 말씀을 하시니 섭섭한 마음이 드는 것은 어쩔 수 없었다. 그러나 아버지가 결정하신 일이고 아버지가 살아계시니 그냥 잊고 지내왔다.

시간이 흘러 내가 대학을 졸업하고 군대에 입대할 날을 기다리고 있었다. 재학 중에 군 복무를 마치고 졸업 후 곧장 취직을 하겠다는 계획이 무산되어 졸업을 하고 군대 갈 처지가 되니 내가 스스로 한심스런 존재가 됐다. 1969년 4월 입영통지서를 받고 무료하게 시간을 보내고 있었다. 동네 친구들은 그 동안 타향에서만 돌던 내가 고향에 장시간 머물게 되니 저녁에는 수시로 술자리를 폈다. 입대 전날은 동네 친구들이 몽땅 모여 밤늦게까지 술판이 이어졌다. 나는 취직자리도 못 구하고 입대하는 자괴감에 빠져 인사불성이 되도록 마셔댔다. 집을 어떻게 찾아왔는지 생각이 나지 않았다. 아침에 눈을 떴으나 일어날 수가 없었다. 포항 시내로 나가 입영열차를 타야 할 시간에 맞추어 겨우 자리에서 일어났다. 전송을 기다리던 아버지의 질책이 쏟아졌다.

"이놈아~ 군대 죽으러 가나? 가기 싫으면 안가도 된다."

"군대 갈 동생들이 넷이나 있는데, 모두 너 같으면 이 애비가 어떻게 감당하나?"

아버지는 화가 머리끝까지 나신 듯했다. 방 안에 들어가 하직인사도 못 드리고 마당에서 "아버지 다녀오겠습니다." 인사를 드렸지만 아버지는 대답도 없으셨다. 아버지 마음을 아프게 하고 집을 나선 나는 눈물을 훌쩍거리며 입영열차에 올랐다.

이렇게 아버지의 마음을 아프게 하고 입대한 나의 군대 생활은 평탄하지 못했다. 논산 훈련소를 거쳐 누구도 가기 싫어하는 하사관학교에 차출되어 남보다 6개월을 더 훈련받았다. 그리고는 제대말년에 최전방 임진강변 부대로 배치됐다. 겨울날 영하 2~30도를 오르내리는 임진강변에서 한해 겨울을 밤새 매복근무하면서 말년을 보냈다. 복무기간도 1968년 1.21사태로 기간이 늘어나 35개월 15일 만에 만기 제대했다.

군에서 제대하고 직장에 들어가 아내를 만나 1974년도 11월에 결혼했다. 아버지로부터 독립하여 내 가정을 꾸려 서울에서 살게 됐다. 아내와 둘이서 맨손으로 시작한 살림은 45만 원짜리 전셋집이었다. 부모로부터 도움을 받을 처지가 아니었던 우리로써는 엄청 큰돈이었다. 쪽 부엌이 딸린 방 한 칸짜리, 부엌으로 출입을 했지만 우린 만족하고 살았다. 이렇게 일 년쯤 살고 있을 때 대학 친구 한 녀석이 결혼하여 도곡동 AID 아파트에 신혼집을 꾸렸다고 우리를 초청했다. 친구의 신혼집은 큼직한 방에 쓸 만한 거실에 부엌이 딸린 5층짜리 아파트였다. 쪽 부엌, 방 한 칸에 사는 우리로써는 무척 부러운 신혼생활이었다. 건사한 저녁 식사에 양주까지 얻어 마신 나는 친구에게 살고 있는 아파트의 가격을 물어봤다. 견물생심이었던가? 나도 이런 아파트를 갖고 싶다는 생각이 들었다. 친구는 200만원 정도면 살 수 있으니 하나 장만하여 같이 살면 좋겠다고 나를 부추겼다. 그 이야기를 듣고 온 나는 어떻게 하면 그 아파트를 살 수 있을까 곰곰이 생각하기 시작했다. 아무리 주판을 두들겨도 내가 가진 전세금 사십오 만원으로는 방법이 없었다. 며칠을 생각하다가 평소 아버지께서 하시던 말씀이 떠올랐다. "평생 살면서 다리 뻗고 누울 집은 있어야 한다." 그래 아버지께 지원을 받자. 아버지께 빌려 쓰고 다음에 벌어서 갚으면 되지. 단순하게 생각하고 아버지께 전화를 했다. 이런저런 사정을 말씀드리고 빌려주시면 빨리 벌어서 갚을 테니까 한 번 도와달라고 여쭈었다. 나의 이야기를 들으신 아버지는 화가 머리끝까지 나셨다.

"이놈아~ 장가가서 네 살림 사는 놈이 애비에게 손을 내밀다니."

"내가 네 밑에 동생들이 다섯 놈 있다고 몇 번이나 얘기했나?"

"대학이나 나와 애비한테 손이나 벌리고, 전화 끊어!"

다시 아버지를 뵐 면목이 없었다. 내 욕심만 부린 것이 뼈에 사무치도록 후회됐다. 짧은 생각에 내 다리 뻗고 살 집만 생각했지 나 밑에 동생이 다섯이 있다는 아버지의 당부의 말씀은 생각지 못했다. 두 번째 질책은 첫 번째 질책의 몇십 배의 폭발력을 발휘했다. 이후 나는 악착같이 돈을 모아 1977년도에 조그만 단독주택을 마련했다. 그 후부터는 집을 사고파는 일은 사전에 아버지의 허락을 받았다. 아파트에 대한 개념이 없으신 아버지가 돌아가실 때까지는 싫어도 단독주택에 머물러 살아야 했다. 그리고 동생들을 아버지처럼 보살피지는 못했지만 내 나름대로는 최선을 다하려고 노력하며 살아왔다.

이제 내 나이도 산수(傘壽)에 가까이 가고 있다. 얼마 후면 아버지가 계시는 그곳으로 가게 된다. 그때 만약에 아버지를 만난다면 이런 사과의 말씀을 하고 싶다.

"아버지! 아버지 가시고 남은 동생들 아버지처럼 못해줘서 죄송합니다."

이러면 아버지가 무슨 말씀을 하실까?

"아이다 큰애야, 니가 욕봤다." 아버지는 틀림없이 이렇게 말씀하실 것이다. 왜? 내 아버지니까.

최초의 대표기도

1981년 2월 둘째 주일부터 교회에 나가기 시작한 나는 예배라는 예배는 거의 빠지지 않고 참석했다. 내가 가장 참석하기 힘든 시간은 수요예배였다. 당시 수요예배는 저녁 7시에 시작했는데 정시퇴근을 하더라도 시간이 빠듯했다. 퇴근시간이 가까워지면 가급적 새로운 업무는 내일로 미루고 뒤에 앉은 과장(당시 나는 '대리'였다) 눈치를 봐가며 퇴근인사를 하고 부리나케 사무실을 빠져나왔다. 똥마려운 개가 품숲을 찾아가듯 한걸음에 버스정류장으로 달려갔다. 버스와 전철을 번갈아 타고 집에는 들르지도 않고 교회로 가면 겨우 예배시작 전에 도착했다. 본당에 들어서면 아내가 어디쯤 앉았는가를 찾아 옆자리에서 예배를 마치고 집에 와서 늦게 저녁밥을 먹었다.

그런데 그해 여름날 수요예배에 참석하여 예배를 드리고 있는데 대표기도를 맡은 집사가 결석을 하자 목사님은 회중석에서 예배드리고 있는 신임집사에게 대표기도를 시켰다. 지목을 당한 집사는 목사님 말씀을 거역할 수 없어 강대상 앞으로 나가 기도를 하는데 중언부언할

뿐만 아니라 몸은 사시나무처럼 떨었다. 기도를 마치고 내려올 때는 얼굴에 식은땀이 비 오듯 흘러내렸다. 목사님은 기도훈련을 시키기 위한 좋은 기회라 여겨 신임집사를 지목하셨겠지만 본인은 무척 당황했을 것이다. 예배를 마치고 집으로 돌아오는 길에 이런 상황은 곧 나에게도 닥쳐올 것이란 예감이 들었다. 미리 준비하지 않으면 나 역시 진땀을 빼고 내려올 것이 당연했다. 곧바로 노트 한 권을 준비하여 대표기도문을 작성하여 수시로 읽고 다듬어 입안에서 술술 매끄럽게 나오도록 연습했다. 이렇게 하여 내가 처음으로 대표기도문을 작성한 날이 1981년 8월 2일이었다. 그리고 교회에 갈 때는 항상 그 노트를 휴대하고 예배에 참석했다. 그래도 혹시나 싶어 수요예배 때는 가급적 뒷자리에 숨어 앉았다. 아니나 다를까? 얼마 후 수요예배 시간에 기도할 집사가 결석했다. 뒷좌석 멀찌감치 앉은 나를 어떻게 발견했는지? 목사님은 눈도 밝으셨다. "저 뒤에 앉은 김재원 선생 나와서 기도하십시오." 기도 노트가 있음에도 불구하고 가슴은 두근반 세근반 떨리고 있었다. 나는 당시 집사 임명도 받지 못한 평신도였다.

세상의 모든 존귀와 영광을 받으시기에 합당하신 아버지 하나님, 감사하고 감사하옵나이다. 저희들이 세상을 살아갈 때 우리의 지은 죄로 말미암아 죽어 마땅한 몸이 오나 아버지께서 독생자 예수님을 보내시어 저희들의 죄를 사하여 주시고 사망의 권세에서 저희들을 구원하여 주시니 그 은혜를 진심으로 감사하옵나이다.

지난 한 주간도 복잡하고 험한 세상 중에서 무사히 살게 하시고 이 시간 아버지 성전에 모여 예배드릴 수 있게 하시니 감사하고 감사하옵나이다.

주님이시여, 저희들이 세상 중에 살면서 아버지의 말씀대로 행동하고 아버지의 계율대로 살아야 마땅한 것이오나 세상이 어지럽고 험악하여 아버지의 말씀대로, 아버지의 계율대로 실천하지 못한 죄, 이 시간 아버지께 모두 고하오니 주여 이 모든 허물을 용서하여 주시고 복잡하고 답답한 심정으로 이 자리에 나온 모든 성도들의 마음을 거룩한 십자가의 보혈로 씻어 주시기를 바랍니다.

주님이시여, 이 시간 아버지께 간구하옵기는 우리가 세상 중에서 생활할 때에 주를 믿는 성도로서 마땅히 세상을 밝히는 빛과 소금의 역할을 하여야 함에도 불구하고 썩어가는 세상과 더불어 참된 그리스도를 알지 못하고, 우리 마음대로 살아갈 때가 많사오니 이 시간 여기 모인 성도들 마음속에 아버지께서 직접 임재하사 참된 그리스도인이 되도록 저희들 마음을 회개하여 주시기 바랍니다. "누구든지 그리스도 안에 있으면 새로운 피조물이라."하였으니 주여 모든 성도들을 거듭나게 하시어 아버지께서 주신 진정한 사명인 내 가정에는 사랑을, 내가 속한 사회에는 봉사를, 주님께는 희생할 수 있는 강건한 마음을 주시옵소서.

또한 이 시간 간구하옵기는 저희들 교회건축을 위하여 기도합니다. 아버지께서 특별히 저희들을 사랑하사 10년 전에 이 땅에 흰돌교회를 세우시고 나날이 번창하는 역사를 내리사 믿는 무리가 날로 늘어, 지금 이 자리에서 아버지를 모시기에는 너무 복잡하오니, 주여 우리들을 축복하사 좀 더 훌륭하고 좀 더 큰 성전을 건축할 수 있도록 허락하여 주시기를 바랍니다. 아버지 하나님 교회건축에는 현실적으로 재정적인 뒷받침이 있어야하오니 흰돌교회를 아끼고 사랑하사 모든 성도들이 각자의 재산을 아버지께 바치는데 인색하지 않도록 하여 주시기 바랍니다. 아버지께서는 구하면 주시고 두드리면 열린다고 하였으니 이 자리에 모인 성도들이 일심으로 기도하오니 하루빨리 성전이 착공될 수 있도록 하여 주시기 바라며, 성전건축을 위하여 모든 재물을 헌신한 성도들에게 부족함이 없도록 아버지께서 채워주시기를 간절히 바라옵고 원합니다.

지금 이 시간 아프고 찢긴 심정으로 세상에 살면서 이 자리에 나오지 못한 심령들, 병들고 고단하여 신음하는 무리들, 세상 죄로 인하여 고통 받고 있는 모든 무리들을 아버지께서 더욱 사랑하사 은혜와 자비를 베풀어 주시기를 바라오며, 아버지께서 귀히 쓰시는 사자 목사님을 굳게 붙잡아 주사 피곤하거나 곤비하여 넘어지는 일이 없도록 하시옵고, 처음부터 마지막까지 주님이 주장하시어 모든 예배가 순조롭게 끝나게 하여 주시기를 빌면서 이 모든 말씀 예수님의 이름으로 기도드렸사옵나이다. 아멘.

참으로 어설프고 두서없고 중언부언하는 내용이지만 하나님이 기뻐 받으신 줄 믿고 감히 이곳에 옮겨 적습니다.

고백

당신에게

사랑을 다해 사랑했습니다

자주 그리고 많이 웃어주지 못해서 미안합니다

다섯 손가락을 잘라 핏줄 오선으로 다시 씁니다

'사랑합니다'

딸과 사위에게

예술가로 변신한 두 딸 자랑스럽습니다

평생 흘긴 눈으로 쳐다본 것 뉘우칩니다

순진한 마음으로 딸 곁에 온 멍청한 두 남자

두 여자 맡겨 놓고 떠나도 걱정되지 않습니다

'미안합니다 고맙습니다'

손주들에게

늘그막하게 웃는 일이 많아 행복합니다

이새에게서 다윗이 나온 역사를 기대합니다

모세와 아론과 훌, 세 사람의 이름을 들춥니다

외눈박이 말고 세상을 넓게 보십시오

불기둥과 구름기둥으로 솟아오르십시오

'축복합니다'

동생들에게

아버지처럼 살기를 바랬습니다

먼저 간 형제들 생각에 가슴 아픕니다

실없는 소리라 해도 변명 않겠습니다

갑자기 아버지가 보고 싶습니다

아버지 앞에서 철없는 넋두리하고 싶습니다

'변명 않습니다 기다립니다'

나에게

내 삶의 후회는 없습니다

나로 인하여 세상이 나아진 게 없어도 최선을 다했습니다

나의 나됨은 오로지 당신의 은혜였습니다

이제는 나를 위하여 축배를 한잔 들겠습니다

'칭찬합니다'

공백의 가장자리에서 만나는 사건으로서의 사랑

김종완(문학평론가, 격월간 에세이스트 발행인)

들어가며

날마다 똑같은 하루가 지나간다. 아침에 일어나 밥 먹고, 일터에 다녀와 잠을 잔다. 이를 다람쥐 쳇바퀴 돌 듯 산다고 말하는데, 그 속에는 권태와 무의미가 숨어 있다. 그런데 어느 날, 예상치 못한 일이 불쑥 찾아올 때가 있다. 바디우는 그것을 '사건'이라 했다. 사건은 낯선 손님처럼 갑자기 오지만, 전혀 근거 없는 무(無)에서 오는 것은 아니다. 반드시 '사건의 장소'라는 조건이 있어야 한다. 그것은 삶의 빈 자리, 틈새에서 출현한다. 다시 말하면 '사건의 장소'란 진리가 드러날 수 있는 특별한 자리다. 그런데 놀랍게도 사건은 언제나 상황의 바깥으로 밀려나고, 작은 균열 위에서만 시작된다. 예를 들어 그리스도의 부활은 그가 죽음을 감내한 십자가 처형장에서 일어났다. 십자가는 단순한 죽음의 자리가 아니다. 로마 제국의 질서 속에서 철저히 배제된 곳, 곧

‘공백의 가장자리’였다. 그렇기에 그곳은 사건이 일어날 수 있는 실제적 장소가 되었다. 부활은 죽음을 단순한 사실로 일반화하면 결코 나타날 수 없는 사건이었다.

예술에서도 그렇다. 바그너의 오페라 「트리스탄과 이졸데」는 음악의 가장자리에서 고전적 음계를 벗어나는 전환을 만들어냈다. 후원자의 아내와 이뤄질 수 없는 사랑에 빠져 방황하던 바그너는 『트리스탄과 이졸데』라는 비극적 전설에 사로잡혔고(역설적이게도 사랑의 묘약이란 것으로 불가능한 사랑에 사랑의 가능성을 부여하는), 쇼펜하우어의 『의지와 표상으로서의 세계』를 읽으면서 철학적으로 경도되어 6년에 걸쳐 이 오페라를 완성한다. 바그너는 이 작품을 발표하면서 이렇게 말했다. “나는 지금까지 단 한 번도 사랑을 통해 얻는 진정한 기쁨을 누려보지 못했기 때문에 이 작품을 통하여 모든 사람이 갈망하는 진정한 사랑에 관한 기념비를 세울 것이다. 이 작품에서는 처음부터 끝까지 철저하게 사랑을 지향할 것이다.” 그러니까 바그너에게 ‘사건의 장소’는 실연이다. 실연이란 텅 비어버린 아픔의 가장자리에서 비로소 그는 사랑의 전설에 눈을 떴고 철학에 눈을 떴으며, 6년여의 충실성을 통해 이윽고 오페라 역사에서 가장 뛰어난 작품 중 하나로 평가받고 있는 《트리스탄과 이졸데》을 탄생시켰다. 그러나 이 곡이 초연된 당시엔 엄청난 혹평이 뒤따랐다.

바디우의 철학에서 ‘사건의 장소’는 바로 이런 전환을 가능케 하는 자리다. 중요한 점은, 그것이 공집합(∅) 자체는 아니지만, 공집합과 맞닿아 있는 경계라는 것이다. 공집합은 모든 상황을 지탱하지만 지시할 수는 없다. 그러나 그 가장자리는 상황 안에서 특정 원소의 형태로 드러날 수 있다. 따라서 사건의 장소는 상황 속에 있으면서도 동시에 상황이 포섭하지 못하는 경계에 놓여 있다. 그리고 그것은 사건을 가능케 하는 조건일 뿐 사건 자체는 아니다. 사건은 오직 주체의 개입을 통해 현실이 된다. 사건이 되려면 주체가 있어야 한다. 그런데 주체는 충실성에 의해 탄생한다. 그러니까 주체는 독립된 실체가 아니라 사건과 더불어 생겨나고 사라지는 과정적 존재인 것이다.

우리 삶도 다르지 않다. 사건은 준비한다고 오는 건 아니다. 불쑥 나타나지만 동시에 흔적 없이 사라지기도 한다. 다만 마음이 열려 있을 때 우리는 그 순간을 붙잡을 수 있다. 그리고 그 순간에 충실히 응답하겠다고 결심하며 실행할 때에야, 비로소 우리는 어제와는 다른 존재로 태어나게 된다. 바디우는 바로 이 결심과 실행의 당자를 '주체'라 한다. 나는 이렇게 생각한다. 인간은 이미 완성된 존재가 아니라, 사건을 통해 끊임없이 다시 태어나는 존재, 즉 주체로 나아가는 과정이다. 이런 관점에서 수필을 바라볼 수가 있다. 작가가 어떻게 일상을 사건화했는가, 또는 흘려버린 기억들을 소환해 어떻게 재사건화하는가, 그리고 그 과정의 충실성을 살펴보는 것으로써 우리는 함께 '주체'에 눈을 뜰 수가 있을 것이다. 물론 이런 맥락으로 보더라도 결국은 글이 얼마나 흥미롭고 신명이 실렸는가에 의해 독자를 매혹하는 힘을 지닐 것이지만.

나는 김재원의 수필에서 바로 이 사건화와 그에 대한 충실성을 엿보고자 한다.

충실성을 통해 완성으로 가는 사랑- 「사노라면 잊힐 날 있으리라」

사건은 언제나 우리 삶의 질서가 감당할 수 없는 곳에서 일어난다. 이 수필이 보여주는 것도 그러하다. 셋째딸 은혜의 죽음은 그 가족에게서 하나의 세계를 단숨에 무너뜨린 사건이었다. 예상할 수도 없고 설명할 수도 없었기에 더더욱 그렇다. 아이의 죽음은 남겨진 가족에게 도저히 지울 수 없는 공백의 자리를 열어젖힌 사건이었다. 바디우에 의하면, 이 죽음은 삶이 가장 단단히 닫혀 있는 듯 보이는 자리, 다시는 무언가가 태어날 수 없다고 생각되는 자리에서 벌어진다. 공백은 곧 죽음의 자리고, 그 공백의 가장자리에 서게 된 부모의 인생은 더 이상 예전으로 돌아갈 수 없게 된다.

아버지인 화자는 딸을 앗아간 간뇌증후군이라는 병명조차 수십 년 동안 입에 올리지 못할 지경이었다.

1978년 둘째딸을 낳은 당신에게 시련이 다가오기 시작했다. 정신과 육체가 소멸해가는 당신의 모습을 차마 볼 수가 없었다. 몸을 지탱하지 못한 당신은 육교를 내려오다 쓰러지고 말았다. 문제가 어디에 있는지, 당신을 지옥의 나락으로 떨어지게 하는 이유가 뭔지 나는 몰랐다. 이 병원 저 병원 몇 년을 돌아다닌 후에야 그것이 결혼으로 인한 스트레스, 산후우울증, 남편과의 갈등 등 나로 인한 정신적인 고통에서 시작된 것임을 알았다.

- 「사랑하는 내 당신」 부분

원인을 모르니 병원 치료조차 어려웠다. 우여곡절 끝에 아내는 종교에 귀의하면서 안정되어 갔으며 그즈음 셋째딸을 낳았으므로, 이름이 '은혜'다. 아이는 유독 예뻤고 많은 이들의 사랑을 독차지했지만 겨우 일곱 달 살고서 감기 같은 증세를 보이다가 하룻밤 새 세상을 떠났다. 간뇌증후군이란 병명이었다. 아내는 다시 몸져누웠고 화자는 그런 와중에도 출근해야 했다. 기억을 지우기 위해 필사적으로 애를 썼다. 아이의 사진과 옷가지를 불태우고, 심지어 이사를 하고 지방으로 전근도 해봤지만, 상실은 사라지지 않았다. 오히려 그것은 더 깊은 자리에 뿌리를 내려, 매해 현충일이면 다시 소환된다. 그는 푸시킨의 시를 읊조리지만, 그 시가 약속하는 "기쁨의 날"은 오지 않는다. 잊은 듯 잊힌 듯 세월은 흘러갔고 결혼한 큰딸은 아이를 출산했다.

손녀를 보러 신생아실로 갔다. 간호사의 품에 안긴 손녀의 얼굴에서 갑자기 은혜의 얼굴이 보였다. 그렇다고 함부로 이야기할 수도 없었다. 괜히 아내의 마음에 은혜의 생각을 소환시킬 필요는 없었다.

자신은 태어난 손주에게서 잃어버린 딸을 떠올렸지만 차마 아내에겐 말도 하지 못한다. 그 사랑의 온도가 느껴지는가. 이제 두 딸이 중년이 되었다. 중년이 된 딸의 모습을 보면서 또 은혜를 떠올린다. 셋째딸이 함께하는 가족의 모습을 그려보는 것이다. 그러니까 이 가족의 완성체는 공백을 포함한다. 공백이 된 셋째의 자리는 없음으로 해서 가득 채우는 역할을 한다.

세월이 가면 추억은 희미해지고 기억은 점점 망각의 세계로 빠져든다. 내 나이 희수(喜壽)를 넘어 산수(傘壽)의 턱 밑에 왔다. 사노라면 잊힐 날 있으리라. 허지만 이제는 군이 잊힐 날을 기다릴 필요가 없다. 한 세상 살았으니 나도 곧 은혜가 있는 그곳으로 갈 것이다. 그날은 생각보다 빨리 올 것이다.

끝내 망각은 찾아오지 않았다. 오히려 세월이 흘러 손녀와 손자가 태어났을 때, 가족은 다시금 은혜의 얼굴을 보았다. 공백은 이처럼 다른 얼굴로 귀환한다. 잊으려는 시도가 실패로 돌아가는 것은, 공백 자체가 결코 지워질 수 없는 진리이기 때문이다. 아버지가 손녀의 이름에 "보배"

라는 뜻을 담고, 중년이 된 두 딸을 바라보며 은혜를 떠올릴 때, 그 모든 행위는 공백을 받아들이는 또 다른 방식의 충실성이다. 사건은 결코 되돌릴 수 없지만, 사건의 장소는 끝내 남아 그를 주체로 만들어왔다.

마지막 아버지의 고백은 의미심장하다.

> 허지만 이제는 굳이 잊힐 날을 기다릴 필요가 없다. 한 세상 살았으니 나도 곧 은혜가 있는 그곳으로 갈 것이다.

이는 오랜 충실성 끝에 도달한 화해의 고백이다. 죽음을 '끝'이 아니라 '재회의 자리'로 다시 의미화하는 것이다. 이는, 망각을 기다리는 것이 아니라 공백을 품은 채로 생을 살아낸 사람만이 도달할 수 있는 평온이라는 점에서 아이러니하다. 이 글은 인간이 완결된 존재가 아니라, 사건이라는 불연속을 통과하며 끊임없이 다시 태어나는 주체라는 걸 여실히 경험속에서 보여주고 있다.

삶에는 도무지 설명할 길 없는 순간이 있다. 질문이 더 이상 닿을 수 없는 자리, 공백의 가장자리다. 그토록 지우려 애썼지만 그럴수록 딸의 부재는 오히려 삶의 한복판에 자리 잡아, 도망칠 수 없는 운명처럼 남았다. 은혜의 죽음은 결코 치유되지 않았으나, 바로 그 공백의 가장자리에서 아버지는 주체로 재탄생했다. 사건은 끝내 삶을 파괴했지만, 그 파괴를 통해 비로소 새로운 삶의 형식이 태어날 수 있었다.

이 글의 성공은 슬픔의 중첩을 보여주지 않는다는 데 있다. 떠난 아이의 그림자는 기쁨의 순간 반복해서 되살아난다. 손녀의 미소에서, 중년이 된 두 딸의 모습에서. 그것은 환영처럼 덧씌워지는 것이 아니라, 살아 있는 이들의 삶을 통해 계속 이어지는 방식이다. 사건이 남긴 상처가 다른 생명 안에서 변형되어 다시 다가올 때, 아버지는 그것을 더 이상 부정할 수 없다. 이 귀환이야말로 공백의 자리에서 생겨난 또 다른 가능성이다.

이제 아버지는 "사노라면 잊힐 날 있으리라"는 말을 되뇌면서도, 그것이 단순한 망각의 약속이 아님을 안다. 그에게 잊음은 지워버림이 아니라, 함께 살아내는 다른 방식의 기억이다. 망각은 오히려 기억을 감내하는 또 하나의 이름인 셈이다. 그래서 그는 이제 잊을 필요조차 없다고 말한다. 은혜는 그곳에 없지만, 동시에 늘 곁에 있기 때문이다. 결국 아버지는 은혜가 없는 공백 속에서 은혜와 더불어 살아온 것이다. 이 수필이 감동을 주는 이유는 슬픔의 무게를 끝까지 견뎌내며 다른 얼굴의 삶으로 전환해온 과정이 드러나 있기 때문이다.

「등산금지 가처분 통보」

「등산금지 가처분 통보」에서 그는 홀로 산을 오르다 험한 산길에서 위험에 직면한다. 그래도 정상까지 올라가서 자기 삶의 고집을 돌아보았고 무사히 하산했다. 배터리가 방전되어 가족에게 연락하지 못한 채 늦은 시간 귀가했다.

　아내가 울먹거리며 머리끝까지 화를 냈다. 소요산 파출소에 실종자를 찾아달라는 신고를 하던 중이었다. 딸네 식구들로부터 원망 섞인 전화도 받았다. 그리고 저녁 식사를 끝낸 후 초등학교 3학년인 막내손자로부터 경고성 전화가 걸려 왔다.

　"할아버지 이제 등산가지 마세요. 할아버지가 온 식구들을 이렇게 걱정시키면 어떻게 해요? 할아버지 이제 등산금지예요."

　조금은 과민한 반응이다. 이런 히스테릭은 아내의 상처와 내적으로 연결되어 있다. 가족을 잃었던 아픔이 아직지워지지 않은 두려움이다. 그가 연락두절된 몇 시간 동안 이 가족들의 심리가 어떠했는지는 손자의 목소리로 대변된다. "등산금지"가 그것이다. 그저 열 살짜리의 응석이나 애교가 아니다. 이는 곧 살아 있는 몸을 더 이상 위험에 내맡기지 말라는, 사랑이 부여하는 간절한 호소인 것이다. 아이의 죽음이 불러온 공백은 세대를 건너뛰어, 가족을 지탱하는 윤리적 요청으로 회귀하고 있다.

「이 또한 지나가리라」

　삶은 고통을 피할 수 없지만, 고통은 삶을 새롭게 한다. 자, 그러면 노년의 지혜가 어디에서 비롯되는지를 살펴보자. '걱정의 96%는 쓸데없다'는 통계보다 더 설득력 있는 것은, 엘리베이터 공사로 20층을 걸어 오르내리며 아내의 손을 다시 잡게 된 경험이다. 불편과 고통 속에서 사랑의 실천은 적극적으로 드러난다. 젊은 날의 손잡음과 노년의 손잡음은 다르다. 서로가 지친 육신을 이끌기 위해 손을 잡는 지금은 익숙한 사람으로부터 다시 낯섦으로 들어서는 순간이다. 이것이야말로 시간의 잔혹함이 허락한 작은 기적이다.

평소에는 아내와 같이 외출해도 손잡고 다니는 때가 없었는데 계단을 오르내릴 때는 손을 잡을 뿐만 아니라 앞에서 끌어주고 때로는 뒤에서 밀어주고 야단법석을 떨어야 했다.

노년의 사랑은 더 이상 영화 같은 장면이 아니고, '낭만의 언어도 아니다. 불편한 계단을 오르내리며 앞에서 끌어주고 뒤에서 밀어주는 손길 속에서 새롭게 일어선다. 그 불편이 사랑의 몸짓을 다시 불러오기 때문에 불행으로 이어지지 않았다.

새로운 엘리베이터가 설치된 뒤 입주민들의 얼굴이 환해졌다. 그때 그는 다윗의 반지에 새겨졌다는 문구를 떠올린다. "이 또한 지나가리라." 우리는 여기서 지나간다는 것은 단순히 사라진다는 뜻이 아님을 알았다. 고통은 지나가되, 그 고통을 견디며 새로워진 사랑의 순간은 영원하리라.

　사랑은 그러니까 만남과 열정의 순간이 아니다. 사랑은 결국 끝까지 함께 살아낸 사람만이 말할 수 있는 언어다. 그리고 그 언어는, 오랜 실패 끝에 남겨진 단순한 말들, 즉 미안합니다, 고맙습니다, 축복합니다, 칭찬합니다, 같은 것으로 환원된다. 이 말들의 힘은 화려한 수사가 아니라, 평생을 두고 지켜온 충실성에서 비롯된다. 아파트 엘리베이터 공사라는 소소하지만 큰 불편 속에서, 오히려 부부가 더욱 절실하게 손을 잡게 되는 기적을 발견했다. 불편이 지나가면 고통은 사라지지만, 그 과정에서 확인한 손길은 길이 남을 것이니, 축하드린다. 새로운 사랑의 시작을.

「사랑하는 내 당신」

　이 글은 아내에 대한 헌사다. 첫 만남이 특이하다. 은행에 근무하지만 주판에는 능숙하지 못했던 화자에게 주판으로 계산해야 하는 어려운 과제가 떨어졌다. 그때 앳된 여직원이 도움을 자청했다.

　그녀가 당신이었고 그것이 당신과 나를 평생 옭아매는 동아줄이 됐다. 그때 나는 그 일이 우연이라고 생각했다. 그러나 지금 나의 생각은 보이지 않은 신의 섭리가 있었다고 믿는다.

작가는 자신의 생애를 관통하는 사랑의 시작을 단순한 '만남'으로 쓰지 않고, '동아줄'이라는 비유로 표현한다. '옭아매다'라는 말 속엔 얽매임의 고단함보다 필연의 힘이 느껴지지 않는가. 처음에는 '우연'으로 여겼지만, 뒤늦게 '신의 섭리'라고 한다. '신의 섭리' 이것은 이 수필집 전체를 관통하는 열쇠말이다. 작가는 자신의 삶을 언제나 보이는 것과 보이지 않는 것이라는 두 세계로 나누어 읽고 있다. 젊을 때는 '보이는 세계'에 머물렀지만, 세월이 흐른 지금은 '보이지 않는 세계'에서 그 만남을 다시 해석한다. 이것은 단순히 종교적 신앙의 고백이 아니라, 시간이 지나면서 사건을 의미화하는 습관으로 이 작가의 문학적 특장이다.

> 사랑하는 내 낭신은 이세 매력적인 술람미 여인에서 '드보라' 같은 굳센 여인으로 변해갔다.

시간의 흐름에 따라 변해가는 아내의 초상. 처음에는 아프로디테, 술람미 여인처럼 아름다움과 매혹이었다가, 이후엔 '드보라', '리브가', '룻' 같은 성서적 여성으로 바뀐다. 미인에서 전사로, 전사에서 현명한 어머니로. 아내는 그저 노쇠하거나 빛을 잃는 것이 아니라, 사건이 닥칠 때마다 새로운 주체로 변모하는 강인한 연속성을 보여주고 있다. 아내의 변화를 나이듦의 쇠락이 아니라, 성경 속 인물에 빗대어 존엄한

변신으로 그려낸다는 점이 대단하다. 이는 한 인간에게서 발견되는 신성에 다름 아닐 것이다. 신성의 눈에 신성이 보인다고 할까.

나는 평생 당신의 도우미로 살겠다고 다짐했다. 그러나 병석에 누운 당신은 대부분 큰딸의 간호를 받았다. 나는 다짐만 했지 실천이 없는 허풍쟁이로 낙인됐다.

작가는 자기 미화를 철저히 피한다. 오히려 스스로 '허풍쟁이'라 낙인찍으며 웃픈 고백을 한다. 사랑 고백 속에 이렇듯 아이러니를 섞음으로써 진솔함의 깊이를 더했다. 즉 부끄러운 실패를 말함으로써 그의 사랑 고백은 공허한 찬양이 아니라 살아 있는 진실을 보여준다.

흑백필름처럼 지나가는 장면 모두가 아름다웠다. 모든 것이 아내 덕분이다.

반세기를 돌아보며 이보다 간결한 고백이 있을까. 아름다움은 화려한 기억의 색채에서 나오지 않는다. 곁에 있던 사람이 준 빛, 그 한 사람 덕분에 생이 흑백필름조차 은빛으로 반짝인다.

그래도 힘들 때 나를 챙겨줄 아내가 있는 것이 어딘가 싶다.

농담처럼 말해도 이보다 진지할 수는 없다. 늙어간다는 것은 더 이상 '혼자 살아도 된다'는 말이 아니라, '굳이 혼자일 필요가 없다'는 사실을 받아들이는 것이다. 손가락 끝이 마늘독에 쓰라릴 때 반창고를 붙여주는 아내의 손길에, 한 생을 살아낸 사랑이 응집된다.

아내가 없는 집과 빈집에 들어오는 기분은 이상하리만큼 달랐다.

계단에서 잡아주는 손길이라든가 반세기를 돌아본 한마디 고백, 힘들 때 곁에 있는 존재, 빈집의 공허함을 일깨워주는 순간. 이 모두가 노년의 사랑을 설명하는 다른 문법들이다. 노년의 사랑이란, 화려하지 않아도 충실하게 남아 있는 것, 한 사람을 지키며 끝내 그와 함께 버텨내는 것이다.

요즘 우리 나이에 가장 성공한 사람은 아침에 일어나 제 발로 화장실 가고 제 손으로 아침 식사하는 사람이란 농담 아닌 진담이 있다. 우린 아직까지는 제 발로 제 손으로 다 할 수 있으니 성공한 부부라 여겨도 괜찮을 듯싶다. 모두가 내 사랑하는 당신 덕분이다.

이 문장은 웃음을 자아내면서도, 오래도록 삶을 공부로 삼아온 사람의 깨달음이 압축되어 있다. 젊은 시절 아내를 아프로디테로 여겼던 그가 이제는 '스스로 밥 먹을 수 있음'을 최고의 성공으로 꼽다니. 놀라운 반전이다. 이 겸허한 인식조차 사랑하는 아내 덕분이라 고백하는 대목에서 나는 목이 메었다. 그는 삶의 모든 의미를 아내와의 동행에 귀속시킨다는 것을 알 수 있었고, 어떻게 그렇게 성실하게 한 사람을 향한 한 사람이 될 수 있었던 것인가를 오래 생각하게 했다.

나를 두고 먼저 가지 마세요. 여보!

유행가 가사를 인용하다가, 마지막에 짧게 터져 나오는 이 호소는 단순하지만 압도적이다. 세월이 덧씌운 화려한 비유나 수식이 다 걷히고, 남는 것은 간절한 소망 하나다. '나를 두고 먼저 가지 마라.' 앞선 모든 서사의 결론처럼 응축된 한마디다.

여기서 잠깐, 모든 것을 바쳐 사랑을 서로 실천한 부부다. 아내도 '나를 두고 먼저 가지 마라'는 똑같은 소망을 품었을 건 자명하다. 이를 어쩌나? '당신 먼저 가라. 당신 배웅하고 나도 곧 따라갈 테니…' 둘 중 하나는 이럴 법도 하지 않은가. 그게 더 적극적 사랑의 실천 아닐까. 질투 때문에 한 마디 덧붙여보는 것이다.

어쨌든 「사랑하는 내 당신」은 반세기의 세월을 함께한 아내에게 보내는 긴 헌사다. 청춘에는 슬람미 여인 같던 아내가, 시련을 감내하며 드보라가 되고, 가정을 일구며 리브가가 되었다. 화자는 아내를 신화적 인물의 이름으로 불러내며, 그녀의 변모 속에서 한 가정의 역사를 엿볼 수 있게 해준다.

아이의 탄생과 죽음이라는 극단적인 사건은, 단순히 개인적 비극에 머물지 않고 "믿음을 통한 해석"으로 재구성된다. 아내는 오히려 굳세게 일어서며 "드보라 같은 여인"으로 변모하는 것이다. 둘은 사랑을 실천함으로써 '주체'가 되었다. 평생에 걸쳐 충실한 이 '사랑의 사건'은 어떤 고난이 와도 둘의 세계를 무너뜨리지 못했고 오히려 새로운 의미로 확장되는 과정이었다.

사랑의 진리 절차는 젊은 날 열정의 불꽃으로만 존재할 수 없다. 사랑이야말로 죽을 때까지 이어지는 한 줄기 고된 진리 과정이다. 이들 부부는 여전히 서로를 지탱하며, 노년의 몸과 일상의 작은 행위 속에서 사랑의 사건을 매일 새롭게 재생산하고 있다. 이것이 이 수필집 전체를 관통하는 주제다. 종교적 믿음 또한 여기서 함께 작동한다.

정리하자면, 이 수필집은 단순한 회고록이 아니라, 사랑의 사건이 평생을 가로질러 어떻게 진리로 이어지는지 보여주는 증언이다.

사랑의 진리 절차: 우연한 만남→절망과 공백→충실한 지속→노년의 재확인

종교의 힘은 절망의 순간에 사건을 지켜내는 신앙적 매개가 되었으며 사랑을 초월적 차원으로 끌어올리는 동력이었다. 결과적으로 사랑은

사적인 감정을 넘어서, 삶 전체를 의미화하는 하나의 진리로 탄생했다. 한 마디로 김재원의 이번 수필집은 사랑과 신앙이 결합해 만들어낸 평생의 '사건'에 대한 기록이라 할 만하다.

「금혼 기념 여행」은 반세기를 지나온 부부가 알래스카 크루즈 여행을 통해 맞이한 장면들을 그린다. 여행은 고단했고, 몸은 예전 같지 않았지만, 그럼에도 '옆에 있다'는 사실만으로 의미가 된다. 청춘의 열정 대신 남는 것은 함께 버티는 체온이다. 그리고 화자는 그 모든 세월을 돌아보며 한 문장으로 요약한다. "모든 것이 아내 덕분이다."

「이 남자가 사는 법」은 노년의 부부가 일상에서 서로를 지탱하는 모습을 보여준다.

밤새 안녕이란 말이 실감날 나이가 되었으니 청찬 한마디를 한다.

노년의 부부 사이에 오가는 가볍지만 무거운 인사말, '밤새 안녕'이라는 말은 그저 의례가 아니라, 정말 하루하루를 감사히 건너온 사람들의 절박함에서 우러난 배려와 우려이다.

아침에 무료하게 시간을 보내느니 내가 먹을 식사는 내가 해결해 보자는 생각이 들었다.

상징적인 대목이다. 한때는 아내에게 기대던 일상이었지만, 이제는 스스로를 돌보는 법을 배워가야 한다. 아내의 돌봄을 조금씩 벗어나는 일이 아내와 더 오래 함께하기 위한 길이라니, 아이러니하지만 피할 수 없는 진실이다.

마늘을 까도 좋고 매끼 식사를 준비해도 좋으니 오래토록 내 곁에 있기만 하면 더 바랄 것이 없다.

모든 수고와 투정은 결국 단 하나의 바람 '당신이 곁에만 있어주길'로 수렴된다. 각방을 쓰고, 생활의 리듬은 나르지만, 화지는 스스로 아침을 준비하고 마늘 한 접을 까며 농담처럼 말한다. "이제는 혼자 살아도 되겠네." 그러나 진심은 다르다. 혼자 살아도 되지만, 굳이 혼자될 이유가 없는 것. 그래서 결국 이렇게 고백한다. "그래도 힘들 때 나를 챙겨줄 아내가 있는 것이 어딘가 싶다." 사랑은 낭만이 아니다. 함께 살아낸 날들의 현실적 충실성 속에 있다.

「공항에서 랑데뷰」는 그 충실성이 결핍 속에서 얼마나 간절하게 드러나는지를 보여준다. 아내가 열흘 남짓 자리를 비웠을 뿐인데, 화자는 집이 텅 빈 듯한 공허를 경험한다. 밥을 차려 먹는 일이 귀찮아지고, 냉장고에 남은 음식조차 손이 가지 않는다. 심지어 아내가 영영 돌아오지 못할지도 모른다는 불안까지 느낀다. 그러다 마침내 결심한다. 아내를 맞으러 직접 공항에 나가기도 한 것이다. "평소에 아내에게 잃은 점수, 이번 기회에 만회해 보자." 그렇게 스스로를 다독이며 인천공항으로 향한다. 그리고 아내를 발견했을 때, 아내의 무심한 듯한 표정 뒤에 번지는 놀라움과 기쁨은 모든 것을 증명한다. 함께 산다는 것은, 결국 서로를 다시 발견하는 일이다.

나가며

김재원이 그리는 노년의 사랑은, 한마디로 말해 지나가는 것과 남는 것의 차이다. 불편과 질환, 공허와 결핍은 모두 지나간다. 그러나 그 속에서 서로를 잡아준 손길, 함께 버텨온 체온, 그리고 끝내 다시 만나러 나가는 발걸음은 남는다. 다윗의 반지에 새겨진 문구처럼, "이 또한 지나가리라" 단순한 체념이 아니다. 지나간 뒤에 무엇이 남을 것인가라는 놀라운 질문이, 숙제가 남는다.

지나간 뒤에 남은 것이 무언가. "모든 것이 당신 덕분이다"라는 고백이 남았다. "힘들 때 곁에 있어주는 아내가 있다는 것"에 대한 감사가 남았다. 그리고 공항에서 다시 마주했을 때의 놀라운 기쁨. 그것들이 모여 한 사람의 인생을 완성한다. 노년의 사랑은 그저 살아내는 충실성이 아니라, 지나가도 남는 것들을 끝내 고백할 수 있는 용기다.

'사랑이 진리공정(진리를 만든다)'이라는 알랭 바디우의 말은 진리다. 인류문화가 허무를 극복하지 못했다. 사랑이 허무를 극복한다. 진리가 너희를 자유케 하리라.(요 8:31)